挑戦のみ、よく奇跡を生む

惣才 翼
SOZAI TSUBASA

幻冬舎MC

挑戦のみ、
よく奇跡を生む

挑戦のみ、よく奇跡を生む　目次

第二章　新たな挑戦の幕開け

第三章　懸命な挑戦と挫折

第四章 薄氷を踏む挑戦

第五章　時空を超える挑戦

序章　他愛もない転機

その場凌ぎと帳尻合わせ　《十一歳～三十歳》

「あぁ、夢を見過ぎて、目が疲れた……」

幼い頃の迷台詞は、長じてからも両親の語り草となった。

恭平は目覚めると直ぐ、時に得意気に、時に泣きながら、見たばかりの夢を訴えた。

母親は笑顔で相槌を打ち、父親は奇想天外ながらも筋の通った話に苦笑していた。

そんな両親の関心を引こうと、恭平は虚実ないまぜの夢物語を語り続けていた。


社会人になっても還暦を迎える頃まで、恭平は試験の夢に苛まれていた。

大学受験を間近に控え、何の準備もできていないことに焦り、七転八倒した挙句、

「待てよ⁉　もう俺は社会人だし、大学受験なんて関係ないんだ……」

夢と現の境界で人心地ついた様を、妻や子供に話して呆れられていた。


このところ試験の夢こそ見なくなったが、買掛金の支払いや給与の支給、借入金の返済や賞与の資金調達など、未だ資金繰りに苦悩する夢にうなされる。

「そうだ⁉　やっと経営も安定し、月末だからと慌てなくて大丈夫だ……」

目覚めても動悸は収まらないが、この悪夢については誰にも話したことがない。

本川恭平は七十三歳の今日まで、恥ずかしいほど好い加減に生きてきた。信じられないほどツキに頼って生きてきた。

その報いとして今日があるとも言えるし、それにしては恵まれた人生とも言える。

神様から、同じ人生を「もう一度繰り返せ」と命じられても、これまでの人生の轍から一歩でも外れたら地獄を見てしまいそうで怖いから、勘弁して欲しいと懇願する他ない。

それでも、もう一度人生を「やり直すチャンス」を与えられたら、迷うことなく小学校五年生の二学期から再スタートしたい。


恭平がチャランポランな人生を歩むきっかけになったのは、小学五年生の夏休みに聞いた父親の自慢話だった。

「お父ちゃんは、子供の頃から勉強をしなかった。勉強はしなかったが、成績はいつも学年で一番だった。勉強して一番になることは、誰だってできる。勉強しなくても一番になれる奴が、本当に偉いんだ」

大正三年、鳥取県の山深い田舎の貧しい農家の三男坊として生まれ、旧制中学に進むことが叶わず、海軍兵学校に入り下士官として終戦を迎えた父親の他愛もない屁理屈に、十一歳の恭平はいつになく素直に感服した。感服した証しとして、恭平は直ちに実行した。

何を実行したかと言うと、勉強しないことを実行した。


それまでの恭平は、臆病者のくせに負けず嫌いのガキ大将で、案外な優等生だった。放課後は日が暮れるまで家の近くの公園やお寺の境内で遊び回り、家に帰って夕食を済ませると律儀に宿題を片付けた後、図書館から借りてきた本を読み耽り、興に乗ると荒唐無稽な物語を夜遅くまで書き綴ったりしていた。書き上げた物語は学校に持って行き先生に見せ、時には給食時間に校内放送で自ら朗読して悦に入っていた。


五年生になると同時に恭平は、先生から学習委員を仰せつかった。

学級委員ではなく、学習委員である。

学級委員は学期毎に選挙で選ばれるが、学習委員は年間を通してその任に当たる。その任とは、毎日出される宿題ドリルの「答え合わせ」を先生に代わって行う重責である。学級委員にも選ばれていた恭平は、二つの重責を独占していることに、秘かな優越感を抱いていた。

そんな恭平が、父親の自慢話を聞いた二学期から宿題を放棄して遊び呆け、毎朝の答え合わせに臨むようになった。

毎朝の授業前に同級生と向き合って教壇に立ち、宿題の答え合わせをする恭平のドリルは、見事に白紙だ。白紙のドリルを開いた恭平の手には、長い赤鉛筆と掌に収まるほどの短い鉛筆が握られていた。二本の鉛筆の活用法は、こんな具合である。

「それでは、算数のドリル十五ページ一番の答えの解る人はいますか？　はい、小山君」

「はい、答えは32です」

「いいですか皆さん、32で合っていますか？」

「合ってま～す！」

この「合ってま～す！」の大合唱を聞いてから、恭平はおもむろに短い鉛筆で「32」とドリルに書き込み、直後に長い赤鉛筆で丸をつける。

つまり、恭平は毎朝教壇で級友と向かい合い、答え合わせをしながら宿題をしていた。答えが解ってから解答する恭平の宿題は、当然ながら、いつだって百点満点である。

しかし、時に困ったことが起きる。

「合ってま～す！」が大合唱とはならず、二重唱三重唱に割れることがある。

そんな時は、教壇横の机で何やら事務作業をしている先生に教えを乞う。

教えを乞うためには、答えが割れたドリルを先生に提示しなければならないが、恭平のドリルはそれまでは全問正解。以降は白紙の状態だから、先生に見せる訳にはいかない。

そこで、自分のドリルは裏返しにして、さらに念のため下敷きを重ねて目隠しして、最前列の級友のドリルを取り上げ、先生に教えを乞う。

「先生、この問題の正解が解らないので教えてください」

先生はおもむろに立ち上がり黒板に向かい、説明を加えながら問題を解き、正解を提示して机に着く。机に着いた先生と入れ替わり恭平は教壇に立ち、

「皆さん、解りましたか！」

あたかも自分が問題を解いたかのようなしたり顔をして、下敷きの下のドリルを引っ繰り返して答えを書き込み、意気揚々と丸をする。

六年生になっても学習委員を任命された恭平は、都合二年弱、ほぼ毎日、綱渡りのようなハラハラドキドキを繰り返していた。

根が小心者の恭平は、自問自答することがあった。

「こんなに毎日ドキドキ心配するくらいなら、宿題をした方が余程ラクだなあ……」

そう考えながらも改心することを先送りして、毎朝ハラハラドキドキしながら学校に通

い、朝の教壇に立っていた。

先のことは考えず、目先の労を惜しみ、貪欲に恩恵を求め、横着なくせに見栄を張る、恭平のハラハラドキドキ人生はその後もずっと続いた。

父親の自慢話から始まった「その場凌ぎ」と「帳尻合わせ」こそ、恭平のアイデンティティーの礎かも知れない。

二浪して、やっと恭平は大学に入学。

高校から始めたサッカーへの情熱は失せていたが、サッカー以外に自己主張する術もなく、入学後に覚えた麻雀の面子を求めてサッカー同好会に入会し、主客転倒した無為な日々を過ごした。

高校時代からのガールフレンドとは、「Out of sight, out of mind」の例に違わず別離を迎え、後輩の紹介で知り合った広島出身の女性と付き合いを始めていた。

専攻課程に進んだ三年時、三島由紀夫の割腹自殺に衝撃を受け、他人の評価を必要以上に気にして生きている自分に愛想を尽かし、せめて一人でも、真の理解者を身近に得たいとの想いから結婚を決意。二十三歳の春に学生結婚。

結婚後やっと、何を生業として生きて行くのか、遅まきながらも本気で考え始めた。「俺は、何をしている時が一番幸せなんだろう？」出した結論は、「モノを創っている時！」そして、「創った作品へのリアクションを得た時！」そこから導き出した職業は、広告制作者。カタカナ職業として人気の高かったコピーライターを目指すと決め、久保田宣伝研究所のコピーライター養成講座に通い始めた。

学校の宿題とは一転、毎回与えられた課題に真剣に取り組んだ数々の作品は、百名余の受講生の中で常にベスト5に入る成績を修めていた。

そして秋口には、養成講座からの推薦を受け中堅制作プロダクションに就職。

翌年五月、二十五歳の誕生日の直後に長女の祥代が誕生し、恭平は父親になった。

コピーライターとして仕事を始めた三年後、世に出た作品が認められ、中堅制作プロダクションから大手広告代理店に転職。収入も大幅に増え、長男の謙佑が誕生。

当時、出店ラッシュを続けていたスーパー・ドジャースをメインのクライアントとして担当し、多忙な日々を送っていた。しかし、ドジャースの広告戦略は表現力は二の次で、恭平が望む広告賞が取れるような仕事には縁遠かった。

それでも、何とか恭平なりの独自性を模索するうちに少しずつ評価は上がり、ドジャースの子会社として誕生した新しい小売業態のコンビニエンス・ストア、ロイヤルズの仕事も任されるようになった。

代理店における恭平の部署は制作局だが、クライアントであるドジャースの扱い高は群を抜いて大きく、営業部、マーケティング部、販売促進部などと共にチーム・ドジャースと呼ばれていた。

チーム・ドジャースの仲間たちは、同業スーパーとしてのナショナルズや、メッツなどの店に足を運び情報を収集する中で、恭平はナショナルズとその傘下のコンビニエンス・ストア、エンゼルスの広告戦略に好感を覚えていた。

その頃、高校時代のサッカー仲間である広島学園高校出身の土肥典昭と再会。

土肥は二橋大学を卒業して白鳳堂に入社してコピーライターとなり、ソニーやサッポロビールをクライアントとして話題作を連発していた。

高校、大学、広告会社と常に後塵を拝し、コピーライターとしての実績も水をあけられる己を自己憐憫しながら、土肥の恵まれた才能と環境と作品に嫉妬を覚え、自分の技量を棚に上げ不遇を嘆いていた。

転機が訪れたのは、三十歳の春。広島で小さな弁当屋の社長を務める父親が上京した際の些細な口論からだった。

第一章

挑戦すべき標的の模索

親父に誉めてもらいたくて　《三十歳》

新宿から京王線の準急で三十分ばかりの丘陵地にある日野市の桃山団地。

幸運にも十倍以上の倍率の抽選で当たった３ＬＤＫの分譲公団住宅に、父親が初めて訪ねて来た。突然の上京を知らされた恭平は、残業を早目に切り上げ、麻雀の誘いも断っていつもより早く帰宅。

二歳になったばかりの謙祐を膝に抱いた父親は、間も無く五歳になる祥代の手を肩越しに握り、不器用にあやしている。

「やぁ、お帰り」

「あぁ、ただいま」

短く他人行儀な挨拶を交し、恭平は上着を脱ぎながら、所在無げに眉間に皺を寄せている父親を盗み見た。父親は洗濯し立ての恭平のブルーの縦縞のパジャマを着て、その袖口とズボンの裾を折り返している。

（親父は、俺よりもあんなに小さかったのか）

恭平は、一人遅れて夕食を摂りながら父親に話し掛ける。

「親父さん、今年で六十三歳だろ。サラリーマンならとっくに定年だよ。そろそろ会社は修平に任せて、ゆっくりすればいいんじゃないの」

「いや、まだまだそうはいかん。修平は他人の飯を喰ってないせいか、考えが甘い」

恭平と二つ違いの弟の修平は、父親の会社で常務の肩書を持ち、前年の秋に結婚していた。本来なら長男が家業を継ぐべきところを、自分は家を出て好き勝手な仕事をしていることに、恭平は軽い後ろめたさを感じていた。

「そうかな。それなりに頑張っていると思うけど」

「一従業員ならともかく、経営者となると、それだけじゃあいかん」

「まあ、そうだろうね。それで、会社は儲かっているの」

「売上は少しずつ伸びているが、毎月の資金繰りや従業員の確保が、大変だ」

「最近は飲食業も外食産業なんて呼ばれて、花形産業のひとつになって、就職でも人気があるみたいだけど」

「いや、それはマスコミが騒いでいる一部の会社だけで、うちみたいな零細企業は逆に苦しくなってきている」

父親は眉間に皺を寄せ、唇を固く閉じる。

不自然なほど力を入れた唇はへの字に曲がり、下顎に梅干しの種のような皺を刻む。

刻んだ皺の中に白いものの混じった髭が伸び、疲れを色濃く感じさせる。

「ところで、親父さんの給料は幾らなの」

「う～ん、儂の給料は五十万円よ。修平には毎月三十万円払っている」

「五十万円。それで、ボーナスはあるの」

「社長にボーナスなんか、あるものか」

（月額五十万円と言うことは、年収六百万円か。俺の昨年の年収は約七百万円だから、単なるコピーライターの方が社長である親父より多いのか。その収入で俺に二浪をさせ、仕送りをしてくれていたのか……）

薄暗い土蔵の重い扉を開け、隠されていたものを覗いたような罪悪感に襲われ、何とか扉を閉めようと恭平はもがいた。

「経営が苦しいのは、何が一番の問題なの」

「いろいろあるが、直接的には出店の失敗だ。初期投資に金を掛け過ぎた」

「あぁ、あのレジャーランドに出したレストランね」

「夏の間は良かったけれど、九月に入ったら客足がばったり落ちた」

「だから、止めた方が良いって言ったでしょう。僕の言うことを聞いておけば良かったのに」

「……」

「大体、親父さんは、思いつきで行動し過ぎるんだよ。直ぐに熱くなるんだから。もっと事前のマーケティング調査を慎重にしないと」

「何がマーケティングや。サラリーマンのお前に会社経営の難しさが、解るもんか！」

口を尖らせて父親が反論する。

（あっ、しまった）

恭平は、心の中で舌打ちする。


「うん、会社経営については、僕は解らん。でもね、人の気持ちは解るつもりだよ。お客さんも従業員も、結局は人なんだから。お客さんや従業員がどうすれば喜んでくれるか、その気持ちの由縁するところを徹底的に考えるのが、経営者じゃないのかな」

熱くなった父親を落ち着かせようと、恭平は穏やかにゆっくりと、諭すように話した。

だが、平常と違う物言いが、余計に父親の気持ちを逆撫でしたようだ。

「生意気なこと言うな！　儂の苦労が、お前なんかに解るか！」

「それじゃあ、もう何も言わんよ。親父の会社がどうなろうと、僕には関係ないんだから。

明日の朝は早いから、もう寝るわ」

恭平は箸を措き、自分の部屋に入り後ろ手に襖を閉めた。

妻の淳子が父親に詫びる声が聞こえる。

（昔の親父なら、追いかけてきて襖を押し開け、ビンタの一発も張るだろうに……）

恭平は暗い天井を睨み立ち尽くしたまま、大きな溜息を吐いた。

これまでも父親の勝手な言い分に腹を立て、恭平は悔し涙を幾度となく流してきた。

しかし今、息子に虚勢を張ろうとする父親に対し、憤りは無い。

（いつか息子の謙祐が、俺をこんな風に見るのだろうか）

湧き上がる寂しさを掻き消すように、再び深い溜息を吐いて、恭平は襖を開けた。


「親父さん、ゴメン。ちょっと言い過ぎたみたいだ」

「いや、淳子さん、この家にはお酒は置いてないのかね」

遊びに来た親友の杉野がその殆どを一人で飲んだ、貰い物のウイスキーの残りで父親と
恭平は薄い水割りをつくった。

「今年のカープは、どうかね」

「おう、主軸打者も調子がいいから、今年も絶対に優勝だ」

父親も恭平も、酒は強い方ではない。飲み慣れない酒をぎこちなく飲み交わすことで、父と息子の意思疎通を図ろうと、二人は安物のホームドラマを懸命に演じていた。

そしてお互いが二杯目を手にする頃には、共に顔を赤らめ気分を高揚させて、恭平が子供の頃の失敗談など、面白可笑しく淳子に語って聞かせるのだった。


翌日、仕事を終え帰宅すると、すでに父親は帰広していた。

「結局、親父は何のために東京へ出て来たんだろう」

「恭平さんに、会社を手伝って欲しいんじゃないの。今日も帰る前に、恭平さんの仕事ぶりや給料のことなんか、いろいろ訊かれたもの」

「ふ～ん。でも、俺は帰らないよ。今の仕事は俺の天職だと思っている。それに俺は、親父は大好きだけど、親父と一緒に仕事は出来ん。俺と親父は似た者同士だ。似た者同士が一緒に仕事をすると、必ず摩擦が起き、喧嘩になる。昨日だってそうだろ。衝突するのは目に見えている」

「でしょうね。でも、私は、恭平さんはいつかきっと、広島に帰ると思うよ」

「どうして」

「どうしてって、自分でよく言っているじゃない。『俺は人が喜ぶのを見て、初めて自分が喜べるんだ』って、ホント、そうだと思う。それに、恭平さんが一番に喜んで欲しいのは、お父さんに決まっているから」

「そうかな」

「そうよ。昨晩だって、最近の作品見せたら、お父さんは嬉しそうな顔されていたけど、そのお父さんの笑顔を見ている恭平さんは、輪をかけて嬉しそうな顔していたもん」

「へぇ、淳子。おまえ、そんなこと考えながら、俺たちの話を聞いていたのか」

恭平は最高級の満足顔を淳子に見せようとしたが、顔は強張って引きつり、逆に泣き顔みたいになった。

天職からの転職　《三十歳〜三十一歳》

父親との口論から一カ月後、恭平は会社に辞表を提出した。

受け取った槌谷制作局長は慌てて恭平を応接室に通し、矢継ぎ早に詰問してきた。

「何が不満なのだ？　給料か？　クライアントか？　何処から声を掛けられたんだ？」

「いや、何の不満もありませんし、他社に移る訳でもありません。父親の経営する弁当会社に転職するだけです」

「辞める時には、誰もがそんな都合の好いこと言って辞めるんだよ。でも、狭い世界だから、どこかで遭って、お互い気まずい思いをするんだよ」

「違いますよ。本当に広告業界から足を洗って、広島へ帰るんですよ。広島に帰って、弁当屋の専務になるんです」

「そうか、専務になるのか、三十歳で専務か。俺は五十二歳になっても役員になれないが、親が社長だと三十歳で専務になれるのか」

「……」

やたら役職にこだわって、やっと納得した槌谷局長は渋々ながら辞表を受け取った。


退職を決めたものの恭平は、そのまま帰郷していきなり専務の肩書を背負うことに危惧と戸惑いを感じていた。少しでも外食産業の実態を経験しておこうと考え、新聞に折り込まれていた求人チラシで見つけた、ファミリーレストラン「ロイヤルすかい」に応募した。

履歴書を送って一週間後、書類選考の合格と面接日を告知する通知が届いた。

午前十時から立川駅の近くで実施される試験は、昼には終わるだろうと高を括り、昼飯は家族を誘って試験場近くのロイヤルすかいで食べるつもりで家を出た。

試験場は、予想をはるかに超える百名近くの応募者で溢れていた。

試験はまず人事担当者の会社説明から始まり、続いてビデオによる外食産業の現状と将来性、ロイヤルすかいの躍進ぶりがスライドを使って紹介され、知らず知らずのうちに恭平はロイヤルすかいに魅了されていった。

（東京に残って、ロイヤルすかいで幹部を目指すのも案外悪くないかも知れないな）

一時間余の会社説明を聞いただけで、主客転倒したことを考え始めている自分に驚いた。

その後、簡単な筆記試験と若手社員による面接があり、ランチまでご馳走になった。ランチを終えコーヒーを飲んでいると、いきなり名前が呼ばれ始め、呼ばれた者だけが午後からの最終面接と適性検査に臨んだ。

幹部社員と思しき面々との最終面接は上々の出来で、三日後には合格通知が届いた。合格通知は届いたけれど、恭平はロイヤルすかいへの入社は見送った。

恭平が選んだ研修先は、慶応二年創業の寿司屋から脈々と続く百余年の老舗を誇り、今は給食を中心に社員食堂やレストラン事業を展開している「北原屋」だった。

北原屋の澤井社長と恭平の父親が面識があった関係で、半年を目途に研修を受け入れてもらい、日本橋浜町にある給食センターに住み込み、土日だけ日野市の桃山団地に帰宅する生活が始まった。

朝は六時に起床し、七時には白衣に着替え長靴を履いて現場に入り、盛付け作業をする。盛付けが終わると軽い食事を済ませ、午前中は配達、午後からは飛込みの営業回りが日課だった。一日五千食程度の給食を三本のレーンで流す作業は単調ながらも、それなりに面白かった。

工場には、集団就職で青森から上京して入社し、頭角を現して役員にまで上り詰めた常務を筆頭に、工場長以下四十名程の若手社員、同じく青森から出稼ぎの五十歳代の夫婦が十組ほど働いていた。

常務の名前は村野邦夫と言い、恭平より十歳近くも年上に見えたが、意外にも三歳年長の三十三歳だった。とにかく謙虚で腰が低く、年下の恭平に対しても笑顔を絶やさず、丁寧な敬語で話し掛けられるのには閉口した。

常務は只者ではないと感心させられたのは、研修が始まって二カ月も経っていなかった。

いつものように朝七時からの盛付けが始まり二千食ほどの弁当が流れた頃、レーンの後方に据え付けられた空調機の前で一人が叫んだ。

「防鼠剤が床に零れているぞ！」

箱の中に入れられて空調機の上に置いてあったはずの粉末の防鼠剤が、乾いた床一面に拡がっている。

「レーンを止めろ！」

工場長の声に、レーンのモーター音が一斉に止まり皆が立ち竦む中、常務が駆けつけて屈み込んだまま大声を上げた。

「この防鼠剤がいつ落ちたか、判る者いるか！」

誰も応えず、防鼠剤の粉が空調機の風で飛散してしまった可能性が高まる。

「よし、万一を考えて、弁当も材料も全て廃棄しろ。これから、別の献立を流す」

「その前にレーンを洗浄して、床も水洗いして次亜殺菌しろ！」

「今から魚を焼いても間に合わないから、秋刀魚の缶詰と牛肉の大和煮の缶詰を開けろ。調理は大急ぎでキャベツの千切りを作れ！」

まるで、こうした事態を想定していたかのように、次々と常務は指示を繰り出す。

(私が常務の立場だったら、どうするだろう。きっと、狼狽しているに違いない)

呆気にとられながらも感心して、恭平は常務の言動に見入っていた。

「本川さん、申し訳ないけどお客様へ簡単な事情説明とお詫びの手紙を書いてください。そして、今日のお弁当代はいただかない旨も書き添えてください」

恭平の前職を知っている常務は、詫び状を書くことを恭平に命じた。

「えっ、五千食全てが無料ですか？」

「もちろん。弁当を届けず、迷惑を掛ける訳にはいきません。それに約束した献立を届けられないのだから、代金をいただく訳には参りませんよ」

毅然とした決断に驚きながら、

（殆ど私と歳の違わない常務に与えられた権限は、どれほどのものなんだろう？）

（こんな権限を与えている社長は、どんな人なんだろう？）

窮地に陥った現場の渦中に、北原屋と村野常務と澤井社長に俄然興味が湧いてきた。


北原屋の澤井社長に初めて会ったのは、入社の挨拶に千葉の本社を訪れた時だった。

身長は恭平より少し低いが、腹の突き出た恰幅の好さと穏やかな表情とは裏腹に、鋭く射るような眼差しに圧倒され、恭平は瞬時怯んだ。その怯んだ恭平の一瞬の変化を認めた直後、澤井社長の眼は元の柔和なものに戻って、諭すように話し掛けられた。

「本川君、君のお父さんには数度しか会ったことは無いけれど、なかなかの人物ですよ。君は大学を出て広告会社で頑張っていたようだけど、飲食業では全くの素人だ。今回、君の指導を担当して貰う村野常務は、青森の田舎の中学を出て直ぐに我が社に入り、今では我が社の利益の半分を稼ぎ出す大幹部だ。君もこれまでの経験は取り敢えず忘れ、彼の教えを素直に聞いて一日も早く仕事を覚え、親孝行しなさい」

村野常務は、社長の隣で黙って恭平を眺めながら笑顔を絶やさず聴いていた。

村野常務から最初に指示された研修先は、丸の内のオフィスビル地階のレストランでのウエーターだった。来店されたお客様に水を出す際に、グラスがテーブルを強く打って音を立てたり、水が零れたりしないよう、グラスの底に小指を当てることを教わった。

些細なことだけど、些細なことだからこそ感心させられた。

意外にも恭平は「いらっしゃいませ」の平凡な台詞が、素直に発せられなかった。

自分が特別プライドの高い人間だとは思っていなかったが、つい先日まで、客の立場で聞いていた「いらっしゃいませ」の何でもない一言が、喉につかえて出てこなかった。

「これまでの経験は取り敢えず忘れて」

突如、澤井社長の言葉が甦り、妙に惨めな気分になって恭平は唇を噛んだ。

客がドアを開けて入って来るたびに、軽く深呼吸して「いらっしゃいませ」の挨拶と共にテーブルに小指を当ててグラスを置き、注文を聞く研修は一週間続いた。

恥ずかしいことに一週間経っても、自然な挨拶をすることができなかった。

「本川さん、案外に人見知りなんだね。実は私も、今でも人前で話すのは苦手ですよ」

レストランでの研修を終え、村野常務から声を掛けられた恭平は赤面してしまった。確かに恭平は人見知りも激しいが、研修中の失態は、未だコピーライター気分が抜け切らぬ、単なる甘えに他ならなかった。

澤井社長は北原屋の社長を務める傍ら、業界団体の役職などを幾つも兼務し、忙しく動き回っていた。

都内に点在する現場は、それぞれの責任者に殆どの権限を与え、時折顔を出すタイミングが見事だった。訪れる際はいつも手ぶらではなく、ドリンク剤であったり果物やケーキであったり、心憎い手土産を持参する。

そのタイムリーさに感嘆した旨を村野常務に伝えると、

「本川さんだから、教えるけれど」そう断ったうえで、耳打ちされた。

「社長訪問のタイミングやお土産の品は、全て現場責任者からの要請なんだよ」

(成程！　そうだったのか)

とは言え、そう仕向けたのは社長だろうから、やはり卓越した人物である。

ある時、澤井社長に北原屋の年商を訊ねたことがある。

「昨年の売上は、五十五億円ほどだ」

即座に答えられたが、同席していた村野常務が後からこっそり教えてくれた。

「当社の年商は、正確には四十九億六千万円ですよ。うちの社長には妙な見栄が在って、何でも少しずつ大袈裟に話すんだよね」

その口ぶりには社長を非難する気配は微塵も無く、むしろ見栄を張る社長を慈しむようにすら感じられ、恭平は二人の人柄と二人の関係を羨んだ。


製造の現場で痛感したことは、とにかく自分の次に作業する人の立場に立って考え行動することの大切さだ。

そうすることで結果として自分もラクができ、組織全体の成果にも繋がる。

例えて言えば、調理の担当者は盛付けの担当者が盛付けし易いように気を配り、盛付けの担当者は配送者が配り易いように配慮する。さらに俯瞰して言えば、製造者は常にお客様の立場に立って、お客様に喜んでいただけるよう工夫を凝らす。そうすることで全体の流れがスムーズになり、結果として全員がハッピーになるという図式だ。

恭平が、「次工程はお客様」などと言う生産現場の慣用句を耳にするのは、この研修から数年も後だった。

言葉から入って理解する知識と、実体験で失敗を重ねて習得した知恵は、同じ言葉の重みにも雲泥の差があると思い知らされ、何事も現場が一番で、現場を大切にしない経営はリスクを招きかねないとも実感させられた。

相変わらず不勉強な恭平は、「三現主義」と言う言葉の存在すら未だ知らなかった。

動機は不純な方が好い　《三十一歳～三十二歳》

七カ月余の丁稚奉公を終え広島に帰り、専務取締役の肩書の入った名刺を手にした恭平は、一週間も経たぬうちに帰郷したことを後悔していた。

あらゆる面において広告代理店との違いはもちろん、北原屋との差も歴然としていた。広告代理店では十時だった出勤時間は、早朝の五時に早まり、週休二日だった休日は、元日と翌日だけの「年休二日」に減り、残業代や賞与はゼロになって、年収は半減。

しかし、これらは予測していたことだから納得もできた。

恭平が我慢できず、サラリーマン時代には感じなかった強いストレスを感じたのは、社長である父親や常務である弟との葛藤だった。

父親が社長を務める「ひろしま食品株式会社」は、S公社の工場と支社、そしてH信用組合の三事業所、合わせて一日千食余りの従業員食堂を業務委託されていた。

また、住宅街の片隅にある建坪百五十坪程の倉庫を賃借し、セントラルキッチンとは名ばかりの工場において、千食余りの給食弁当に加え、注文数が日々変動する折詰弁当の仕出しを行うと共に、市中に十数店舗の小さな弁当ショップを運営して、年間の総売上は四億円を少し超えていた。

従業員食堂は、安定はしていたが単価は低く従業員数は徐々に減り始めており、給食弁当や折詰弁当は、他社との競合が激しいものの品質とサービス次第では売上を伸ばす余地は充分にあった。

大きく経営の足を引っ張っていたのは、弁当ショップだった。以前からその点が気になっていた恭平は、父親に弁当ショップの撤退を進言したが、折角伸ばしてきた売上が減ること、売上が減ると資金繰りが苦しくなることを理由に、却下された。

確かに毎日の現金収入は魅力的だが、配送コストや店舗の賃借料、人件費などの販管費、そして売れ残った商品のロスは、将来とも改善の見通しはなかった。

恭平は、入社と同時に毎朝五時前に出勤していた。

その時間には数名の調理担当者が出勤しているだけで、社長や常務の姿はまだ見えない。

調理技術を持たぬ恭平は、他人より早く出勤してゴミ置き場の掃除に専念した。大きなポリバケツや漬物樽に入れられた十数個の生ゴミは前日の業務終業時、道路に面したゴミ置き場に纏めて置かれ、深夜にゴミ収集業者が生ゴミを回収し、早朝には、空になったバケツや樽が乱雑に放置されていた。

恭平は、散乱するバケツや樽を一つ一つタワシで手洗いし、定位置に配置する。その後、ゴミ置き場の床をデッキブラシで洗い流し、その勢いを借りて箒と塵取りを手に、工場に面した道路の前後左右を三軒先まで清掃して歩く。

一時間もせぬうちに従業員が出勤し始め、互いに朝の挨拶を交す。

何人かのパートタイマーや近所の主婦から、

「朝早くから、大変ですね」「毎日、ありがとうございます」

などの声を掛けられるが、常務をはじめ幹部社員は顔を合わせぬようにして出勤する。彼らからは、「どうせ直ぐに生ゴミを入れるのだから、ゴミバケツは簡単な水洗いだけで充分」と言われ、道路の掃除は人気取りのスタンドプレーと見られていた。

しかし恭平は、ポリバケツやゴミ置き場を清潔に保つことは、衛生を最優先すべき食品工場として当たり前と考え、朝晩の道路の掃除は住宅街に立地する工場として最低限のマナーだと考えていた。

そして、こうした振る舞いは確かにスタンドプレーであることも自覚していた。

中学時代、美術部に籍を置き、写生大会やポスター・コンクールに出品すれば、ほぼ間違いなく入選していた恭平が、高校に入学と同時に、サッカー部に入部した動機は、単純にして不純、「女の子にモテたい！」の一念に他ならない。

昭和三十年代、サッカーはまだまだマイナーなスポーツだったが、サッカーを校技とする広島鯉城高校の新入部員は四十名を超え、半分が中学からの経験者だった。

体格、資質、技術の全てに劣る恭平が、レギュラーになるために傾注した策は、「キャッチフレーズ作戦」。

まずは「タフネス恭平」と称し、どんなことがあっても「疲れた」とか「参った」と口にしないよう心掛けた。次に「タックルの恭平」を宣言。試合なら一発退場必至のラフプレーで、先輩を辟易とさせた。

そうこうするうちに激しい練習に音を上げ、新入部員は一人減り二人減りして、夏合宿が終わった頃には十名に減っていた。

それでもレギュラーへの道は依然として遠く、恭平は夏休み後に早朝練習を校門の直ぐ横で開始。

監督や先輩の目を意識しながらの練習は、三日坊主になることなく続き、一人黙々と蹴り続けたフリーキックに限れば、キャプテンと肩を並べるほどに上達した。

そうした甲斐あって、一年生の新人戦からレギュラーに抜擢され、三年生の夏には県の選抜チームの一員にも選ばれた。

高校卒業時の同期部員は、入学時の十分の一まで減り、僅か四人。

恭平は入部した四十名の誰よりも、サッカー選手としての資質は劣っていることを自覚していた。そして、どんなに優れた才能を持っていても、遣り抜かなければ宝の持ち腐れだと開き直っていた。同時に三年間サッカーを全うできたのは、不純ながらも不屈のモチベーションがあればこそと得心した。


本分の勉強においては「純」「不純」を問わず、然したる動機がなく悲惨だった。

唯一、「心を揺さぶるラブレターが書きたい！」と願う、「不純」な動機があった現代国語だけは、学年でもトップの成績を誇っていた。

遠藤周作、石原慎太郎、開高 健、大江健三郎など芥川賞受賞作品は必読し、教科書を読むより熱心に読み漁った乱読と、精魂を傾けて書き綴ったラブレター群のお陰で、国語力は知らぬ間に向上していたようだ。

こうした経験から恭平は、物事を「始動」「継続」「成就」させるには強いモチベーションが必須であることを学び、立派過ぎる大義名分よりも、むしろ不純な動機の方が継続力も増し、成果も上がるとの持論を確立していた。

五感に訴える仕事　《三十二歳〜三十三歳》

早朝の掃除を終えた恭平は、手と顔を冷たい水で洗い白衣に着替えて盛付けを手伝う。レーンを流れる給食弁当の献立は、前年の献立をベースにして一カ月毎、短大を卒業して間も無い栄養士とベテランの調理師が話し合って決めていた。その献立はマンネリ化しており、一カ月も食べ続けたら飽きてしまいそうだったが、調理の知識も技術も経験も持たぬ恭平は、為す術も無く傍観していた。

一連の朝の仕事を終えて事務所の時計を見ると、決まって八時三十分。

東京でのサラリーマン時代は十時出勤だったから、

(あぁ、まだ自宅のダイニングで新聞を読みながら、カフェオレを飲んでいる頃だな)

未練がましい想いにとらわれ頬を膨らませていた。

白衣をコットンパンツとジャンパー姿に着替えての弁当配達は、丸の内のレストランでの「いらっしゃいませ」の沈んだ声とは異なり、「おはようございます」「ありがとうございます」の明るい挨拶が自然に出ることに、恭平は秘かに満足していた。

給食弁当の配達の合間に、店舗への商品や食材を卸して回る。

殆どは直営の路面店だったが、一店舗だけデパートの地下に売り場があった。

デパートのオープン直後にはギッシリと商品が並んだ二本の陳列ケースも、昼過ぎには隙間が目立ち、閉店前にはガラガラになり「五十円引き」「半額」の札が商品に貼られることに、恭平は複雑な思いを抱いていた。

お客の立場に立てば、開店時と閉店時の品揃いや価格に差が在るのは不親切だし、売り手から見れば、日持ちしない商品だけに売れ残りは全てロスになり採算に合わなかった。

ふと、広告代理店勤務時代に担当したコンビニエンス・ストアなら、こんな悩みは消えるのになぁ！　と、恭平は思案に暮れていた。

午後からは、午前中に配達した空容器の回収にクルマを走らせる。

回収した弁当箱の入ったコンテナを山積みし、早朝にタワシで擦って洗ったポリバケツを引っ張り出し、胸から足元まであるゴムエプロンを掛け、食器洗浄機の投入側に立つ。

洗浄機の下側のノズルから熱湯が吹き出し、小さなフックの付いたステンレス製のコンベアが回り始めると、投入口からは蒸気が溢れ出す。

コンテナから一個ずつ弁当箱を手に取り、蓋を取り、弁当箱の残飯をポリバケツに叩き落とし、空になった弁当箱を裏返してコンベアに載せる。

(俺は、こんなことをするために広島に帰って来たのか)

汗を流しながら際限なく作業を繰り返していると、情けなくて涙が出そうな毎日だった。


「何をしている時、自分は一番幸せなんだろう?」結婚直後に自問自答して得た結論は、「モノを創っている時」そして「創った作品へのリアクションを得た時」だった。

だのに、今の恭平の毎日は、弁当を作って配達するだけの単純作業に埋没し、創作する歓びはもちろん、何ら仕事に対するリアクションも感じられない。

虚脱感に浸りながら弁当箱の洗浄作業を続けていた或る日、不意に閃いた。

「書き綴って印刷された広告コピーは、単に視覚に訴えるだけだ!」

「テレビCMにしたところで、視覚と聴覚の二感に訴えるだけの媒体に過ぎない!」

「だが、弁当は、視覚、聴覚、嗅覚、味覚、触覚、五感の全てに訴える作品だ!」

「そして、考えてみれば残飯は、消費者から生産者へ向けた正直なリアクションだ!」

僅かこれだけの単純な屁理屈のお陰で、それまでの味気ない作業に過ぎなかった弁当箱の洗浄作業が、一瞬にして興味深く知的な仕事に変わったから不思議だ。

恭平は相変わらず洗浄機に弁当箱を投入しながらも、食べ残された具材の種類と量のチェックに注力し、それまで見逃していた幾つもの問題点を発見した。

例えば、主菜や副菜の献立メニューによってだけでなく、天候の違いによっても定量に盛付けられたご飯の残量に差が生じること。独り善がりに自信を持っていたメニューが、案外に不人気なこと。そして何よりも、やはりお客様は変化のない献立と味付けに飽きていること、などを痛切に思い知らされた。

これらの兆候をベースに、栄養士任せだった献立作成に幹部社員を巻き込み販売促進会議に変えた。

会議では一カ月分の献立を立てるに際し、過去の献立にはこだわらず、自分たち自身が食べたいメニューを自由闊達に提案し合った。

こうして生まれた最大の革新は、十年一日の如く不動の主食だった「ご飯」を、時として弁当箱から消してしまったことだった。

そもそも梅雨時から秋口にかけて自分たちの「賄い」は、うどんや素麺など麺類が定番にもかかわらず、お客様の欲求は自分たちの欲求と全く別物として捉え、何の疑問も感じていなかったことを恥じるしかない。


そこで毎週水曜日、ご飯代わりに麺類を提供するメニューに変えたところ、水曜日だけは配達件数はそのままで、注文数のみが二割近く増えた。

視点を変えれば、それまで二割もの潜在顧客を取り逃していた理屈だ。

加えて、既存の弁当の殻を破ろうと、バレンタインデーには漬物に代えてキッスチョコを、桃の節句には桜餅、端午の節句には柏餅、お月見には団子などの遊び心も盛り込んだ。

これらの情報を伝えるために、毎月の献立表のデザインにも工夫を凝らすことで、売上は少しずつ確実に伸び始めた。

さらに、回収した弁当箱の中に、「チョコ、ありがとう」「今日の〇〇、美味しかったよ」などと書かれたメモ用紙が散見されるようになり、それらを掲示板に貼り出すことで社員の笑顔が増え、職場の雰囲気も明るくなった。

一方、売上が徐々に伸びるにつれ、借物工場の生産性の悪さと生産キャパの限界が際立ち始め、住宅地の狭い道路を起点とする配送の危険性も改めて感じた。

だからと言って自前の工場を建てる資金力は無く、このままでは将来への展望が描けないことに恭平は苛立ちを覚えていた。

そんな或る日、デパートへの配達に行った恭平は衝撃的な光景を目にした。

陳列された新商品の惣菜を見つけた隣のブースの店員さんから声を掛けられた。

「わ～、美味しそう！　それ、買って帰るから取っておいて！」

開店前から、早くも売れたことに気を好くした恭平が、自社の販売責任者に、

「良かったね、早速に売れて」そう声を掛けると、渋面で反論された。

「あの人が買って帰るって言う時は、閉店直前の半額で取って置けってことですよ」

「……!?」

デパートの店員間に、そのような慣行があることを知った恭平は、絶句した。

絶句した事実を父と弟に伝え、改めて店舗経営からは撤退し、給食弁当の食数を増やすことに注力しようと提案した。社長である父は、収益性はともかく年間一億円を超す店舗売上の削減は、資金繰りの悪化を招くことを楯に反対した。

だからと言って自転車操業を続ける限り、我が社に未来は無いと恭平は反論し、互いに譲らぬ口論は白熱した。

そんな二人の激論に口を挟もうとしない弟の修平に、恭平は問うた。

「常務、お前は、どう考えているんだ？」

「社長の考えは、その通りだと思うし、専務の言うことも、よく解る……」

「そんな評論家みたいなことは聞いてない！　お前自身の考えを聞いているんだ！」

単に自分の生活の糧としてではなく、社員たちの生活が懸かっている仕事に対し、傍観者然とした無責任な発言に、恭平は激怒した。

「お前は何時も、その場を取り繕うような発言ばかりで、自分の意見は無いのか！」

「こんな中途半端な借物の工場で、会社が発展できると思っているのか！」

「おまえが一人前の仕事をしないから、俺が帰って来る破目になったんだろうが！」

帰郷してからずっと堪えていた不満が、一気に口を衝いて出た。

「恭平、好い加減にしろ！　兄弟じゃないか」

社長の立場を忘れ、兄弟喧嘩をたしなめる父親の叱責が飛んだ。

「兄弟だから、親子だから言っているんだよ。他人だったら、こんな会社、とっくに辞めているよ」

「恭平！」

父親にビンタを張られた恭平は、不動のまま大きく深呼吸して顎を上げ目を閉じた。

激怒に駆られ、口にしてはいけない台詞を吐いてしまった自責の念に駆られていた。

好きだった仕事を辞め、広島に帰って来たことを、深く後悔していた。そして、父や弟と仕事を続けていかざるを得ない前途の多難を想い、絶望の淵に沈んでいった。

（俺は、好きな仕事を捨ててまで、何のために広島に帰って来たのだろう？）

恭平は、自問自答を繰り返した。

（親父をラクにさせ、弟を一人前にするためだ！）

綺麗事ではなく、誓って本心から、そう決意して、恭平は帰って来たはずだった。だのに、当の父と弟に改革の邪魔をされている理不尽さに、強いジレンマを覚えていた。

親子だから、兄弟だから、話し合え、理解し合えると思い込んでいた。

でも、そう考えていた恭平自身に、甘えがあったのかも知れない。

（父とか弟とか言った肉親への情を捨て、抜本的に会社の将来を考え直してみよう！）

そう考え直した恭平は、何度も何度も深呼吸を繰り返した。

庇を貸して母屋を取られる　《三十三歳～三十四歳》

恭平の父が弁当会社を始めた経緯は、広島市内の大手弁当会社「万鶴」の大泉社長に請われ、副社長に就任したことに端を発する。

それから十年近く経た後、父は大泉社長の下から独立し、「ひろしま食品」を興した。万鶴の大泉社長は、恭平の父より一歳年下だった。

二人は、酒飲みと下戸、艶福家と石部金吉、洒脱者と不器用者、群れ集う人と孤高を気取る人、自己表現は見事に対照的だが、共にシャイで寂しがり屋のアイデアマンだった。

恭平が東京から帰って来る一年前、万鶴は市内中心部から車で二十分の距離に造成された新しい工業団地の一画に、一千坪の敷地を取得し八百坪の工場を新築していた。

そして、中心部近くにあった三百坪程の旧工場は遊休状態だった。

店舗経営から撤退するにしても、いきなりの売上低下は間違いなく資金ショートを招く。さらに給食弁当の拡大を図ろうにも、現在の工場では生産も配送もキャパが不足する。これを解決するには、給食の売上を一気に伸ばしながらの工場の移転しかないと考えた恭平は、万鶴の旧工場を借り受けての業務拡張を想い描き始めていた。


相手に決定権がある案件を、手前勝手に思案しても埒が明かない。

思い立ったが吉日と、恭平は万鶴の大泉社長に電話で面会を求め、快諾を得た。

高校時代から顔を合わせていながら、殆ど話したことも無かった大泉社長だが、面談は思いがけず弾んだ。

しかし、弾み過ぎたのが仇になったのか、肝心の工場賃貸の件は「NO！」だった。

「お前に工場を貸したら、庇を貸して母屋を取られる」

何故、「NO！」なのかを訊ねた恭平は、大泉社長の答えに思わず笑ってしまった。

「それって、買い被りも好いとこですよ。私は、知識も経験も全く無いんですから」

釈明する恭平に、大泉社長は真顔で説いた。

「弁当屋に、知識も経験も要らん。必要なのは、傑出したサービス精神と行動力だ。唐突に儂に会いに来て、いきなり工場を貸せと言うお前には、その両方がある。だから、お前には工場を貸さん」

「どんなにサービス精神と行動力があっても、金が無ければどうにもなりませんよ」

「その通りだ。商売人にとって金は、命だ。そして、今のお前には金が無い。金が無いから、工場が無い。つまり、お前に工場を貸すのは、金を貸すのと同じことだ」

「じゃあ、お金なら貸して貰えますか？」

「金を借りるには、担保が要る。担保代わりに、お前がウチに来い。ウチに来て、専務をやれ。そうしたら、工場を貸してやる」

「えっ、私が万鶴に行ったら、工場を借りる意味が無いじゃないですか。親父の会社はどうするんですか？」

「弟がいるじゃないか。お前が両方の専務をしながら、親父の会社は弟に任せれば好い」

「だったら、弟を万鶴の専務か常務にしてください。あいつにも他人のメシを喰わせた方が良いから」

「駄目だ。弟なら、要らん。お前の弟には、サービス精神も行動力も感じられん」

「そうですか。それじゃあ、私が万鶴の専務になれば、工場は貸してもらえるんですね」

「あぁ、貸してやる。破格の家賃で貸してやる」


恭平が人身御供となり、敷金などは一切免除された前代未聞の工場賃貸交渉が成立。二社の専務を兼務するという不可解なポジションに立った恭平の給与は、万鶴から全額支給され月額十万円アップした。

万鶴の事業内容は、約四千食の給食弁当、折詰弁当の仕出し部門に加え、官公庁や放送局など十カ所以上の社員食堂を委託されていた。

恭平が中心となっての積極的な営業活動が功を奏し、一年後には万鶴とひろしま食品の給食弁当の食数は各々五百食ずつ増え、九億円だった万鶴の売上は十億円を超えた。

そして、ひろしま食品は店舗経営からの撤退を実現し、資金繰りは安定し始めた。

万鶴に入社してから直ぐ、恭平は製造と営業と労務管理、つまり経理以外の全てを任されるようになり、大泉社長が恭平を招聘した本当の理由を知った。

万鶴には、労働組合が存在した。

世間一般の労働組合なら問題無いのだが、万鶴の組合は詐欺罪などの前科を持つと噂される安藤委員長に牛耳られていた。言葉巧みに組合員を扇動する安藤委員長と取り巻きの数名に、大泉社長はホトホト手を焼いていたのだった。

実は恭平の前にも何人かの人材が組合対策にスカウトされ要職に就き、その誰もが尻尾を巻いて早々に退社していたことを、恭平は入社直後に知った。

そのせいか突然の恭平の入社と専務就任にも、社員の反応は冷ややかで、「今度の専務は、何カ月で退散するか？」など、一部社員の間では賭けの対象にされている始末だった。


万鶴での恭平の出勤時間は、ひろしま食品よりも一時間早い午前四時と自ら決めた。

出勤した恭平は、八百坪の工場の隅から隅まで歩いて回り、一人一人の従業員と目を合わせて挨拶を交わした後、盛付け室の隅っこに位置する寿司場に立ち、稲荷寿司やバッテラ寿司を製造しながら、盛付けレーンの流れ具合に目を光らせていた。

盛付け作業がピークを迎える五時過ぎからは、三本あるレーンの何処かに入って盛付けを手伝い、パートタイマーの女性たちの何気無い会話に耳を傾けていた。

彼女たちが囁く不平不満の声には、職場改善への小さなヒントが案外に隠されていた。

万鶴には老若を問わず百五十名を超える女性と四十名余りの男性が勤務しており、現場での主導権は女性たちにあるように思えた。

万鶴の専務として、数多くの女性従業員に囲まれた毎日は、まるで女子高の教壇に立たされた新米教師か、あるいは百戦錬磨のママさんバレーの新米監督のように、常に戸惑いながらの挑戦と失敗の連続だった。

実際に恭平は、女性中心の職場で働くことの難しさを日々実感していた。

例えば、常に一緒に働いているA、B、C、三人の女性がいたとする。

三人はいつも一緒だから、当然ながら仲良しなのだろうと思い込んでしまう。

しかし、Cが休むと、途端にAとBがCの悪口を言い始める。

(あぁ、本当はCとは仲が悪かったんだ)

そう思うのは早計で、Bが休むと、今度はAとCからBの悪口を聞かされる。

同様にAが休むと、BとCとでAの悪口が始まる。

「ねえ、専務もそう思うでしょ」

誰かの悪口に迂闊に頷こうものなら翌日には、「専務が、こんな悪口を言っていた」と、トンデモナイ噂が工場中を駆け巡る。

だから恭平は、人の悪口には決して相槌を打たず、悪口は必ず否定する習慣がついた。

彼女たちから信頼を得るための必須条件は、何時でも、誰に対してでも、自分との相性にも関係なく、公平に接すること。良かれ悪しかれ一人への不公平な言動が、その他大勢の反感を買い、信頼を損ねてしまうことを恭平は体得した。

だから、若くて気さくで話し易い女性より、むしろ年配の口煩い女性に対して、積極的に声を掛けるように努めていた。

同様にサラリーマン時代の経験から、上位者に媚びへつらい下位者に威張り散らす人間に不信感を覚えていた恭平は、決して大泉社長の腰巾着にはならないよう心掛けた。

そうした気遣いの甲斐あってか、少しずつ相互のバリアが瓦解し、新しい人間関係が生まれつつあることを実感していた。

労使の絆と兄弟の絆　《三十四歳》

入社して間も無く一年になる三月初旬の夕刻、春の昇給に際しての団交があった。組合員二十数名に対峙する会社側の役員は恭平唯一人で、隣には銀行を定年退職した経理部長が座っているだけだった。

一見すると多勢に無勢の交渉も、実質は安藤委員長と恭平の一対一の対決で、委員長以外の組合員はまるでボクシングの試合を観るリングサイドの観客のようだ。

委員長は観客からの喝采と信任を得ようと、数々の法外な要求のパンチを繰り出す。

恭平は委員長と目を逸らすことなく、前後左右にウェービングしながら聴き入った後、軽くジャブを放った。

「解った。で、その要求を全て呑んだら、どうなるの？」

「……」

想定外のジャブがヒットし、委員長は鳩が豆鉄砲を食ったような顔をして立ち竦んだ。

「解らないかい。じゃあ、教えてあげよう。その要求を全部呑んだら、会社は一年以内に間違いなく潰れるよ。皆さんは、会社を潰そうとしているの？　そうじゃないだろ、だったら、もう少し現実的に、真面目に話し合おうよ」

穏やかに、諭すように、安藤委員長を無視して、観客席の全員に話し掛けた。

「おい、儂を馬鹿にしているのか！」安藤委員長がドスを利かせた大声を上げる。

「馬鹿になんかしていない。私は、どうすれば会社が発展し、我が社で働く全ての人が、ハッピーになるか、そのことを誰よりも真剣に考えている。それこそが、私の責務だ」

「偉そうなことを言うな！　お前なんか、直ぐに辞めさせてやる！　お前じゃ話にならん。何故、社長が出てこないんだ！」

「私は、社長に全権委任されて、この場にいる。そして、私を辞めさせる権限は、あなたには無い！　もし、皆さん全員が、私とでは話ができないと言うのなら、今日の団体交渉は終わりにしよう」

「……」

「いや、本川専務は、今までの専務とは違う。一年間の仕事ぶりを見てきて、よく判った。折角のチャンスだから、昇給のことだけでなく、会社のことを本音で話し合おうよ」

配送部の古参社員で副委員長を務める吉田係長の発言を機に、一気に潮目が変わった。観客の表情に生気が戻り、緊張感が解けて場が和み、これまでの鬱憤を晴らすかのように会社への不平不満の濁流が堰を切った。

恭平は一つ一つの意見に耳を傾けながら、内心では安堵し胸を撫で下ろしていた。

そして、己の甘さにホゾを噛むのは、翌朝のことだった。

いつも通り午前四時に出勤し、いつも通りに挨拶をして回ると、何人かの社員やパートさんが不自然に目を逸らして下を向き、返ってくる挨拶の語尾がはっきりしない。

首を捻りながら巡回する恭平は、盛付け責任者の今岡課長に呼び止められ耳打ちされた。

「昨晩、安藤委員長から多くの組合員に電話があって、半強制的にストライキへの参加を呼び掛けられているらしいですよ」

「ストライキ？　何で、ストライキなんだ！」

その日の午前九時、安藤委員長から週末にストライキを実施する旨の予告を受け、恭平は前夜の報告も兼ね、詫びを入れるつもりで社長室に入った。項垂れて肩を落とす恭平に対し、大泉社長は機嫌の好い笑顔を見せ、予想外の声を掛けられた。

「専務、お前は、たいしたもんじゃ。あの安藤が孤立を恐れて、慌てているじゃないか」

昨夜の団交の一部始終は、経理部長の口から既に聴かされているようで、ストライキ予告に関しても大きな心配はしていなかった。

それでも週末は、お花見の折詰弁当の予約が殺到しており、組合員全員に職場放棄されると、お客様に大変な迷惑を掛けることになる。組合側がストライキへの呼び掛けビラを配るのに対抗するように、恭平は出勤要請の檄文をフェルトペンで綴って掲示した。

金曜日の午前零時。課長以上の役職者と共に現場に入った恭平は、四百本余のバッテラ寿司を独りで仕上げる悲壮な覚悟で現場に立った。

その数が百五十本を少し超えた三時過ぎ、現場のドアが開き、組合員の社員やパートさんが一人二人と顔を見せ、いつもとは逆に恭平の横まで来て、笑顔で挨拶しては持ち場に就き始めた。

「おはようございます。ありがとう！」

短く返す挨拶の声は震え、恭平は懸命に涙を堪えながらバッテラ寿司を押し続けた。

辛くもストライキは霧散解消し、花見シーズンは大過なく乗り切ることができたが、大泉社長と恭平の口論が勃発したのは、その後のことである。

「ストライキも無く、無事に出荷を続けることができたのは、組合員を含む全社員のお陰だから、昇給に少しでも色を付けて欲しい」

恭平の提案は一笑に付された。

「馬鹿なことを言うな。それでは組合の思うつぼじゃないか」

万鶴の給与は同業他社に比べると高い方だが、他業種と比較すれば、決して高いとは言えない。給与を上げる代償として、もっとハイレベルの仕事を社員に求めるべきだ。

　恭平は一歩も引かず持論を展開し、終に大泉社長は折れた。


　万鶴での仕事の合間を縫って顔を出す、ひろしま食品は相変わらず悪戦苦闘していた。給食弁当の食数は徐々に伸び、赤字の元凶だった店舗経営からの撤退は実現したものの、仕事がシンプルになった分だけ単調に流れ、新しい挑戦への気概が感じられなかった。

　それでも、ひろしま食品の従業員たちは万鶴の半分にも満たぬ、雀の涙の昇給を喜び、恭平の顔を見る度に丁寧な礼を口にする。恭平は気恥ずかしさに赤面しながらも、社員のモラルの高さに感謝しつつ奮い立ち、それらを活かし切れない常務の緊張感に欠ける言動に触れるたびに、溜息を吐き唇を噛んでいた。


　その頃、広島市内で果実業を営む高校時代の級友、丸田研三と再会し取引を開始した。丸田の父親は広島の果実業界の大物だったが、既に引退して家業は四人の息子たちが引き継いでいた。三男坊の丸田は、折に触れ二人の兄から受ける処遇に愚痴を零し、弟の不利益を嘆いていた。

　しかし、丸田の言い分を聞く限りでは、恭平は二人の兄の計らいは至極当然に思え、同じ事象でも兄弟それぞれの立場によって、捉え方が異なるものだと痛感させられた。

そして、弟に対してはもちろん、如何なる相手に対しても相手の立場に立って考え、感情に任せての言動は慎もうと自戒を繰り返していた。


二歳違いの恭平と修平は、子供の頃から仲の良い兄弟だった。

恭平が小学校三年生、修平が一年生だった或る日、修平が泣きながら家に帰って来た。理由を訊くと、近所の六年生に苛められたと言う。バットを肩に担いで仇討ちに行った三十分後、返り討ちに遇った二人は、声を揃えて泣きながら、手を繋いで帰って来た。

あの事件こそ兄弟の原点として、今も恭平の脳裏に在る。

恭平は絵を描いたり作文を書いたりすることが好きだったが、修平は歌を歌い楽器を演奏することが得意で、小学校で入っていた合唱団では全国大会に出場し、中学では吹奏楽部の部長だった。

同じ高校に入学し吹奏楽部に入ろうとした修平を、恭平は強引にサッカー部に勧誘した。

最上級生と新入部員としてサッカー部での活動を続けるうちに、恭平は改めて二人の性格と行動パターンの違いに気がついた。

恭平は負けず嫌いで目立ちたがり屋のくせに、案外な臆病者だった。

臆病なことを自ら自覚していた恭平は、意識して大胆を装い自由闊達に振る舞っていた。

当初は虚勢を張っての振る舞いに過ぎなかったが、少しずつ習い性になり、自分の所作が変わっていくのを愉しんでいた。

修平も同じように見栄っ張りだったが、生活の随所に不精な性格が顔を出し、優柔不断で中途半端な言動に終始していた。

子供の頃は、こうした弟との違いに秘かな優越感を感じていたが、長じても自らを見詰め直し、改めようとしない修平に不安と苛立ちを覚えていた。

それでも恭平は「いざ！」となれば、何時でもバットを握り弟を守る覚悟を忘れたことはなかった。

そして、二人が揃って泣く哀れな醜態は、二度と演じたくないと肝に銘じていた。

人生いろいろ幕の内弁当　《三十二歳～三十五歳》

「本気で叱り、真剣に聞いていただけるクレーム対応時こそ、最高の営業チャンスだ」

口癖のように言い続けていた恭平だったから、対応が難しいクレームの度に声が掛かる。相手の素性を確かめることなく電話一本で商品を届ける生業が故に、一筋縄ではいかない思いがけぬ輩を相手に、恭平は一触即発の危険なクレーム対応も数多く経験した。

今も思い出す度に慚愧の念に堪えず、忸怩たる思いに駆られるクレーム相手は、反社会的勢力ではなく、花見シーズンの日曜日の善良な一般市民からの電話だった。

「責任者を出せ！」

激昂の電話に慌てて白衣からスーツに着替え、ネクタイを締めた恭平は、届け先の郊外の真新しい一軒家に駆けつけ、玄関を開けた途端、絶句した。

恭平の目に飛び込んできたのは、祭壇に供えられた就学前と思われる女児の遺影だった。

「我が娘が、車に轢き殺されただけでも悔しいのに、それをお前らは祝うのか！」

泣きながら、殴りかからんばかりに肩を摑み揺さぶる、同年代の若い父親の憤りに返す言葉も無く、恭平は殴って気が済むなら殴って欲しいと願いながら立ち竦んでいた。

葬儀用に受けた折詰に法事用の掛け紙や黄白の掛け紐ではなく、間違えて通常の掛け紙と紅白の掛け紐を掛けて届けしてしまったのは、完全に会社側の手違いであり、謝っても許される失態ではなかった。

大晦日、数千食の製造が恒例となっている「おせち料理」は、製造遅れも恒例だった。万鶴の専務に就任した初年度、恭平がおせち料理の配達を終えたのは、除夜の鐘の鳴り響く深夜。玄関の明かりが点いているのを幸いに呼び鈴を押し、会社名を名乗ると、

「何時だと思っているんだ！　もう要らんから、持って帰れ！」

大声で怒鳴られ、恭平は姿の見えないお客様に平身低頭し、

「代金はいただきません。良い年をお迎えください」

深々と頭を下げて詫びながら、雪が降り始めた玄関先におせち料理を置いて帰った。

新しい年の門出を祝うべき「おせち料理」を時間通りに製造し、時間通りに届けることのできない悔しさを二度と味わいたくないと一念発起。翌年のおせち料理は、営業、献立、仕入、製造、配送の全てを恭平が企画し、責任を負った。

営業は、直販に加え地元の大手スーパー「スプリング」とも契約し、トータルでの受注量は前年の倍近くに達し、売上総額は一億円目前まで伸びた。

献立や仕入は、過去の実績に捉われず、他社のメニューやおせち食材専門業者の展示会を見て回り決定。チラシの撮影に立ち会い、デザインにも口を出した。

パソコンなど無い時代だったから、方眼用紙に時間と具材と必要人員を色鉛筆で色分けし、十分単位の緻密な製造計画を立てた。

自前の運転手だけに頼らず、業界初の試みとしてヤマト運輸の宅急便&日通のペリカン便を活用した配送システムは、マスコミからも注目された。

過去に製造遅れ、配送遅れの経験しか持たない社員たちからは、

「絶対に、不可能だ！」「これで、専務は終わりだ！」などと揶揄された。

「絶対に、計画通りに終わらせてみせる！」大見得を切った恭平は、師走二十九日の午前零時に長靴を履いて現場に入り、不眠不休で陣頭指揮を取り続け工場を歩き回った。

そして、例年なら大晦日の夕方までかかっていた製造が、受注の倍増にもかかわらず予定通り午前九時に終了し、午後五時には全ての配送が完了した。

配送完了の報告を受け、六十五時間ぶりに長靴と靴下を脱いだ恭平の足の裏は、白くふやけて感覚を失っていた。

睡魔と闘いながら車を運転し、自宅に辿り着いた恭平は、そのまま深い眠りに落ちた。

目覚めて雑煮を食べ、子供たちにお年玉を渡したのは、元日の翌日の昼過ぎだった。

二社掛け持ち専務で東奔西走していた或る日、数年前までの勤務先だった広告代理店の村木営業部長から電話があった。

「今度、東部警察が広島に行くのだが、その際の弁当をお願いできないか」

「えっ、警察！　東京の警察が何をしに、広島に来るんですか？」

「東部警察ですよ。石坂慎次郎の復帰第一作『東部警察ＰＡＲＴⅢ』ですよ。本川さん、テレビ観ていないの」

「ゴメンなさい。滅茶苦茶忙しくて、テレビは殆ど観ていないんです」

間の抜けた会話から始まった商談を要約すると、以下のようなものだった。

「石坂プロ制作の人気番組『東部警察ＰＡＲＴⅢ』が翌月初旬から十日間、広島でロケ撮影を挙行する。その毎日のロケ弁当を担当して欲しい」

「今回の地方ロケは、病気療養中だった石坂慎次郎の復帰第一作だから、慎次郎の食事には特に気を配って欲しい。詳細については、慎次郎の奥さんから直接に聴いて欲しい」

実は石坂慎次郎も然ることながら、慎次郎夫人の石坂まさ子こと西原美枝の大ファンだった恭平は、一も二もなく引き受けた。引き受けてから国立病院の管理栄養士に助力を要請し、横に待機させてから慎次郎夫人に電話を掛けた。

憧れの西原美枝の麗しき御声に陶酔しつつ、丁寧なご指導を仰いだ後、

「概要は解りましたが、念のため管理栄養士にも同様のご指示をお願いします」

そう断って、電話を代わった。

「あらっ」

受話器の向こうから西原美枝の軽い溜息が漏れ、恭平は肩を竦めた。

石坂軍団が来広し、テレビ局での記者会見は開局以来のファンが集い、一目でも慎次郎を見ようと詰め寄った群衆の圧力でガラス張りの大きな窓がミシミシと音を立て、局側を慌てさせた。

そうした中、広告代理店の配慮もあって、恭平と大泉社長は慎次郎や渡辺祐也の直ぐ近くに控え、会見後の食事に備えた。

慎次郎夫人の指示を忠実に守った、減塩とカロリー計算の行き届いた松花堂弁当の上には、恭平が友人のイラストレーター・内道宗廣に依頼して仕上げた、宮島の大鳥居を背景に紅葉が舞い石坂慎次郎と渡辺祐也の似顔絵がポーズを取る「東部警察ＰＡＲＴⅢ」の掛け紙が鎮座していた。

漆器の松花堂弁当を見た慎次郎の表情が一変し、発せられた声に恭平は縮み上がった。

「誰だ！　こんなモン作ったのは、誰だよ！」

小さく浅い呼吸を一つして、恭平は前に進み出た。

「済みません。私が作りました」

「おぉ、お前さんか。気に入ったよ！　日本中をロケして回ったが、こんな気の利いた弁当は、初めてだよ。さあ、一緒に写真を撮ろう」

てっきり叱られると身も心も硬直させていた恭平は、思いがけぬ誘いに身体中の筋肉を一気に弛緩させた。

額の汗を拭き上目遣いに凝視した慎次郎は、座っているのに仁王様のように巨大で、対峙して立ち竦む恭平は実に矮小な存在に思えた。

「ありがとうございます。私よりも、ウチの社長をご一緒させてください」

とても横に並ぶ勇気が持てなかった恭平は、それだけ言って二歩三歩と後退りした。

それからの十日間、恭平は石坂プロの一員になったかの如く、撮影現場に付きっ切りとなり、五十食前後の朝食と百食余りの昼食をロケ地へ配達するのが日課となった。日替わりで同行させた二〜三人の女子社員たちは嬉々としてお茶の接待をし、撮影の合間に写真を撮ったりして、帰社すると留守番の仲間たちに自慢していた。

お互いを「専務」と呼び合う石坂プロの大林専務から、恭平は初日の撮影現場で声を掛けられた。

「おい、専務。このロケ弁、市販しているのか」

「何を言っているんですか、専務。そんな勝手を許してもらえる訳ないでしょう」

「専務は商売人じゃないなぁ。『渡辺祐也も食べている東部警察弁当！』って売れば、間違いなく売れるよ」

小躍りした恭平は、「東部警察ＰＡＲＴⅢ弁当」のチラシを作成し、給食先に配布した。一食千円の日替わり・東部警察弁当は、ご飯の美味しさにこだわって最高級のコシヒカリを使用しており、イラスト入りの掛け紙と相俟って人気を博した。

最終日の撮影は、元宇品の廃屋まがいの倉庫で行われた。

何処から運んできたのか直径一メートル程の大鍋が据えられ、驚いたことに渡辺祐也や太地ひろし、三村智和などの錚々たる出演者が「軍団鍋」と称される豚汁を作り、恭平や同行の女子社員もご相伴にあずかった。

豚汁を掻き込んでいた恭平は、大林専務から声を掛けられた。

「おい、専務。東部警察弁当は売れたか？」

「はい、お陰様で売れました！」

「良かったなぁ。じゃあ、三割とは言わんが、二割だけ請求書から値引きしておけよ」

唖然として反論する術もなく、恭平は同じ専務として格の違いを痛感させられた。

追いつ追われつ、三つ巴《三十三歳～三十五歳》

広告代理店時代、メインクライアントとして担当していたスーパー・ドジャース社員に共通する「仕事を与えてやっている」的な社風に、恭平は馴染むことができなかった。

会社の規模や業種、主従の如何を問わず、基本的にビジネスは「Give and Take」の対等であるべきだと恭平は考えていた。

スーパー・ドジャースの広島における二店舗の従業員食堂を万鶴が委託されており、恭平が窓口担当になった。

奇遇とも言える巡り合わせを機に、何とか過去のイメージを払拭したいと願った恭平は、二店舗の従業員食堂の献立やサービスには特に気を配っていた。

開局十周年を記念してテレビ広島主催で「広島オープンゴルフ」が開催されて以来、ギャラリー用の弁当販売をひろしま食品が請け負っていたが、恭平が万鶴の専務になってからは、イベント関連事業は対応力のある万鶴が担当するように変更した。

来場者の入り具合で販売数が変動するイベントでの弁当販売は、当たれば儲けも大きいがロスも多く、ビジネスとしては案外なリスクもあった。

こうしたロスを防ごうと考案した苦肉の策が、二段階メニューだ。

当初は持参した弁当だけを売り、完売の見込みが立った時点から肉うどんの実演販売をスタートさせる。弁当は翌日に持ち越せないが、うどんや肉は冷蔵車に保管しておけば翌日も販売可能で、ロスを最小限に抑えることができると言う案配だ。

かつての大会最終日、見込みを大幅に超える観客が来場して弁当が売切れ、関係者以外レストランに立ち入り禁止だったことで腹を空かせたギャラリーから罵声を浴びせられ、主催者からは執拗に叱られた経験から生まれた苦肉のアイデアだった。

来場者数の予測は実に難しく、第一に天候、次に優勝争いをする顔ぶれによって、日々大きく左右される。

その年の決勝初日、パター練習場の前でジャイアント野崎と擦れ違った恭平は、思い切って声を掛けた。

「野崎さん！　ギャラリー用の弁当を売っている者ですが、今日は頑張って、ぜひトップに立ってください。弁当の売上は野崎さんの成績次第なんですよ」

「俺の順位で、弁当の売上が違うのか」

「もちろん！　去年は野崎さんが優勝されたから凄く売れたのに、今年は伸び悩みですよ」

「へ～、悪いなぁ」

丁度、その横を通りかかった選手の肩を叩き、ジャイアント野崎が軽口を叩いた。

「おい、ヨシタカ。お前がリーダーだと、弁当が売れんとさ」

その年の優勝者となった、鈴木良隆は訳も分からずキョトンとしていた。


その日の弁当販売を終了し、片付けを始めた頃、恭平のポケットベルが鳴った。

発信元は万鶴本社で、電話で告げられた連絡事項は、スーパー・ドジャースの社員食堂で発生した金属片混入クレームの対応依頼だった。

大慌てで資材を二トン車に積み込み、恭平はドジャース広島店に向かった。

店長室に入ると、いきなりの怒声が響いた。

「連絡したら、なぜ直ぐに来ないんだ！　今まで何処に居たんだよ！」

「申し訳ありません。西条のゴルフ場にいたものですから」

「ゴルフ場！　好い気なもんだな、クレームを出しておいてゴルフか！」

「いえ、ゴルフ場には居ましたが……」

「言い訳なんか、聞きたくないんだよ。今日の不始末は、どうしてくれるんだ！」

「申し訳ありません。まだ食堂に顔を出していないので、詳しい事情は把握できていませんが、先ず、ご本人様にお詫びさせてください」

「本人よりも、先ず店長の俺に謝るべきだろう！」

「事情も把握せず駆けつけて、申し訳ありませんでした。ぜひ、ご本人を……」


店長室のドアをノックして、年配の女子従業員が入って来た。

「あの～、万鶴さん、今日はご迷惑をお掛けして済みませんでした」

「何を言われるのですか。ご不快な思いをさせてしまい、本当に申し訳ありませんでした」

深々と頭を下げた恭平の頭上に、意外な言葉が降りてきた。

「あの金属片は、私の歯の詰め物だったみたいです。ご迷惑お掛けして済みません」

「あぁ、そうだったんですか。安心しました。原因が判って、良かったです」

昼食に食べたトンカツに金属片が入っていたとのクレームを受け、胆を冷やして駆けつけた恭平だったが、正直に告白してくれたことに安堵していた。

思わぬ展開に、素直に一件落着できないのは店長だった。

「よく気をつけなさいよ。私だって忙しいのだから」

女子従業員に小言を言って部屋から追い出し、振り返っての恭平への言葉は短かった。

「まぁ、そういうことだから……」

「そういうこととは、どういうことでしょうか」

「彼女は間違いを認めて、謝っていたでしょうが」

「あの方からは謝っていただきましたが、店長は勘違いを認めておられません」

「私に謝れと言うのか！」

「謝る、謝らないは、どうでも好いんです。勘違いを認めていただきたいのです」

「勘違いって、何だ」

「まず、異物の混入は、私共が原因では無かったこと。次に、ゴルフ場へはプレーのためではなく、仕事として弁当販売に行っていたことです。因みに私は、ゴルフはしません」

「……」

勘違いを認める言葉はもちろん、詫びの一言も聞けぬまま、恭平は店長室を出てドアを閉め、小さく舌打ちをした。


その日の夕刻、工場に入れる新しい厨房機器の据え付け作業に、恭平は立ち会っていた。東京から来た機器メーカーの部長が、ふと漏らした言葉に恭平は鋭く反応した。

「えっ、コンビニのエンゼルスが広島に出店するの！」

「ええ、そうみたいですよ。東京でエンゼルスにお弁当を納めている会社から、そんな話を聞きましたよ」

「へぇ、そう。いよいよ、広島にも出店するんだ」

かつて広告代理店勤務時代に、スーパー・ドジャース系列のコンビニエンス・ストア、ロイヤルズの広告を担当していた恭平は、将来の小売業はコンビニエンス・ストアと無店舗販売に収斂されるだろうと予測していた。

そして弁当屋を生業としてからは、できることならスーパー・ナショナルズ系列のコンビニエンス・ストア、エンゼルスと組んで仕事をしたいと秘かに考えていた恭平にとって、願ってもない朗報だった。

広島市の人口が百万人。

百万人が、朝・昼・夕と三回食事を摂れば、一日三百万食の食シーンが存在する。万鶴とひろしま食品の一日の製造食数を合わせ、最大限にみても一万食足らずで、その殆どが昼食に限られ、シェアは高々〇・三パーセントに過ぎない。

この三百万食の潜在市場を外食産業やスーパー、弁当チェーンなどが、家庭の食卓と競いながら争奪し合っている。この熾烈な競合状態にコンビニエンス・ストアが加われば、広島の市場もさらにシェア争いが激化すると恭平は予測していた。

新しい業態の進出に際し指を咥えて見ているか、新規ビジネスへの積極的な参入を図るべきか、大きな岐路を迎えたことに恭平は身震いした。

「もう一歩！　の踏み込みが、ピンチを防ぎ、チャンスを掴む」

サッカーの試合から得た教訓は、ビジネスの世界でも生きていると信じていた恭平は、即座に上京して、何の伝手も無いままエンゼルス本社の門を叩いた。

「広島に進出されると聞きました。ぜひ、私どもに弁当を製造させてください」

たったそれだけの要件を、二十分近くの時間を費やし熱弁を奮った。

相槌を打ちながら真剣に聴いたエンゼルスの担当者の返事は、素っ気なかった。

「折角のお申し出は有り難いのですが、現時点で広島進出の計画はありません」

「それでは、進出を計画された節には、ぜひとも我が社にお声掛けください」

深々と頭を下げて辞去し、仰ぎ見たエンゼルス本社ビルは秋晴れの空に輝いていた。


それから二年足らずの間に三度、恭平は上京してエンゼルスの本社を訪問した。

皮肉なことに時を同じくして、ドジャース傘下のコンビニエンス・ストア、ロイヤルズが広島進出するのに先行して、恭平を名指ししての訪問を受けた。

いぶかしむ恭平に、スーパー・ドジャースの元販売促進本部長がロイヤルズの社長に就任し、広告代理店時代から顔見知りの恭平に弁当製造を依頼するよう命じられての来社だと教えられた。一瞬、軽く逡巡したものの、エンゼルスを諦めることのできなかった恭平は、丁重にお断りした。

それから数カ月後、待ちかねたエンゼルスの担当者からの電話が鳴った。

第二章　新たな挑戦の幕開け

念ずれば、棚から牡丹餅 《三十五歳》

「突然で恐縮ですが、明後日ご来社願えませんか」

エンゼルス担当者からの短い電話を恭平は直立不動して受け、最敬礼して応えた。

「はい、明日でも、明後日でも、最優先でお伺いさせていただきます」

翌々日の朝、恭平は新幹線ひかりに乗り込み東京へ向かった。

人生を賭けた決戦の場に臨もうとする恭平のセカンドバッグには、藤沢周平の文庫本、「ただ一撃」が入っていた。


エンゼルスの担当者は、心なしかこれまでよりフレンドリーに迎えてくれた。

「わざわざお越しいただいて恐縮です。広島進出の計画はないと申し上げて参りましたが、実は来年八月、広島に一号店をオープンします。つきましては、エンゼルスのお店へ弁当の納入をご検討いただけませんか」

「もちろん！　検討するまでもなく、ぜひお願いしたいと願っています」

「ありがとうございます。本川さんの熱意は充分に存じ上げていますが、弊社の品質管理基準はどこよりも厳しいと自負しております。その条件をクリアしていただいて、はじめて取引が可能となりますので、まずは御社の工場を見せてください」

電話を受けた時点で、今日にも取引契約は成立するものと意気込んでいた恭平は、己の早とちりを恥じながらも、一歩前進したことに安堵した。

帰広後、大泉社長にエンゼルス訪問の経過報告をした恭平は、改めて経営者としての未熟さを思い知らされた。

予てよりコンビニエンス・ストアの将来性を大泉社長に力説してきた恭平は、既に十分な理解と賛同を得ていると独り合点していた。しかし、いざ正式に取引を検討する段になり、その採算性を問われた恭平は立ち往生してしまった。

実のところ恭平は、コンビニエンス・ストアの将来性を確信してはいるものの、弁当やおにぎりをコンビニへ納品した際の採算性は全く把握していなかった。

慌てた恭平はエンゼルスの担当者に電話をし、エンゼルスと取引をしている会社の工場見学と経営者との面談を申し入れ、承諾を得た。

エンゼルスに弁当やサンドイッチを納品している東京フーズ株式会社を訪問するため、恭平は大泉社長を伴い再び上京した。

年中無休二十四時間営業の店舗に途切れることなく商品を供給する工場は、当然ながら生産体制も年中無休で、ほぼ二十四時間稼働なのは想定通り。予想外だったのは生産部門ではなく、矢継ぎ早に新商品をお店に供給するための開発部門、厳しい衛生管理を徹底するための品質管理部門に、多くの人と時間とコストを費やしていることに驚かされた。

そして、東京フーズの社長自らが開示してみせた直近三年間の決算書は、急激に伸びる売上は万鶴の十倍超なのに対し、利益は万鶴の三倍程度でしかなかった。

工場視察と社長のレクチャーを受けた恭平と大泉社長の所感は、見事に真逆だった。

「効率の高い二十四時間の生産体制に加え、弛まぬ商品開発の追求と厳しい品質管理を徹底する姿勢こそ、食品製造業のあるべき理想像」そう認識して恭平は感動した。

一方、大泉社長は一言で切り捨てた。

「所詮、ピンハネされるビジネスは、売上は増えても利は少なく、取り組む価値は無い」

恭平は、エンゼルスへの商品供給こそが、ひろしま食品が将来とも生き残る活路であると考えていた。

しかし、万鶴の専務を兼務する立場に加え、ひろしま食品の工場は万鶴からの賃貸物件である以上、当初からエンゼルスとひろしま食品の取引を言い出す訳にはいかず、先ずは万鶴での取り組みを打診し、万鶴が取引を辞退した後に、ひろしま食品での製造を具申するのが筋だと考えていた。

そうした手順を踏んだうえで、ひろしま食品との取引が実現することを目論んでいた恭平は、大泉社長の言葉を聴いて内心ほくそ笑みながらも微かな不安を覚えた。


ひろしま食品の工場を視察したエンゼルスのＱＣ（品質管理担当者）は、一通り工場を視察した後、大きな溜息を吐いて呟いた。

「相当の手直しをしなければ、この工場での製造は難しいですね」

東京での工場見学を終え、彼我の違いを痛感していた恭平は、それなりの覚悟はしていたが、はっきり「難しい」と言われた衝撃は大きく、見当もつかぬ改修コストを案じながらも強弁した。

「如何なるご指摘にも従いますので、改善点をご指導ください」

指摘された点を全てクリアした工場の改修案を見積もると、恭平の思惑を遥かに超え、売上の二カ月分近くに匹敵する額だった。

急造した根拠の薄い五年間の収支計画に改修見積書を携え、恭平は大泉社長と二人だけの会談に臨んだ。

大泉社長は二通の書類を一瞥して放り投げ、腕組みして一言で結論付けた。

「止めとけ」

「いえ、やらせてください！　もし、我々が取り組まなければ、他社に市場を奪われ、必ず後悔します！　エンゼルスの店舗が増え売上が増えて、お客を奪われてホゾを噛むのは目に見えています」

「収支計画書に試算したように、店舗が五十を超える三年以内には、現在のひろしま食品の給食は全て、万鶴に移管しますから万鶴にも大きなメリットがあるはずです！」

「そんな計画書は、デタラメの絵空事だ。止めとけ」

「デタラメではありません！　絶対に迷惑は掛けませんから、やらせてください！」

二時間以上にも及ぶ堂々巡りの末、条件付きで大泉社長が折れた。

「専務は今まで通り万鶴の仕事を続け、エンゼルスとの新規ビジネスは弟に任せるなら、やっても良い。念のために言っとくが、絶対に失敗するぞ」

「ありがとうございます！　必ず成功させてみせます！」

大見得を切ったものの、ひろしま食品には改修資金も与信能力もなく、父親任せにしていた資金調達を自ら実行するため、カープ信用金庫に電話をして面談のアポを取った。

支店長室に通された恭平は、どのように切り出すべきか思案しながら落ち着きを失いかけていたが、村田支店長の後ろから入ってきた行員の顔を見て驚くと同時に、一気に普段の自分を取り戻した。

「本川先輩、お久し振りです」

にこやかに挨拶する融資係長は、鯉城高校サッカー部で一年後輩の土橋健太郎だった。

一頻り高校時代の思い出話に花を咲かせ、緊張感もほぐれた頃に恭平は、ひろしま食品と万鶴の関係と現在の恭平の立場、コンビニエンス・ストアの将来性とエンゼルスの先進性に熱弁を奮い、おもむろに収支計画書と見積書を提示した。

恭平の話の随所で土橋融資係長は、「先輩は昔から熱い人で……」などと合いの手を入れ、懸命に支店長との間を取り持っていた。

「本川専務のエンゼルスに懸ける熱い思いは、充分に理解いたしました。私共の土橋もお世話になっていたようですので、できる限りのお手伝いをさせていただきます」

ほとんど一方的に恭平が喋り、相槌を打つだけだった村田支店長の言葉を聴いて、不覚にも恭平は目頭を熱くした。そして、金利は少し高くなるが信用保証協会を使うことで、工場の改修資金五千万円の融資は約束された。

十日間に三度目の上京のため、恭平は新幹線に乗った。前途に光明を得た恭平のバッグには工場の改修図面の他に、藤沢周平の長編「一茶」が入っていた。

当初から担当の諏訪MD（マーチャンダイザー）に加え、品質管理の佐東QCに対し、恭平が取引開始承認の礼を述べ深々と頭を下げると、対座した二人も起立して同じように礼を述べた。

「このたびはエンゼルスへの商品提供をご決断いただき、本当にありがとうございます。実は、広島地区への新規出店まで一年を切りながら、主力カテゴリーである米飯ベンダーが決まらず、正直申し上げて焦っておりました」

「焦るって……私は二年も前から納品のお願いをしていたんですよ。その時は、まだ出店の予定はないって、門前払いだったんですよ」

「申し訳ありません。その当時は御社以外に納品のお願いをしておりまして、そう申し上げる他なかったんです」

「そうだったんですか。因みに我が社以外って、どこの会社だったんですか？」

「はい、最初は五島食品さんに断られ、次に安芸駅弁さんに断られました」

「五島食品も安芸駅弁も、懇意にしていただいていますが、何故お断りになったんですか」

「さあ、何故でしょうか。きっと、コンビニエンス・ストアに対するご理解をいただけなかったのだと思います」

「棚から牡丹餅」の僥倖に感謝した恭平は、五島食品の五島社長と安芸駅弁の中山社長、そして万鶴の大泉社長、さらにはカープ信用金庫の村田支店長と土橋係長に心の中で手を合わせ礼を言った。

右往左往しながら、東奔西走　《三十五歳》

エンゼルスとのビジネスを正式決定してから、恭平は父親と弟に再度コンビニエンス・ストアの仕組みを説き、その延長線上にひろしま食品の将来が在ることを切々と説いた。

半信半疑で聴いていた二人だったが、間も無く六十八歳になる父が口を開いた。

「詳しいことは解らんが、儂はこれから何をすればいいんだ」

「社長は、新しいビジネスには口を挟まず常務に任せ、従業員食堂の経営だけに専念してください。でも、資金繰りだけは厳しくチェックをお願いします」

「誰よりも、エンゼルスとの新しいビジネスで肝心なのは常務だ。常務がどれだけ本気に取り組むかで、ひろしま食品の将来が決まる。これまでみたいな中途半端な考えを捨て、エンゼルスのＭＤとＱＣの指示を守って、美味しくて安全な商品を作って欲しい。私も一日に一回は必ず顔を出すから、困ったことがあったら何でも言ってくれ」

「……」

一瞬、常務の表情に動揺が走ったのを見逃さず、恭平は問うた。

「どうした、何か納得できないことでもあるのか?!」

取引開始までの経緯も知らず、このチャンスがどれだけ恵まれたものかも理解せず、目先の自分のことだけを想って不安顔の常務に、恭平は独り善がりな腹立ちを覚えた。

「いや、コンビニエンス・ストアって、専務が言うように本当に伸びるんだろうか。広島のパイレーツの弁当だって、そんなに評判は良くないし……」

「その通りだ。ナイト・ショップと銘打って時間的なメリットだけで店舗展開するパイレーツの弁当は、自社工場で作っている。売り手と作り手が同じ会社だと、どうしても妥協が生まれる。その点、エンゼルスは販売に全責任を持ち、製造は我々ひろしま食品が責任を持つから、相互に甘えや妥協が生じ難く、価値ある商品ができるんだ。もし、万が一、弁当が売れなかったら、それは我々の商品力が劣っているからだ」

「でも、店が増えなければ、弁当も売れないいんじゃないの……」

「三十坪程のエンゼルスの店には、三千品種の商品が揃っている。その使い勝手の良さと便利さが評価されて、既に全国十一の都道県で千二百店舗以上も出店しているんだ。広島に出店すれば、間違いなく近い将来に百五十店舗は期待できる」

「我が社がやっていた直営店は弁当だけの販売、昼だけの営業だったから経費が嵩み、採算が合わず撤退した。しかし、エンゼルスとのビジネスにおいては、無駄な販売経費は必要なく、我々はモノづくりに専念すれば良いんだ。シツコイようだが、売れるか売れないかは商品次第、我々次第だ！」


これまでも話して聞かせた説明を、辛抱強く繰り返す恭平に意外な言葉が返ってきた。

「うん、凄く有望だと思うけど、専務が取ってきた仕事だから、専務が責任者でやってくれると思っていたのに」

「馬鹿野郎！　お前は、目の前に転がり込んできたチャンスから逃げるのか！」

「このビジネスこそ、お前を一人前の経営者に育てるチャンスだと期待している、俺の気持ちが解らんのか！」

「やれるものなら、俺がやりたいよ！　だが、俺が万鶴を辞めて、この工場を借りられなくなったら、このチャンスは消えるんだぞ！　この工場が在ったから、エンゼルスのＯＫが出たんだぞ！　甘ったれるのも、好い加減にしろ！」

「いや、そう言う意味では無くて」

「やかましい！　男なら、愚図愚図言わずに死ぬ気になって、やってみろ！」

激昂する恭平を、社長の立場を忘れた父親が嗜めた。

「恭平、お前の気持ちは有り難いが、誰だって初めての仕事に飛び込むのは不安なものだ。誰もがお前みたいに、怖いもの知らずじゃないんだ」

（俺が、怖いもの知らず?!　何を言っているんだ！　俺は正真正銘の臆病者だよ）

（臆病者だからこそ、会社を倒産させるのが怖くて、従業員や弟を路頭に迷わすのが怖くて、どうすれば生き残れるかを懸命に考え、必死に動き回っているんじゃないか）

（どんなに臆病でも、怯懦にはなりたくないと歯を食いしばっているのが、親父には解らないのか！）

父親と弟を前にして言葉を失い、恭平は孤立していった。


従来の給食弁当や折詰の製造を続ける傍ら、エンゼルスから指摘を受けての改修工事が始まった。

それまでの開放的なレイアウトから、下処理、調理、炊飯、盛付け、仕分けなど、部署ごとに部屋が仕切られての慣れない作業に、「窮屈だ」「不便だ」の声が上がった。

それでも、慌ただしく環境が変わり、形態の違う弁当やおにぎりの試作が始まるにつれ、新しい何かが始まろうとしていることに、社員の誰もが不安と同時に胸を弾ませた。

弁当や寿司、おにぎりなどの米飯商品は、お店の主要カテゴリーであるだけに、エンゼルスの方針で、一地区二ベンダー制が原則とされていた。広島地区も例外ではなく、最初の一号店から二社でアイテムを振り分けて製造、納品する仕組みが採用された。

ひろしま食品と店内競合することになった瀬戸内フーズは、以前から大手パンメーカーの系列店へ弁当やサンドイッチの納品を生業としていた。

それだけにエンゼルスへの納品に抵抗感はなく、初めて製造卸業務へ参入するひろしま食品はスタート時点から一歩も二歩も後れを取っていた。

八月七日の午前七時、エンゼルスの広島一号店がオープンした。

前日の通常業務を終えて製造を開始したお弁当やおにぎりは、僅か三十坪の店舗に陳列できるのかと心配になるほど膨大な量だった。

案の定、ひろしま食品と瀬戸内フーズの二社から届けられた山のような商品は、陳列ケースから溢れ、特製のボックス六台に保管された。

翌朝は、いつもより早く給食弁当の盛付けを済ませ、エンゼルスの商品の製造を開始し、何とか約束の時間までに届けることができた。

「たった一店舗で、こんなに忙しいなんて想像もしていなかった。今は、専務のお陰でエンゼルスの仕事を始められたことを心から感謝しています。ありがとうございました」

常務と二人で配達に来た恭平は、思いがけず殊勝な言葉を聞いて胸が熱くなった。

「一週間は開店セールだから注文も多いだろうが、その一週間の売れ残った商品は我が社の負担だから、大幅な赤字を覚悟しておけよ。そして、パートさんの確保を急がないと、このペースで店舗が増え、さらに忙しさが増したら、みんな辞めてしまうぞ」

そんな会話を交わしながら、商品を運んできた空コンテナを車に積んでいた恭平は、広島地区の初代ＭＤの加藤さんに声を掛けられた。


「専務、ちょっといいかな」

「いいですよ。それにしても凄い量ですね。全部売れてくれたら嬉しいんですけど」

「そのことで相談があるんだよ。実は、瀬戸内フーズの中田社長から電話があって、予想していた物量と違い過ぎる。こんな状態では社員が持たないから、取引をやめさせてくれって言うんだよ。たった一日でギブアップだよ。どう思う」

「どう思うって、ちょっと無責任じゃないですか」

「そうだろ。取引を始めた初日に撤退だなんて、どう考えても無責任だよね。そこで、お願いなのだけどさ、瀬戸内フーズが担当しているハンバーガーを作ってくれない」

「えっ、ハンバーガーって、ひろしま食品は作ったことないですよ」

「うん、知っている。作り方は教えるからさ。三週間後の九月一日からハンバーガーを納品して欲しいんだよ」

「三週間後！」

「うん、まず、常務か誰かを、東京まで研修に行かせて。納品開始の際には、東京から指導に来させるからさ」

「それって、もう決めちゃっているんでしょう」

「うん、そうなんだよ。ゴメンね」

加藤MDの有無を言わせぬ強引さと調子の好さに加え、生産が追い付かぬというハンバーガーに惹かれて即決した恭平は、隣に立つ修平に命じた。

「そう言う訳だから、東京に行って、ハンバーガーの作り方をマスターして来い」

一瞬、常務の表情に浮かんだ動揺を無視し、恭平は加藤MDに向き直って告げた。

「折角、ハンバーガーを作るのなら、ついでにサンドイッチも作りましょうか」

「専務なら、そう言うと思った。ハンバーガーとサンドイッチの半分でも移管できたら、きっと中田社長も思い直してくれると思うよ」

三十五歳の同い年だからか、忌憚なくモノを言い合い、躊躇なく判断できる加藤MDに対して、恭平は相性の好さを直感した。

渡る世間は仏ばかり　《三十五歳〜三十六歳》

八月オープンの一号店から始まったエンゼルスの出店は矢継ぎ早に続き、年が明けた頃には十店舗を超えた。

一カ月遅れで九月から製造を開始したハンバーガー類の売上は凄まじく、チーズバーガーやフィッシュバーガーなどを合わせた売上は平常でも一日一店舗で二百個を超え、一週間のオープニング・セールでは一店舗で千個を超えるような発注があった。発注はあったが、その全てが売れる訳ではなく、開店一週間に限っては製造元が返品を受ける契約になっており、ハンバーガーやおにぎりなどのセール対象品の返品数は半端ではなかった。

山のような返品を見かねて加藤MDに実状を訴えると、穏やかに諭された。

「お店との契約は、十五年間続くのだよ。その間、お店が発注して売れ残った商品は全て、お店が負担するのだから、十五年分の一週間だと思って辛抱して欲しい」

そう説得されると頷く他なかったが、

「十店舗以上も同じような返品が続けば、発注の仕方をもう少し工夫しても良いのではないですか。追加発注を受け付けますから、無駄なロスを無くすよう再考して欲しい」

そう懇願し続け、やっと受け入れられた。

万鶴とひろしま食品の掛け持ち専務を続けながら、恭平は折を見てはエンゼルスの店頭に並べるための商品を開発していた。開発と言っても安直なもので、包材業者が持参した新しい容器に万鶴の食材を適当に盛付けただけの好い加減さだった。

それでも案外な好評を得てヒットした一つは、バスケットを模した新規の容器に鮭、昆布、梅の三角むすびを三個、そしてパンの耳を五ミリ角のサイコロ状に切り鶏肉に塗して揚げた唐揚げが三個入った、「むすびバスケット」だった。

同じ内容を従来の弁当箱に入れたら、平凡極まりない商品だが、斬新な容器に入れただけで見た目が一変し、「むすびバスケ」の愛称で長年親しまれ、売れ続けた。

万鶴での業務を夕方に終えてから出社するひろしま食品は、午前零時までに納品する商品の製造に追われていた。再び白衣に着替えた恭平は、盛付け要員の一人となった。

レーンの上には、ハンバーガーのバーンズが流れ、バーンズにバターを塗り、焼かれたビーフ・パティを載せ、パティにソースを掛け、千切ったレタスを載せ、一枚一枚はがしたチーズを載せ、バーンズで蓋をする。出来上がったハンバーガーを袋に入れ、袋を折り返しテープで留め、テープの上にシールを貼り、番重と呼ばれるコンテナに入れる。

この一連の作業の何処かに入り、毎晩作業に没頭して時間を忘れた。

忙しさに忘れていたのは時間だけでなく、父親に任せっきりの資金繰りだった。

一号店の出店から八カ月余りたった、或る日の午後。

万鶴の現場にいた恭平は、大泉社長に呼ばれ社長室に入った。

「マルナカ商事が、ひろしま食品との取引を停止する言うとるが、専務は知っとるんか」

「はあ、何のことでしょう」

「ひろしま食品からの支払いが二カ月も遅れとるけぇ、もう納品できん言うとるぞ」

「申し訳ありません。私は全く知りませんでした」

「知らんじゃ済まんだろうが。直ぐ親父と弟に確認して来い」

マルナカ商事は広島でも有数の食品卸業社で、万鶴はもちろん、ひろしま食品のメイン仕入先だった。慌ててひろしま食品に駆けつけた恭平は、常務に事の次第を質した。

「うん、支払いが遅れているのは確かなんだけど、その都度に電話でお詫びして、了解してもらっていると思ったんだけど」

「思ったじゃ駄目だろう。何で俺に言わないんだ。他の取引先はどうなっているんだ」

「二カ月遅れているのはマルナカ商事一社だけど、一カ月遅れているところは、他にも何社かある」

「何やっていたんだよ。社長を呼べ。これから三人で相談しよう」

三人揃ったところで、どんな解決策も思い浮かぶ見込みはなかったが、せめて事実確認をして早急に対応したいと恭平は思った。

「正直、儂は疲れたよ。もう、会社を畳んだ方が良いかも知れん」

のっけから弱音を吐く父親に腹を立てながらも、恭平は責任を問うことはできなかった。

「常務は、どう考えているんだ」

「僕も、どうしていいのか分からん。タクシーの運転手にでもなって、やり直したい」

この言葉を聞くと同時に恭平は立ち上がり、大きく踏み込んで常務の頬を平手で張った。

「馬鹿野郎！　ふざけたことを言うな！　『タクシーの運転手でも』とは何だ！　タクシーの運転手に失礼なことを言うんじゃないよ！」

「そんな考えだから、お前は何をやっても上手くいかないんだ！　どうせ言うなら、『タクシーの運転手になって、広島一のタクシー会社を興す』くらいの台詞を吐いてみろ！」

「……」

「エンゼルスのビジネスに対して、お前に未練はないのか！」

「続けられるなら続けたいよ。だけど、どうしたら利益が出せるのか分からん」

「その言葉は、本気だろうな」

「もちろん、本気だよ」

「よし、分かった。今から大泉社長に会ってくる」

恭平は、その足で大泉社長の自宅を訪ねた。


「社長、誠に勝手を申し上げますが、万鶴の専務を辞めさせてください。ひろしま食品はこのままでは倒産します。私が社長になって、ひろしま食品を立て直します」

「馬鹿なこと言うな。お前が社長になっても、ひろしま食品は潰れる。そんなことは前から判っていた。意地を張らずに、潰してしまえ」

「いや、絶対に潰しません」

「潰さん言うて、どうやって潰さんのや」

「……」

「ほれ、みてみぃ。手立てが無いじゃろうが」

「お願いがあります。ひろしま食品の株の全てを無償で引き受けてください。そのうえで、私が社長になって仕入先を一社一社回り、一時的な支払いのジャンプをお願いし、二年以内には必ず正常化させます。そして三年後には株を有償で買い戻します」

「何のために、価値も無い株を引き受けるんや」

「ひろしま食品の信用のためです。そして、私の不退転の覚悟のためです」

「ふ〜ん。そんなことしても、ピンハネ・ビジネスは絶対に失敗する」

「いえ、必ず立て直しますから、やらせてください」

「無理じゃ。儂がやっても、今のひろしま食品は立て直せん」

「社長が無理でも、私がやって見せますから、やらせてください」

「よし、そこまで言うんなら、やってみぃ。上手くいかんかったら、万鶴に帰って来い。お前の席は空けておいたる。マルナカ商事には、儂からもよう頼んどく」

「ありがとうございます。でも、申し訳ありませんが、恐らく万鶴には戻りませんから、その時は勘弁してください」

社長の家を辞した恭平は、父親と弟に電話をし、自らが社長になる決意を告げた。

翌日の緊急朝礼で、恭平は万鶴の従業員にお別れの挨拶をした。

その後、ひろしま食品に行き従業員を集め、会社の置かれた状況を正直に話した。

そして、この窮地から脱出する特効薬はないことを告げた。

特効薬はないけれど、誰に対しても元気な挨拶をすること。一品一品の商品の美味しさと安全性を高めること。決められた時間を守ることを説いた。

そして、その平凡な行為を積み重ねていけば、必ず広島で一番の笑顔溢れる会社になれると訴えた。

その翌日から五十件を超える仕入先リストを手に、これまでのお詫びと支払い延期のお願いの行脚に出た。

突然の身勝手な申し出にもかかわらず、殆ど全ての仕入先から承認と激励の言葉をもらい、恭平は一息吐くと共に責任の重さに身が竦むのを覚えた。

恭平はサラリーマン時代の貯金を元に、市内を一望する高台に新居を購入していた。

妻の淳子は、実母が始めた結婚式場の美容室で着付けを手伝って忙しくし、祥代と謙祐の二人は元気に小学校に通っていた。

万鶴の専務を辞した恭平は、資金繰りに四苦八苦のひろしま食品から給与を取る余裕はなく、妻の収入だけでは生活が精一杯で、ローンの支払いはできないと諦めていた。

帰宅しての深夜、新居を売り払い賃借アパートに移るしかないと淳子に告げ、二人揃って深い溜息を吐いた。

翌日の早朝、恭平は財布からはみ出した一枚の紙を見つけた。そこにはキティちゃんの便箋に書かれた、五年生になったばかりの娘・祥代の几帳面な文字があった。

「お父さん、この家は大好きだけど、アパートに移っても大丈夫です。大変みたいですが体に気をつけて頑張ってください。でも、アパートは日当たりの良いところにしてね」

思わず泣き笑いした恭平は、便箋を丁寧に二つ折りして財布の中に仕舞った。

一カ月後、残高を気にして記帳した貯金通帳に、退職したはずの万鶴から、それまでの給与の六割相当の二十万円余が振り込まれているのを発見した。

予期せぬ入金に目頭を押さえ、唇を噛んで涙を堪えようとしたが無理だった。

大泉社長の好意による給与振込は、一年半後に恭平が辞退を申し出るまで続いた。

夜明け前の暗中模索　《三十六歳〜三十七歳》

三十六歳の誕生日直後の五月二十八日に登記を済ませ、恭平は正式に社長に就任した。

「絶対に会社を潰さない！」

その一念で社長に就任したものの、資金繰りを怠った父親への不信と運営責任を果たせなかった弟への不満、その後始末に追われる現実に憤っていた。

そんな苛立ちを募らせながら、仮にこのまま会社を潰せば、どれくらいの負債が残るのだろうと計算してみたら、アバウトな負債総額は一億円強だった。

次いで、仮に恭平が脱サラして、現在の年商三億円程度の食品会社を立ち上げようとしたら、どれくらいの資金がいるだろうと試算すると、最低でも一億円程度は必要だった。

ならば一億円を父や弟の後始末と考えず、二人が恭平のために用意してくれた起業資金と考えれば、腹を立てるのはお門違いで、感謝こそすれ恨む筋合いなどないと思い直した。

「そうか、同じ局面に立っても考え方ひとつで、マイナスがプラスにも変わるんだ！」

そう思い至った恭平は、少しだけ肩の荷が軽くなったような気がした。

気分だけは楽になったが、七月のボーナス支給時期になっても、事態は何も変わっていなかった。

取り敢えずジャンプしてもらった先々月以前の支払いはともかく、毎月の収支はギリギリで、賞与資金はゼロだった。

カープ信用金庫に嘆願した追加融資は丁重に断られ、恭平の個人預金をかき集めた総額五十万円が、百人分の賞与の原資だった。最高支給額五万円、最低支給額二千円に手書きの短いメッセージを添え、一人一人に詫びながら、ボーナスとも呼べぬ金一封を手渡した。

受け取る社員から、まるで立場が逆転したような感謝と励ましの言葉をもらい、恭平の流す涙は止まらなかった。


恭平は、改めて会社って何だろうと繰り返し考え続けた。

「会社とは、そこに働く全ての人を幸せにするためのツール」

得た結論は恥ずかしくなるほど凡庸だったが、それ以外には思い浮かばなかった。

その稚拙な定義に付随し、「Ｈａｐｐｙ　Ｔｏｇｅｔｈｅｒ」のフレーズが浮かんだ。

ここで言う「Ｔｏｇｅｔｈｅｒ」とは、単に会社の仲間だけでなく、取引先であるエンゼルスのお店やお客様、仕入先はもちろん、地域の人々をも含んでいる。

めまぐるしく変化を続ける時代の激流の中で、「Ｈａｐｐｙ」であり続けることは至難の業であることを痛感している恭平は、このフレーズが気に入った。

気には入ったが、倒産騒動真っ只中、「Ｈａｐｐｙ　Ｔｏｇｅｔｈｅｒ」と、声高に叫ぶ勇気はさすがになかった。

「Ｈａｐｐｙ　Ｔｏｇｅｔｈｅｒ」をコーポレート・スローガンに制定したのは、これから十年も後だった。


「倒産社長に人格無し！」

その頃読んだ雑誌に、この一文を見つけ、恭平は絶句した。

恭平の父親は希有な人格者だと敬愛していたが、その父親さえも企業を倒産させれば人格まで否定されてしまうのか。

「会社を、絶対に倒産させない！」

これこそが社長の使命の第一義と、恭平は肝に銘じた。

それだけでは物足りなく感じた恭平は、

「社員を公平、かつ高給で遇する」

「社員を他社でも、他業態でも通用する人材に育てる」

この三箇条を、社長のミッションとすることを社員に公言し、自らを奮い立たせた。

ひろしま食品の社長に就任し、エンゼルスの仕事に邁進し始めてからの恭平は、早朝四時出勤は変わらなかったが、夜の九時過ぎまで工場で勤務した後、エンゼルスの店舗を回って帰宅するのを日課とした。この時間、多くの店舗ではオーナーが店番をしており、オーナーの誰もが話し好きだったから、帰宅は決まって十一時を回った。

お店訪問の収穫は絶大で、商品開発のアイデアの幾つかは此処から生まれた。

店舗で目にした不思議な光景の一つに、来店客の多くが弁当を両手に一個ずつ持ち、小刻みに上下に振り、どちらかを陳列ケースに戻し、再び違う弁当を手にしては上下に振るのを目にした。何をしているのか不審に思ったが、何回も見ているうちに気がついた。

彼らは重さ比べをしているのだった。若者や肉体労働者にとって、最優先の選択肢は価格や具材ではなく、ボリュームであることが判った。

「重い弁当」を作るには、何を入れれば良いのか？　答えは「ご飯」だった。

それまでのご飯の基準重量は二百七十グラムだったが、一気に三百五十グラムに増量した弁当を企画し、恭平自身が試食してみたが、何度試食してもおかずが足りず、ご飯が余ってしまう。

だからと言って闇雲におかずを増やせば、原価が高騰し、売価が上がってしまう。

ふと閃いたのがおにぎりだった。おにぎりは僅かばかりの中具で、百グラムのご飯を食べることができる。そこでご飯の上に、定番の梅干しと昆布を載せて食べてみたら、楽々と完食できた。

おかずは月並みだけど、三百五十グラムのご飯の上に梅干しと昆布が並び、焼きそばまで入った「大盛り弁当」は、一店舗当たりの販売個数が全国一のヒット商品になった。


お店の陳列ケースを覗くと、机上のマトリックスでは見えないものが見えてくる。

価格や食材や形態は分類されて論じられるけれど、それらの色彩については案外に見落とされている。黒い海苔、きつね色の唐揚げ、茶褐色の煮物、個々では美味しそうなのだが、それらが一斉に陳列ケースを覆うと、途端に輝きを失ってしまう。

そこに黄色い薄焼き卵に覆われたオムライスが並ぶと、一気に売り場が華やぐ。

個々の商品をデザインするように、陳列ケース全体のデザイン構成を考えながら、恭平は商品開発していた。

麻雀に例えれば、清一色《ちんいつ》や平和《ぴんふ》や暗刻《あんこ》を狙うのではなく、国士無双《こくしむそう》の役満狙いこそ、商品開発の極意であることに思い至った。

商品開発に面白さを覚えた恭平は、「不易流行」が開発の要諦であることに気がついた。

一年前から流行りだしたモノは、一年後には廃るかも知れない。

一方、十年前から続いているモノは、きっと十年後にも残っているだろう。

それにコンビニエンス・ストアの来店客は、食べたこともない珍奇なモノには手を出さず、慣れ親しんだモノにこそ、真っ先に手が伸びる。だったら、目新しさのみを追うのではなく、日常的な地域の料理こそが支持を得るに違いない。

恭平が開発する新商品に、全くのオリジナル商品は無かった。

例えば、他地区から案内されてくる「むすび弁当」の三角おむすびを、恭平は地元で親しまれている俵おむすびにアレンジして発売し、開発元以上の販売個数を実現させた。

さらに、広島では誰もが慣れ親しんでいる「お好み焼き」や「山賊むすび」など、地域のロングセラー商品をベースにして、次々と新商品を発売していった。

しかし、残念なことに恭平は、およそ調理ができなかった。美味い、不味いは判断でき、案外に食べ物にはこだわるのだが、どう作れば美味くなるのか見当がつかなかった。

「知らないことを、知ったかぶりしない」を身上としている恭平は、美味しいと気に入った店に通い、料理人と馴染みになり、秘伝の味付けの一端でも教えて欲しいと懇願した。

ひろしま食品と店内競合して、エンゼルスへ米飯や調理パンを納品する瀬戸内フーズに対しても同じスタンスで接した。

そもそもエンゼルスへの来店客にとって、それぞれの商品がどこのメーカーで製造されているかなどに関心はない。どのメーカーの商品が不味くても、結局はエンゼルスの評価を下げ、売上は低迷してしまう。

だからこそ、一品たりとも不評を買ってはならぬはずだ！　との認識を共有した瀬戸内フーズの中田社長と恭平は、一緒になっての勉強会を開始した。こうした結果、後発の広島地区の一店舗当たりの弁当売上個数は全国のエンゼルスの中で、断トツ一位に躍り出た。

エンゼルスに米飯や調理パンを納品する全国の三十社ほどが加入する、日本惣菜食品協同組合（ＮＳＳ）という組織がある。ＮＳＳは会員企業の品質管理の向上を目的として結成された。そして、エンゼルスが加速度的に出店を伸ばすにつれ、原材料の共同購入や商品開発などにも活動の枠を広げていた。

社長に就任して一年後、唐突に恭平はＮＳＳの理事を命じられた。

理事会には、首都圏で多数の店舗への商品供給を担う御三家と呼ばれる業界大手の強面の社長が並ぶ一方、エンゼルスの商品本部長や物流本部長を務める取締役も理事の一員として出席し、丁々発止の議論を繰り広げていた。

理事の中で最年少、売上も一番少ない、地方の弱小メーカーの自分が、なぜ選ばれたのかも分からず、隔月毎に開催される理事会で、恭平は末席に小さくなって座っていた。

「自分と殆ど歳も変わらない若い社員が、どうして理路整然と戦略を語れるのだろう」

エンゼルスの社員たちの自信満々の発言を聴いて、恭平は内心舌を巻いていた。

その謎は、理事会に出席した初日に解明した。

現場の若い社員が語っている内容は、エンゼルスの取締役の発言と見事に一致していた。

「なんだ、上司の受け売りだったのか！」

どこかホッとしながらも、戦略は金太郎飴のように首尾一貫する反面、個々の戦術に対しては自由闊達さが許される企業風土に改めて敬服した。

広告代理店勤務時代にクライアントとしていたドジャース社員は、何かにつけ上司の悪口を言いつつも、決して自らの意見を具申することはなかった。

そのことに歯痒さを感じていた恭平は、基本理念が確立され、社員一人一人のブレが少ないエンゼルスと共に仕事ができる幸運に、改めて感謝していた。

若気の至りに乾杯　《三十七歳〜三十八歳》

ＮＳＳ理事会での審議を終え、エンゼルスの役員が退席した後、理事である各社の社長の本音が聴けた。

その大半がエンゼルスに対する愚痴だったが、時に矛先が恭平に向かうこともあった。

「本川君、君の処の弁当は良く売れているらしいが、原価を掛け過ぎじゃないのか。原価を掛ければ、売れるのは当たり前だ。原価を抑えて、売れる商品を開発するのが本当の経営だぞ」

「はい。でも、売れたら儲かる弁当は、間違いなく売れませんよ。儲けは別にして、先ず売れる弁当を作って、売れてから、どうすれば利益が出るか、考えるようにしています」

「そりゃ、経営じゃない。単なる自己満足。エンゼルスへのご機嫌取りに過ぎない」

「違うんです。広島では、未だエンゼルスは新参者なんです。今は、エンゼルスの好感度を上げ、ファンを一人でも多く獲得し、来店客を増やすことを最優先しているんです」

「ほぉ、ご立派。ところで本川君、君はどれくらいの役員賞与を取っているんだ」

「恥ずかしい限りですが、社員と殆ど変りません」

「そりゃ、駄目だ。そんなことじゃ、いざという時、会社を持ち堪えられんぞ」

「仰る通りです。その点に関しては、骨身に沁みて経験しています。社長は、どのくらいの額が適当だとお考えですか？」

「そうだな、最低でも社員の平均給与の十倍ってところかな」

「十倍！」

「驚くことはない。社員十人が束になっても敵わないような、仕事をすれば良いんだよ」

「はぁ、そうですか……」

何かと有益かつ刺激的な理事会への出席は、新幹線に揺られて往復八時間の安眠タイムと相俟って、慢性的な睡眠不足の恭平に与えられた至福の愉しみだった。


売れても儲からない弁当と倍々ゲームの出店のお陰で、製造数はうなぎ昇りに急増し、エンゼルスから指定された納品時間に遅れ、叱責を受けることが多くなった。

当時の製造ルールの概要は、午前零時までの店着納品は「一便」と呼ばれ、十三時以降に調理、十五時以降に盛付け開始が許され、二十一時が出荷のタイムリミットだった。

そして、正午十二時までの店着納品は「二便」と呼ばれ、午前一時以降に調理、午前三時以降に盛付け開始と定められ、午前九時の出荷が求められていた。

商品の生産キャパは、［人数］×［スペース］×［設備］×［時間］だと恭平は考えていた。

［人数］は多少増やすことができても、［スペース］や［設備］は簡単に増やすことはできず、［時間］は絶対的に限られている。

しかしながらタイムテーブルを冷静に眺めると、一便を出荷して二便を開始するまでと、二便を出荷して一便を開始するまで、それぞれに四時間ずつのアイドルタイムが在る。

実は、このアイドルタイムは案外に厄介な問題を抱えており、二十一時から午前一時まではともかく、九時から十三時まではパートタイマーを最も確保し易いゴールデンタイムだった。そして、そのゴールデンタイムに仕事ができないことは、作業の効率化と人材の定着に大きなネックになっていた。

一方、一般的な食事時間は、朝・昼・夕の三回あるのだから、お店への商品提供も三回あって然るべきではないだろうか。

これまでの二便制で製造していた割合は、一便：二便＝四：六だった。

これを三便制に改めると、一便：二便：三便＝三：四：三程度が想定される。

この数字が多少ブレたとしても、各便の生産キャパに余裕が生まれることは間違いない。生産キャパに余裕が生じることによって、スペースや設備の拡充を先延ばしすることが可能になる。

つまり、遅れていた未払い金をやっと払い終え、資金繰りが一段落したばかりのひろしま食品にとって、何としても直近の設備投資は控えたいのが実情だった。

発想の動機は自己本位で不純かも知れないが、店にとってもよりタイムリーに、より鮮度の高い商品が届き、品切れのチャンスロスを防ぐことができ、来店客にも喜んでもらえる三便制の実現で、「三方良し」のスキームが成立するはずだ。

このアイデアは、恭平を興奮させた。

早速、瀬戸内フーズの中田社長に趣旨を説明したところ、即決で賛同を得た。


新幹線での安眠のためだけでなく、恭平は次回の理事会を待ち焦がれた。

満を持しての理事会当日。予定された全ての議案が審議された後、恭平は恐る恐る手を挙げて発言を求め、人材確保や製造時間遵守の面から二便制に不備が在ることを説き、三便制に移行した場合のお客様、店舗、製造工場にとってのメリットを訴えた。

そのうえで、広島地区の工場はいずれも狭隘化しており、広島地区限定でも良いから、三便制への移行を検討させて欲しいと懇願した。

恭平の提案発言が終わるや否や、上席に座ったエンゼルスの宮藤常務取締役商品本部長が膝を叩いて恭平を指差して叫んだ。

「本川さん、よく言ってくれた！　実は、我々もそれを望んでいたのだよ！」

他の理事の厳しい目が一斉に恭平に向けられ、まともに目を合わせることのできない恭平は、両手で膝頭を摑み、天井を仰いで息を止めた。

「何時お願いしようかと思案していたら、皆さん方からご提案いただけて光栄です」

「いやいや、皆さんの提案ではなく、あくまでも本川君の個人的な意見ですから」

大山理事長が間髪を入れずに否定した。

「いえっ、私個人の意見ではなく、広島地区を代表しての提案です」

負けずに恭平も、言下に訂正した。

「いずれにしても、折角の前向きな提案ですから、次回の理事会までにしっかり案を練って参りましょう」

雰囲気を察した宮藤商品本部長が取り成すように発言し、理事会は終了した。

理事会は終了したが、針の筵に座らせられたのは、それからだった。

「本当に、困った発言をしてくれた」

「何故、前もって我々に相談しない」

「三便になれば、配送コストが一・五倍になるのが解らないのか」

「田舎と都会では、事情が違うんだ」

「広島だけのルールなんて、エンゼルスでは通用しないのだ」

「勝手なことを言うなら、組合から除名するぞ」

唇を固く閉じ、一人一人の発言者を睨みつけ、真剣に耳を傾けた後、大きく深呼吸して恭平は言い放った。

「私の考えが間違っているかどうか、ぜひ広島でテストさせてください」

それから三カ月後、広島で三便制のテストが始まった。

想定した通り、店舗にもお客様にも好評で、加えて売上が二十パーセント近くも伸びた。燃費分のアップだけで固定費の変わらない配送費は、売上の伸びで充分に吸収できた。何よりも大幅な売上の伸びにもかかわらず、生産キャパに余力が生じ、パートタイマーから喜ばれ、応募者も増した。

得意満面として理事会で結果報告する恭平を誰も責めはしなかったが、誰一人として誉める人もいなかった。

ただ粛々と、三便制の全国実施計画が論じられていた。

相変わらず綱渡りの資金繰りが続く十一月の或る日、恭平は思いがけぬ来客を迎えた。来客主は大手都市銀行の次長だった。名刺交換した次長は、いきなり恭平に問い掛けた。

「売上は順調なようですが、資金繰りに問題はありませんか」

「はい、四苦八苦しながら、何とかギリギリで回しています」

「賞与資金は大丈夫ですか」

「いえ、正直、そのことでは頭を痛めております」

「幾ら、ご入り用ですか」

「ええ、三百……五百万ほどあればと考えています」

「分かりました。一千万円ご用意しましょう」

「一千万円！　それは有り難いお話ですが、我が社に担保は何も有りませんよ」

「分かっています。まずは一年程、転がしでご融資しましょう」

「コロガシって、何ですか？」

唐突に差し伸べられた援助のお陰で、ひろしま食品の資金繰りは一息つき、恭平は商品開発や人材確保に専心することができた。

突然の訪問から一年半後、次長の東京異動が決まり、恭平は餞別を持って面会を求めた。餞別を渡そうとする恭平を制し、噛んで含めるように諭された。

「御社は、まだまだ脆弱な財務内容です。こんなことをする必要は、全くありません」

「いえ、これは会社のお金ではなく、私個人の気持ちです。あの時、ご支援いただかなければ、我が社の今日はありません。本当にありがとうございました」

「本川さん、何故、あの時、私がご融資を申し出たか解りますか」

「解りません。ぜひ、教えてください」

「実は私は、御社がエンゼルスとのビジネスを始められてから、何回か訪問しているのですよ。その頃の御社は、正直言って暗かった。私が事務所のドアを開けても、誰からも声を掛けられませんでした」

「でも、本川さんが社長になられてから、見事に変わりました。ドアを開けると『いらっしゃいませ』の声が掛かり、帰る背中に『ありがとうございました』の声が届いた。だから、この会社はもう大丈夫だと思って、本川さんや社員さんの笑顔を担保に、ご融資させていただいたのですよ」

天下の大手都市銀行の次長の思いがけぬ打ち明け話に、恭平は言葉を失い唇を噛んだ。

本末転倒にも味がある　《三十八歳～四十歳》

折からバブル経済の真っ只中、少しずつ商品開発のコツを覚え、二便制から三便制に移行して売上が増えるにつれ、社員やパートタイマーの人材不足が切迫した課題となってきた。大学や短大、高校に求人表を提出しても、知名度が低く、給与や福利厚生など、諸々の待遇も決して良くない中小企業への応募者はゼロだった。伝手のある女子短大の就職部の部長に頼み込んで、二年に一人の栄養士を紹介してもらうのがやっとという状態だった。

「笑顔をください。」をキャッチコピーに、パートタイマー募集チラシを新聞に折り込んだ後の数日間、会社の前を徘徊するのが恭平の日課となった。

チラシの地図を頼りに自転車に乗って訪れた応募者は、老朽化した社屋を一瞥するや、ハンドルを切ってUターンしようとする。

素早く駆け寄り自転車の荷台を摑んだ恭平は、キャッチセールスもどきに声を掛ける。

「ご応募に来られた方ですね。二階の事務所へ、どうぞ」

引きずるように向きを変えさせ、強引に面接へと誘う。

応募者が鉄製の階段を音を立てて上がり、事務所のドアを開け、応接用のビニール・ソファーに腰を下ろした頃を見計らって、恭平はゆっくりと階段を上り事務所のドアを開け、応募者に向き合った。

「ご応募ありがとうございます。先ほどは失礼しました。私が、社長の本川です」

恭平の一人二役の熱演に応募者は唖然とし、頬を緩めれば、面接の半分は成功である。

良い商品づくりには、良い人材の確保が必須であると恭平は考えていた。

しかし、人材の良し悪しを論じる前に、人員が集まらない無名企業の悲哀が身に染みた。

頭を抱える恭平に、広告代理店勤務時代の上司から嬉々とした声で電話があった。

芥川賞の登竜門とも称される、「文学海」の新人賞を受賞したと言う。

「そうか、その手があったか！」

ひろしま食品の社名を瞬時に広めることは難しくても、社長である恭平が、一躍脚光を浴びることならできるはず……受賞の暁には、地元の新聞社やテレビ局の取材が相次ぐはず……必然的にひろしま食品の名もマスコミへ露出されるはず……すると、文学に興味を持つ女子大生、知的好奇心旺盛な主婦の多くが関心を抱くはず……そして、文学に造詣の深い社長の下で働きたいと、応募者が殺到するはず！

幾つかの「はず……」が重なれば、人手不足は解消する「はず！」だった。

独り善がりな目論みに陶酔した恭平は、平均四時間の睡眠時間をさらに削り、究極の求人活動と意気込んで執筆に精を出し、百枚の処女作を書き上げた。

書き上げた処女作は、何度読み返しても上司の受賞作よりも格段に面白く、恭平は秘かに受賞を確信した。

「文学海」に投稿した日から、恭平は一次審査の発表を待ち焦がれた。

しかし、発表された百名足らずの一次審査通過者の中に、恭平の名前を見つけることはできなかった。

落選の結果に納得できない恭平は、落選したのは作品が未熟なのではなく「作品と雑誌の性格不一致」にあると無理矢理に断定した。

百枚の原稿を八十枚に削り込み、清書し直して投稿した「オール小説」では、一次選考は通過したものの、やはり落選。

純文学で落選、大衆文学でも落選なら、小説の才は無いのかと諦めかけた恭平に、広告代理店時代の友人である津嶋孝雄がアドバイスをくれた。

「サービス精神に富む本川さんの小説は中間小説ですよ。『小説スター』に応募しては……」

純文学から大衆文学、そして中間小説と節操なく彷徨いながら、差し迫った求人の必要性に駆られ、規定枚数である二百枚以上に膨らませるため、恭平は奮起して書き綴った。

投稿した二百十枚の力作は、二次選考を通過し最終選考へ残るも、結局は落選。

ここに至って恭平は、止む無く求人活動のための執筆活動を断念した。

実は、この二百十枚の応募原稿に、恭平は早計にも「受賞の言葉」を添付して投稿した。

落選の要因は、この軽挙妄動にあったと強弁する恭平は、友人たちに呆れられた。

＊

白鳳堂のコピーライターである土肥典昭が、この顚末を「受賞のことば」のタイトルで次のような文章を認め、先んじて書籍に掲載されたことに恭平は地団太踏んだ。

【土肥典昭：「受賞の言葉」（抜粋）】

「僕がね、なぜ小説を書くのか、あんた、分からんだろう。僕はね、経営のために小説を書いとるんよ。パートの女性を確保するには、僕が文学賞とることが一番の早道だと。『あそこの社長さん、○○文学の新人賞をとった人でしょ、素敵だわ、私も働いてみようかしら』と、こうなるでしょう、女性の心理としては、どうしても」〈中略〉

「そう言えば、彼の書いた小説の中に、エンゼルスの弁当についての描写があるのだが、妙にこの部分だけ微に入り細に入り、おかずの内容がこと細かにうまそうに書いてある。実は彼の経営する会社の弁当はエンゼルスに納入されているのだ。万が一に彼の小説が賞でもとれば、読者はエンゼルスの広告を読む。まったくもって、堂々たる不純文学である。」

＊

恭平は、自身の処女作を読み返しては、落選した今も「面白い！」と思っている。だのに落選続きなのは、純文学でも大衆文学でも中間小説でもない、不純文学の受け皿が無いからだと諦め切れないでいる。

人手不足と同様に、恭平を悩ませているのが肥満だった。

高校から始めたサッカーは浪人時代も続け、大学に入ってからは同好会で麻雀の合間にプレーし、広告代理店ではライバル会社である白鳳堂のチームに入って、土肥典昭と一緒にボールを蹴っていた恭平だったが、帰郷してからは運動を一切していなかった。

その運動不足のせいか、開発商品の試食のせいか、資金繰りと人手不足によるストレスのせいか、齢を重ねる毎にウエストは肥大していった。

不惑の歳を迎え、厳しいご時勢と困難な経営を乗り切るには、軽やかなフットワークが肝要と考え、恭平はサッカーの現役復帰を思い立った。思い立ったら即実行するのが身上の恭平は、加入資格が四十歳以上のチーム「広島四十雀」に入会した。

そして、復帰第一戦の四月二十九日、平常通り早朝四時から出勤し、昼までの仕事を終えた恭平は、試合会場へ車を走らせ、真新しいユニフォームに身を包み、新品のスパイクを履いて、軽いウォーミングアップを済ませ、十年振りのピッチに立った。

ボールを追うこと二十分。突如、左足首を蹴り上げられたような激痛が走り、「わりゃあ！」大声で叫び、恭平は倒れ込んだ。

ホイッスルが鳴り、味方はもちろん、審判や敵までもが駆け寄り、

「バチッって音がした」

「間違いなくアキレス腱が切れる音だ」と口々に言い囃す。

「誰かが、後ろから蹴ったんだ」恭平が反論すると、

「蹴るって、誰も傍には居なかったぞ」周囲の皆が笑いながら否定する。

言われればその通りで、ボールをドリブルする相手を追っていた恭平が、後ろから蹴られる道理はなかった。

翌朝、整形外科でアキレス腱断裂と診断され、縫合手術と一カ月の入院を宣告された。

軽やかなフットワークを求めて再始動したサッカーで、フットワークが使えなくなるなんて皮肉の極みだけれど、人間万事塞翁が馬。

転んでもただでは起きぬ覚悟を決めた恭平は、常務の修平に毎日の売上報告を命じ、妻の淳子にはエンゼルスの店頭に並ぶ商品を日替わりで届けるよう依頼した。

一週間は何事もなく推移した数字や商品が、十日を過ぎた辺りから微妙な変化が生じてきた。売上の伸びが停滞し、商品の盛付けが雑に感じられるようになってきたのだ。

術後三週間が過ぎた或る日、ギプスで固めた足に松葉杖を突きながら、恭平は病院からタクシーに乗って会社に向かった。

タクシーを降りた恭平は、二階に上がるスチール製の階段下に十数本の煙草の吸い殻を見つけ、深い溜息を吐いて松葉杖にもたれたまま、呆然と立ち尽くしていた。

(俺が居たら、絶対にこんな無様な失態は見せないだろう。そもそも俺が居たら、誰もこんな所で煙草なんて吸わないだろう。この会社は、俺がたった三週間留守にしただけで、こんなに変わってしまうのか)

(アキレス腱を切りたくて、サッカーを始めた訳じゃない。良かれと思って始めたことも、どう転ぶのか分からないのが世の常だ。もし、俺が死んだら、この会社は一体どうなってしまうんだ)

恭平は、「自分が死んだら、ひろしま食品は倒産する!」との恐怖に怯えた。

広島への進出前にエンゼルスからの誘いを断った五島食品も安芸駅弁も、その後のエンゼルスの出店状況を目の当たりにし、君子豹変して取引を願い出て、断られたと聞く。

今なら、ひろしま食品の後を引き受ける会社は間違いなくある。

エンゼルスが声を掛ければ大手食品メーカーだって、きっと触手を伸ばすに違いない。

でも、タコ足配線みたいにレイアウト変更を重ね、生産性の悪い借物工場のひろしま食品を、何処の会社も引き継いではくれないだろう。

既に売上の目途も立ち、将来への展望も予測できるエンゼルスと取引を始められるなら、新しい自社工場を建設するだろう。

そうなると常務をはじめとする従業員は、路頭に迷うことになる。

自信過剰な自惚れが故の憂慮であることを承知しながらも、恭平は途方に暮れていた。

当たっても砕けるな　《四十歳》

病室のベッドの背を起こし、ギプスで固めた左足を投げ出し、腕組みをしたままの姿勢で恭平は沈思黙考していた。

考察していたのは、自らが社長のミッションとして定め、自らに課した第一義、「会社を、絶対に倒産させない」ための方策だった。

熟考するうちに、十年前に広告代理店を辞し、広島に帰る際に考えていた人生プランを思い出した。

当時の人生設計は、三十歳で帰郷。三十五歳で自社工場を竣工。三十八歳で社長に就任。四十歳で社長を弟に譲り、東京に進出して副社長兼東京支社長に就任。

東京で広島風お好み焼きのチェーン店を展開しながら、同時に広告制作会社を設立し、広告界にカムバック、という案配だった。

そして、四十歳になった今、十年前に思い描いた人生プランは、霧散解消していたが、プランとは異なる道を歩き始めていることに悔いはなく、悔いている暇もなかった。

（自社工場？　そうだ、自社工場だ！）

工場を持つことは、当初からの恭平の人生設計にあった。

ひろしま食品が大手食品メーカーと同等の機能を持つ工場を保有していれば、例え恭平の身に何が起ころうと、例え恭平が経営に躓こうとも、会社を丸ごと買い取ってもらえる可能性が生まれ、会社と従業員は生き残ることができる。

（自社工場を建設しよう！）

それこそが、ひろしま食品を倒産させない唯一最善の活路であるとの閃きは、ストンと恭平の腑に落ちた。

早速、方眼用紙を入手した恭平は、ベッドの上で工場図面の線を引き始めた。

退院した恭平は、ギプスこそ取れたものの松葉杖を突いて上京。

宮藤商品本部長に面会を申し入れていた恭平は、エンゼルスの本社を訪問。入院のため一カ月も会社を空けたことを詫び、その間に練った工場建設の計画を熱く訴えた。

黙って恭平の話を聞き終えた宮藤本部長は、温厚な表情を崩すことなく諭した。

「本川さんの熱意は実に有り難いのですが、残念ながら時期尚早と考えます。もう二〜三年、現在の工場で頑張って、少しでも自己資金を貯めてからの方が良いと思います」

自己資金無し！　土地無し！　借入の目途無し！　返済の目途も無し！　見事に無い無い尽くしの、計画とも呼べぬ無謀な夢物語は、さすがに賛同は得られなかった。

万鶴の大泉社長に相談に行っても、返答は同じだった。

「お前の無鉄砲には驚かんが、ちょっと度を超えとるぞ。やっと赤字を解消し、株を買い戻したといっても、銀行は金を貸さんじゃろう。バブルがはじけるまで、焦らず待て」

ならばと、カープ信用金庫に打診に行くと、以前お世話になった村田支店長と土橋係長は既に他店に異動しており、新しく赴任した小坪支店長が話を聞いてくれた。

「本川社長、話に具体性が乏しいので確約はできませんが、社長になられて売上は倍増し、少しずつ利益も出始めているので、できるだけの協力をさせていただきたいとは思います。しかし、年商以上の借入は、はっきり言って難しいと思いますよ」

「工場ができるのは早くても二年先だから、その頃には売上はさらに伸ばしていますよ」

根拠のない言い訳を口にしつつも、改めて計画に無理があることは確認できた。

病院で方眼用紙に線を引いた工場は、小さく見積もっても土地千坪、建坪六百坪は欲しかった。土地代を坪当たり三十万円、建築費は空調込みで坪当たり五十万円にしても、土地・建物だけで六億円は掛かる。これに浄化槽や機械設備などを加えれば、最低でも八億円は必要だろう。

因みに、前年度のひろしま食品の年商は八億一千万円だった。

いずれにしても、土地が決まらなければ検討さえも始まらない。

恭平は土地選びの条件は、「人の利」「地の利」「水の利」の三つと考えていた。

「人の利」とは、パートタイマー確保の優位性。

「地の利」とは、生産した商品をできるだけ短時間で店に運ぶデリバリーの利便性。

「水の利」とは、大量に使用する水道代を節約するため、井水が使える可能性。

この三条件を提示したうえで、恭平は何名かの友人や知人に土地探しを依頼し、空き時間を見つけては自らも郊外の目ぼしい住宅団地周辺の空き地を物色して、車で走り回った。

数カ月を経過した頃、甘宮町在住の不動産業を営む知人から電話があった。

「ピッタリの物件を見つけたんだが、行ってみるか」

知人に案内された甘宮町の空き地は、おおよそ一千坪の広さだったが、二等辺三角形に近い変則的な台形に加え、段差があった。

方眼用紙の上で幾つかのパターンの工場図面をシミュレーションしていた恭平は、上段に工場を建設し、下段を駐車場にする構想を即座に想い描いた。

空き地の一方を幅二メートル弱の水路が流れ、その向こうには住宅団地への法面が迫り、もう一方は六メートル幅の道路に面し、道路を隔てた先には高速道路の法面が走る。

双方の法面が交わる先には高速道路を潜るトンネルが通っている。さらにもう一方は三メートル弱の高さの石垣が組まれ、こちらは整備された三百坪の空き地になっている。

隣接する住宅団地には約千戸、前面道路を左手に車を二～三分も走らせば四千戸を超えるニュータウンが広がっている。さらに、右手のトンネルを潜れば、造成を終えて売り出し中の新興住宅団地、約四千戸分が一望される。


太平洋を漂流中に島影を見つけた気分の恭平は、ぜひ地主に話をして欲しいと依頼した。

翌日の正午前、知人からの電話は予期せぬものだった。

「本川さん、私以外の誰かに、甘宮町の物件で地主とのコンタクトを頼みましたか」

「はぁ、何のことでしょう……」

「地主が、凄く怒っている。既に広島の不動産屋が物件の購入依頼を地主にしているらしくて、その依頼主は、どうやらひろしま食品らしい。何か心当たりはありませんか」

「全くありません。私があの物件を見たのは、先日案内してもらった時が初めてだから」

「私以外の誰かに、土地探しを頼んでいませんか」

「あっ、居る。一人だけ、居る」

「それですよ。地主さんは、ひろしま食品はとんでもない会社だ。二股を掛けて、値下げ競争させようとするなんて、許せん会社だと激怒していますよ」

「冗談じゃない。全くの誤解だ。私が会いに行って説明します」

「いや、絶対に売らない。会いたくもないと言っているんですよ」

「じゃあ、地主の名前と電話番号だけでも教えてください」


聴き出した地主の原田社長の会社の直ぐ近くまで行き、電話ボックスに入った恭平は、教えられた電話番号をプッシュした。

取次を願い、暫く待たされた末、社長は電話に出ないと言っていると断られた。

断られても恭平は諦めず、取り次いでもらえるまで、明日でも明後日でも何度でも電話をさせていただくと伝えて欲しいと訴えた。

再び待たされ、やっと繋がった第一声は、怒声だった。

「お前は、儂を脅す気か！」

「とんでもありません。誤解されているようなので、お会いしてお詫びしたいだけです」

「何が誤解なら。お前みたいな奴の顔も見とうないわ。電話しとるだけでも胸糞が悪い」

「だから、お会いさせてください」

「会いとうない、言うとるだろうが！」

「申し訳ありませんが、私は、お会いしないと気が済まないのです。私は、甘宮町で仕事をしたいんです。なのに、甘宮町に私を誤解された方が居られたら、仕事ができません」

「そりゃあ、お前の勝手じゃ。ホンマにシツコイ奴じゃのぅ、お前は」

「いえ、シツコイんじゃなくて、それだけ真剣なんです」

「……」

「もしもし、もしもし、今からお伺いしてもよろしいでしょうか」

「信じられん阿呆じゃのぅ、お前は。今は忙しいけぇ、それじゃあ、三時に来い」

「ありがとうございます。三時にお詫びに参ります」

「……」

　少し間をおいて、電話は切れた。切れた公衆電話に向かって、恭平は最敬礼した。

原田社長との電話が通じ、二時間後のアポが取れたところで急激な空腹を覚えた恭平は、近くの喫茶店に入り日替わりランチを注文した。ランチを食べ終えコーヒーを飲みながら、時間潰しと気持ちを落ち着かせるため、近くにあったコミック誌を手にした。そして、何気なくめくった漫画の一コマで見つけた台詞に、恭平は奮い立った。

＊

二人の男が、大八車を引いて坂道を登っている。

風采の上がらぬ先輩らしき大柄な男が前傾姿勢で大八車を引き、後輩と思しき小柄で真面目そうな男が後ろから大八車を押している。楫《かじ》を引く先輩が、後輩に説法を垂れる。

「いいか、どうしようもないんじゃない。きっと、どうしていいか、分からないだけだ」

＊

太平洋を漂流中に人声を聞いた気分になった恭平は、何としても生還したい渇望を胸に、漫画の台詞を呟き直して店を出た。

「どうしようもないんじゃない！　どうしていいか分からないだけだ！」

求めよ、さらば与えられん　《四十歳〜四十一歳》

原田社長の会社は、広島市内の中心部の大手不動産会社のビルの四階にあった。

約束の五分前、恭平は受付に立った。応接室に通された恭平は、案内されたソファーの横に立ち原田社長の入室を待った。

原田社長は応接室に入ってくるなりソファーにどっかと腰を下ろして足を組み、腕組みをして恭平を睨みつけた。恭平は腰を九十度曲げ深々と頭を下げて詫びた。

「この度は大変申し訳ありませんでした」

「何が、申し訳ないと思うとるんや」

「私の不手際のため、ご迷惑をお掛けしてしまったことです」

「別に迷惑はしとらん。汚いやり口に不愉快な思いをしとるだけじゃ」

「それは、全くの誤解です」

直立不動のまま、恭平は事の経緯を丁寧に説明したうえで、改めて自らの不明を詫びた。

「よしよし、もう分かった。分かったから、もう帰れ」

腕組みを解き、立ち上がろうとした原田社長を手で制し、恭平は問い掛けた。

「本当に許していただけましたか」

「分かった言うとるじゃろぅが」

「ありがとうございます。それでは、誠に僭越ですが、お詫びはここまでにさせていただきます。そして、改めてお願いします。甘宮町の土地を私に譲ってください」

「何っ。お前は詫びに来たんじゃないんか！」

「もちろんお詫びに参りましたが、お許しいただけたなら、今度はお願いを申し上げます」

「ホンマに、厚かましい奴じゃのぅ、お前は。何歳になるんや、お前は」

「満四十歳になったばかりです」

「若いのぅ。社長になって何年や」

「やっと、四年になります」

「ほうか、まぁ、立っとらんで、座れ」

直立不動を解かれ、座ることを許された恭平は、現在の仕事の内容、工場を建てる目的、甘宮町の土地に惚れた理由などを一気に喋った。

然程の興味も示さず、黙って聞いていた原田社長が、ポツリと呟いた。

「それで、一坪ナンボで買いたいんなら」

「できれば、一坪三十万円でお願いしたいと考えています」

「話にならん。今でも坪四十万で買いたい言う奴がおるんで」

「それなら私も四十万！　と言いたいのですが、我が社の力では無理です。その代わりと言っては何ですが、御社は建設業も営んでおられるようなので、工場の建築を御社にお願いさせていただきます」

「ほうか、工場をのぅ。どのくらいの工場を建てるつもりなんや」

「はい、最低でも五百坪を考えています」

「建築費は、坪当たりどのくらいを考えとるんや」

「はい、同業仲間の話では坪単価四十五万円程度だと言われています」

「無茶言うな。四十五万じゃ工場は建たんじゃろう」

「いえ、いえ、間違いなく、そのように聞いています」

「まぁ、坪単価を六十万として、五百坪で三億か。設計は、どうするんや」

「基本プランは、既に私なりの考えがありますが、設計者は決まっておりません」

「儂の知り合いに良いのが居るけぇ、任せてくれるか」

「はい、土地さえ譲っていただけるなら、お任せします」

原田社長は立ち上がり、応接室の隅にある電話を取った。

「おい、向井部長にここに来るように言え」

間も無く現れた向井総務部長は、誠実で実直そうな人だったので恭平は安心した。

「この若いのが例の奴よ。どうしても甘宮町の土地を売ってくれ言うて、帰らんのじゃ。しかも、坪三十万で売ってくれ言うんじゃけぇ、話にならん。ほいじゃが、売ってくれたら、ウチで工場を建てさしたる言うんじゃが、部長はどう思う」

「甘宮町の土地は九百八十坪ありますが、六百五十坪は先月、別会社から当社に所有権移転したばかりですから、現時点で売っても利益は殆ど税金で飛ぶと思いますよ」

向井部長の返答を聞いた恭平は、短期間に土地を転売して莫大な利益を上げる土地転がしを抑制するため、「超短期重課税制度」導入との、二日前の新聞記事を思い出した。

確か、超短期重課の対象となった法人の最高税率は九十パーセントを超えるはずだった。うろ覚えの知識を恐る恐る告げると、原田社長は「ホンマか、部長!」と詰問した。

向井部長は慌てて部屋を跳び出し、新聞を摑んで駆け戻ってきた。

「間違いありません。五年以内に売却したら、全く利益はありません」

「そんな馬鹿なことがあるか!　儂の会社が、別の儂の会社へ売っただけじゃろぅ」

憤る原田社長をなだめるように、恭平は咄嗟に思いついたアイデアを提案した。

「原田社長、三百三十坪を坪当たり三十万円で買わせてください。残りの六百五十坪は五年乃至七年以降に買い取る契約を交わしたうえで、その間は借地とさせてください。その頃なら、我が社の財務も改善されているはずですから、金利分を複利計算した価格で買い取らせていただきます」

「どう思う、部長」

「そうですね、それなら大丈夫かも知れません」

「う〜ん、何か上手いこと騙されとるような気がするのぅ」

「そんなことはありません。私は、まだまだ駆け出しの経営者ですから、助けると思って力を貸してください。あのロケーションなら、きっとパートさんも集まりますから」

「よし、田川設計事務所の田川に電話して、直ぐ来るように言え」

退出した向井部長と入れ替わるように、やっと女子社員がコーヒーを運んできた。

田川所長が到着するまでの三十分間、エンゼルスとのビジネスの仕組みを根掘り葉掘り訊かれながらも、人心地ついた恭平はコーヒーを手に、その一つ一つに丁寧に応えた。


大学の講師も務める気鋭の設計者として紹介された、田川所長は思いの外若かった。

突然の呼び出しと降って湧いたような設計依頼に戸惑いながらも、恭平の説明に熱心に耳を傾け、新しい仕事に興味を覚えている様子だった。

そもそも招かれざる客だったはずが、三時間余りで思いがけずトントン拍子に話が弾み、工場設計まで話し合い始める急展開に、恭平は果報と怪訝の谷間を彷徨っていた。

白昼夢のように不可思議な会談を終え、原田社長と田川所長の二人を応接室に残して退席した恭平は、エレベーターまでの短い時間、向井部長に原田社長の年齢を訊ねた。

「社長の齢ですか、ウチの社長は四十五歳です」

優に一回り以上は年長だろうと推察し、若造呼ばわりも当然と思っていた恭平だったが、僅か五歳の年齢差で位負けしてしまう自分を情けなく思う反面、威厳の欠片もない自分の風采に存外な利点を見出し、複雑な気分になっていた。


幸先が好いと喜んだのも束の間、甘宮町の九百八十坪の土地は住居地域で、工場は建設できないとの絶望的事実が判明した。

それでも諦めきれない恭平は県庁に足を運び、何とか工場建設の手立ては無いかと食い下がった。恭平の執拗さに業を煮やした一人の係官が、

「一度現地を見てきては……」

絶妙の助け舟を出してくれた。

現地に同行した係官の表情に一縷の希望の灯が点ったのを、恭平は見逃さなかった。

「大丈夫そうですか」

意気込んで問いただす恭平に、係官は慎重に言葉を選んで応えた。

「法面に囲まれ、周りに住宅も少ないから、公聴会を開けば何とかなるかも知れません」

「『コウチョウカイ』って、何ですか」

「近隣の住民の方々から同意を得るため、工場建設の説明会を開催することです」

「やります！　『コウチョウカイ』をやりますから、建設許可をお願いします」

恭平の熱意が通じてか、従業員を大量に雇用する約束が功を奏してか、公聴会の難関は何とか無事に突破し、工場の建築許可は下りた。


やれやれと胸を撫で下ろしたものの、描き上がった図面は工場が借地部分に大きく侵入し、賃借した土地も担保提供されなければ、借入ができないことが判明した。

重い足を運び、原田社長に事情を説明すると、予想通りの言葉が返ってきた。

「それがどう言うことか判っとるのか。担保を提供すると言うことは、お前にやったも同然なんだぞ」

「はい。でも、担保提供が無ければ、金が借りられず、工場が建たないんです。絶対にご迷惑はお掛けしません。絶対に七年後には買い取りますから、よろしくお願いします」

「絶対に迷惑を掛けん言うて、どうやって保証するんや」

「買い取りまでの期間、原田社長が我が社の非常勤取締役になってください。そして、我が社の経営を逐一監視してください」

「非常勤の取締役になったら、どうなるんや」

「保証はともかく、安心されるでしょう。あっ、もちろん無報酬ですが」

「無茶苦茶言うのぅ、お前は。どう言う神経しとるんなら、お前は……」


山あり谷ありの紆余曲折を経て、土砂降りの雨の日に地鎮祭が挙行され、地盤に基礎杭が打たれ、雄々しく荒々しい鉄骨が組まれ、大方の枠組みが出来上がった。

元来が高所恐怖症で、高い所が苦手な恭平だったが、ヘルメットを被り、鉄骨だけを組み終えた二階に上がった瞬間、足元から湧き上がる恐怖に身体を震わせた。

それは、高所が故の恐怖ではなく、抱えた借財と責任の重さが故の恐怖だった。

「あぁ、残された俺の人生は、身の丈を超えた借金の返済で終わるのだろうか……」

胸を膨らませ深呼吸をしようとした恭平は、息を吸い込み過ぎて、咳き込んだ。

人生に大切なものは、希望と勇気とサム・マネー　《四十一歳》

アキレス腱を断裂してから一年六カ月を経た十月中旬、初の自社工場は完成した。

購入した三百三十坪の土地代九千九百万円、延べ床面積五百五十坪の工場建設費三億三千三百万円、浄化槽を含む機械設備費その他二億五千八百万円。初の自社工場は、敷地面積九百八十坪のうち六百五十坪を借地としたことで初期投資は抑えられ、締めて六億九千万円で完成した。

そして竣工直前、ひろしま食品の九月決算での年間売上額は、十二億円に伸長していた。

＊

振り返れば信じ難い程の好意と好運とに恵まれ、やっと完成した新工場竣工祝賀会への案内状には、恭平の思いの丈が込められていた。

【初の自社工場竣工祝賀会の「案内状」】

謹啓　時下益々ご清祥のこととお慶び申し上げます。平素は格別のご高配を賜り、ありがたく厚くお礼申し上げます。

お陰をもちまして私共ひろしま食品株式会社も、創業十八年を迎え、私も社長就任五年を経過いたしました。創業この方、必ずしも順風満帆とは参りませず、幾多の困難もありました。その都度、皆様の温かく力強いご支援をいただき、今日に至っております。

誠にありがとうございました。衷心より感謝申し上げます。

さて、本年四月、広島県十三番目の市として甘宮市が誕生。広島市の中心部からクルマで三十分のベッドタウン。木々の緑に囲まれたその一角に今、ひろしま食品株式会社本社工場が完成しました。

田川建築設計事務所による設計と原田建設工業によって建築された新工場は、既に周囲の景観と溶け合って開業の時期を待っております。

エンゼルスで販売されるお弁当やサンドイッチを量産する新工場は、何よりも衛生面を重視。例えばゴミ置き場は、思い切って清潔な冷蔵庫にしました。また、生産性を徹底的に追求したレイアウトは、通路や廊下を最小限に抑え機能性を高めました。

さらには、働く人の快適性を大切にした空調設備、コンピューターを駆使した最新鋭の炊飯ライン、当社独自の工夫を凝らした仕分けシステムなど、全てに胸膨らむ仕上りです。混迷する流通業界を先駆するエンゼルス。微力ながらも、そのパートナーとしての誇りと責任の下に、私共はこの新しい街、新しい工場で「一所懸命」の覚悟です。

「人生に大切なものは『希望』と『勇気』と『サム・マネー』」

大好きな、チャップリンの言葉です。

不惑を迎えた今も、夢と希望は少年の頃と変わらず、勇気と呼ぶには思慮の足りない軽挙妄動ばかりが目立つ、未熟者が背負った身の丈を超える大きな借財。

ともすれば臆しがちな私ですが、明日への明るい希望を抱き、精一杯の勇気を奮い立たせ、ビッグ・マネーを返済すべく、新たなるスタートを切ります。

このように稚拙な私が代表を務める、ひろしま食品株式会社に、今後とも旧に倍するご支援ご指導ご愛顧をお願い申し上げます。

つきましては、左記の通り心ばかりの披露会を催します。何かとご多用の折、誠に恐縮ではございますが、ご臨席の栄を賜りますようお願い申し上げます。

謹白

＊

新工場の盛付け室で開催された披露パーティーのテーブルには、万鶴のオードブルをはじめとする料理が山盛りされた。

司会は広島出身で友人の文化放送アナウンサー、川西佳寿子さんにお願いし、コンパニオンを呼ぶ予算は節約し、厳選した見目麗しい同級生を招集してお茶を濁した。

次々と来場される招待客と言葉を交わす度に、恭平は目頭を熱くし頭を下げ続けた。

全てが準備された頃、エンゼルスの宮藤常務取締役の乗ったタクシーが到着したとの報を受け、恭平は全力疾走して駆けつけた。

「本川さん、本川さんの建てる工場はどんなんだろうと楽しみに来たけれど、これなら大手メーカーの工場と遜色ないよ」

玄関前に立ち工場を見上げる宮藤常務の言葉に、我が意を得たとばかりに即応した。

「そこなんですよ、宮藤常務。私に万一のことがあったり、私が経営に失敗したりしたら、大手の食品メーカーに工場ごと会社の売却をお願いしますよ」

「何を言っているのだ、君は。竣工披露の直前に、会社の身売り話をする社長が、何処にいるんだ」

「目の前にいます。私が工場を建てた目的は二つです。一つはさらなる発展のため。もう一つは万一への備えのためです。万一の際は、くれぐれもよろしくお願いします」

「そんな話は好いから、工場を案内してくれ」


創業以来ひろしま食品をあらゆる角度から支えてもらった大泉社長はじめ、多くの支援者に交じって、地元選出の国会議員、初代甘宮市市長などの来賓が会場に溢れた。

主催者挨拶で壇上に立った恭平は、一人一人の顔を見る度に万感の想いが込み上げ、込み上げる想いを語り続けた。必然的に挨拶は延々と続き、最前列に立つ宮藤常務がそっと袖口をまくり、目線だけを下げて腕時計を覗く姿を、二度三度と確認した。

後日、宮藤常務から「間違いなく一時間は喋った」と喧伝された長口上は、正確には二十五分だったが、煎じ詰めれば以下のような話だった。

「どんな局面でも決して諦めず、今日まで意地を張り通して参りました。これからも意地っ張りを堅持しながらも、何事にも感謝の念を忘れず、精進して参る覚悟です」

「本川社長は、エンゼルスにお弁当やサンドイッチを供給いただだいている会社の中で、革新的な若手のホープです。おそらく三年以内に、第二工場を竣工されるでしょう」

来賓代表としての宮藤常務の祝辞は、外交辞令と承知しつつも、つい先刻、会社の身売りを切々と訴えたことも忘れ、恭平を奮い立たせた。

竣工披露パーティーの締めは、創業者である父親の謝辞だった。

事前に「短めに！」と念押ししたにもかかわらず、七十五歳になった父親の感謝の辞は留まるところを知らず、「やれやれ、やっと終わった！」何度も溜息を吐かせながら、壊れたレコードのように延々と繰り返され、会場の失笑を買った。

自身の長口上は棚に上げ、軽く舌打ちし、眉間にしわを寄せて出席者の顔を見廻す恭平だったが、多くの笑い顔の中に慈しみの情を感じ、少しだけ落ち着きを取り戻した。

新工場への移転に関する一番の懸念は、初日のスムーズな納品だった。

そのためには充分な員数を揃え、要所要所にベテランの従業員を配す必要がある。

そこで、新工場が稼働する三カ月も前から求人活動を開始し、送迎付きで旧工場による研修を重ねた。さらに、旧工場のベテラン・パートさんを引き留めるため、新工場稼働後の一カ月間、勤務を続けてくれたら金一封を進呈する特典まで設けた。

新工場に近い分譲団地の販売事務所に頼み、求人チラシを置いてもらうなどの策が功を奏し、竣工に先駆けての求人は順調に進み予想以上の応募があった。

工場移転を機に、思いがけず十名を超える社員やパートタイマーが甘宮市に新居を購入し、多くのベテラン・パートさんが通勤に倍以上の時間を費やし勤務を続けてくれた。

こうしたお陰で、心配された立ち上げはびっくりするほどスムーズな滑り出しだった。

新工場での生産が軌道に乗り始めた一カ月後、初の自社工場の初代工場長に任命した常務の修平に、恭平は慰労会を兼ねた忘年会の開催を提案した。

「さあ、俺の出番！」

張り切った修平は、宮島を一望できるホテルの宴会場を予約した。

当時二百名余だった新旧従業員の殆ど全員が参加した宴会場で、開会の挨拶に立った恭平は、居並ぶ従業員の顔を見て感無量だった。

下戸の恭平の役目はそこまでで、宴会が始まってからは修平の独壇場だった。

酒が入り賑やかさが増すにつれ、喧騒の渦から取り残されぬよう、笑顔こそ絶やさぬものの、恭平は従業員の数に比例して重くなる責任に、孤独な疎外感を覚えていた。

目線の先のステージには、左手をズボンのポケットに入れ、右手にマイクを握って目を閉じ、この年のヒット曲「乾杯」を歌う修平の姿があった。

「遥か長い道のりを　歩き始めた　君に幸せあれ……」

歌と酒と己の声に陶酔して歌う修平を羨ましく眺めながら、メロディにも場の雰囲気にも酒にも酔えぬ恭平は、二人の演じる役回りの妙を想い小さく自嘲した。

実はその日の午後、恭平は一枚の契約書に捺印していた。

それは新規の大型経営者保険への加入申し込み書だった。しかも、その契約は二社目で、つい数日前にも他社の同様の保険に申し込みを終えていた。

恭平は身の丈を超える借入を返済するため、自身に万一のことがあった場合、そして、

自分が経営に躓いた場合に備え、二社合わせて六億円の生命保険に加入した。契約直後、

「これで一年後に私が自殺しても、保険金は下りるんですね」

真顔で訊ねる恭平に、保険会社の担当者は狼狽した。

例え丸々六億円が給付されぬまでも、七億円の借入の半分でも返済できれば、修平であろうと会社を存続できるだろうと恭平は考え、いざとなれば通勤途上の太田川放水路に車ごと飛び込む覚悟だった。

併せて、恭平亡き後に修平の片腕となってくれることはもちろん、現在の恭平に対しても、是々非々の意見を言える経理責任者の必要性を痛感していた。

取引のあるカープ信用金庫と紅葉相互銀行には、以前から紹介を依頼していたが、未だ適任者は現れていなかった。

第三章　懸命な挑戦と挫折

前厄、本厄、後厄 《四十二歳～四十四歳》

新工場竣工の一年前、恭平は高校の同期卒業生の代表に祭り上げられた。

そして、新工場竣工の翌年四月から一年間、卒業後二十四年を経た恭平たち同期が、当番幹事として同窓会運営の世話をすることが義務付けられていた。

活動の二本柱は、毎月第二木曜日に開催の「二木会」と銘打った親睦会と、十一月開催の同窓会総会を運営することだった。

昭和三十六年から脈々と続く毎月の二木会では、卒業生をゲストに招いての卓話、会食と懇親の後、出席者全員が肩を組み、雄叫びを上げた応援歌の熱唱で締める。

見事にパターン化した行事に、毎月百名の会員を集めるのは、案外な難業だった。

恭平はこの年功序列の最たる組織に風穴を開け、マンネリ化した同窓会を身近で親しみ易いものにしようと、幾つかの挑戦を試みた。

その一例が、開催日時とゲスト名を告知するだけの変哲もない事務的な往復はがきに、天声人語風のコラム欄を設け、自らの想いを毎回執筆した。

＊

母校サッカー部が、五年ぶりに全国高校選手権に出場。「今回こそは！」の願いを託し、寄付を奮発。成し得なかった夢を、後輩に託す気持ちは、期待と羨望が相半ば。不惑を過ぎても、できれば俺が…の想いは消えません。◆サッカーは現役を退きましたが、経営者としては未だ駆け出し。身に余る借財を背に、キック・オフの笛が鳴ったばかり。◆斯様な私が、何故かこのたび同窓会当番幹事の代表に。会社は上手くいけば社員のお陰、しくじれば社長の責任。同窓会の運営も似たようなもの。名前は同じ代表でも、借金が無いだけ同窓会の方がラク。◆これからの一年、厳しくも慈愛に満ちた叱咤激励をヨロシク！

＊

肩書こそ代表幹事だけれど、出席者の殆どが父親のような先輩で、そのプレッシャーに負けまいと、開き直って書き綴った所信表明は思いの外に好評を博した。

代表幹事デビューに備え、恭平は当時の人気ニュースキャスターを真似、ダブルにノーベントのスーツを新調。初回の挨拶では両手を広げ、壇上で一回転して披露した。

湧き起こった拍手と笑いをパワーに変えた恭平は、一年間で多くの知己を得た。

＊

小心なくせに見栄っ張りな恭平は、案外に律儀な男だった。

前厄のアキレス腱断裂、本厄の新工場落成に満足することなく、懲りもせず挑戦した後厄での入院騒動の顛末を綴った一文は、内祝いのテレホン・カードに添えて発送された。

【内祝いに添えたお見舞いへの「礼状」】

前略　毎々お騒がせいたしております。

さて、このたびのドタバタの発端は、五月三十一日午前零時過ぎ。何故か、マイク・タイソンと対戦する羽目になった私は、ゴングが鳴ると同時に鳩尾《みぞおち》に強烈なストレートを受け、リングならぬベッド上で七転八倒。

それでも気力を振り絞り、立ち上がるたびにパンチの洗礼。ついに明け方、救急車の出動を要請しました。

中電病院で外科医を務める高校時代の友人、井藤ドクターの診断は、胆石による胆嚢炎。「炎症の治まるのを待って胆嚢切除手術を行う」との宣告。

酒も飲めず煙草も吸わず、少々の暴食やストレスにも、胃に痒みすら感じたことの無い私は、内臓だけには妙な自信がありました。おまけに感受性が強くデリケートな私は、身体にメスを入れることはもちろん、一本の注射にも身体が硬直する始末。

しかし、堪え難い痛みの前には自信もデリカシーも吹き飛び、六月十六日（大安）に執刀。手術を終え病室に戻った私の目尻には涙が溜まっていたと、娘が教えてくれました。

二年前のアキレス腱断裂の折は、アクシデントと笑って済ませましたが、今回だけは至極反省。ただ我武者羅に突っ走るだけでなく、経営者として己の健康管理も大切な仕事と

「胆」に銘じた次第です。

かような私に、入院中に寄せられた皆様からの励ましのお言葉やご厚志に、心からお礼申し上げます。お陰様で入院中の一カ月、病室から笑いや花が絶えることなく、気を紛らわすと共に、英気を養うことができました。

私にとって、この療養期間は、「点滴と薔薇の日々」。

若く、美しく、優しくも、厳格な看護婦さんたちに囲まれれば、回復が早いも道理で、六月二十九日、一カ月ぶり退院いたしました。

「人間、健康が一番！」文字通り身体を張って得た教訓は、実に平凡ですが、この平凡な戒めを忘れることなく、臥薪嘗「胆」の所存です。

皆様には以って他山の（胆）石とされ、くれぐれもご自愛ください。

まずは退院のご報告かたがた御礼まで。

草々

＊

社長に就任してから恭平の昼食は、余程のことが無い限り開発途上の試作品か、エンゼルスの店で買った自社商品だった。自らがお客として購入した商品を食べて、感じたり気づいたことを現場に伝え、時に叱ったりするのは社長の責務と自覚していた。

ロングセラーの広島風お好み焼きは、当初は鉄板の上で引っ繰り返す作業が難しく、代替案として蓋を被せ、蒸し焼きすることでお茶を濁していた。しかし、それでは本当の味が出ないと説得し、引っ繰り返す作業工程を導入したことで美味しさが増した。

トレイの上でお好み焼きを食べ易くするため、カットを入れることを要求した際にも、現場からは難色を示されたが、社長の権限で命ずるのではなく消費者の一人として訴え続け、ようやく改善された。

しかし残念ながら、現場が納得しても改善できない課題もあった。

その一つが、常温で販売されていたサンドイッチに挟まれたレタスの劣化だった。作り立てのサンドイッチのレタスは、「パリッ」と音を立てて喰い千切れて美味しい。しかし、店に並べられて数時間を経たレタスは、萎びて喰い千切ることができず、ズルズルと手許のパンから離れて垂れ下がる。これでは折角のサンドイッチも台無しである。試しに、作りたてのサンドイッチを冷蔵庫に入れ、数時間後に食べてみたら、レタスはシャキシャキして美味しかったが、パンがパサついて美味しくなかった。

エンゼルスの理事会の席で、広島地区の初代MDで食品部長に昇進していた加藤さんに、恭平はサンドイッチを常温からチルドの温度帯に変える提案をした。

「本川さんも、やっと気がついたのだね。実は今、調理パンをチルド化するプロジェクトを立ち上げようとしているのだけど、本川さんも仲間に入るかい」

「もちろん、入らせてください」

即答して、地方メーカー唯一のプロジェクト・メンバーに加わった。

それから半年後、大手食品メーカー研究所などの協力を得て、調理パンのチルド化に目途が立った頃、ひろしま食品の年商は十八億円に迫っていた。

そして調理パンがチルド化された暁には、現在の温度帯の工場では製造できないという、皮肉な事実が突きつけられていた。


宮藤常務が予言した「三年以内に第二工場」の期限は過ぎようとしていたが、恭平の胸を弾ませた想いは消えていなかった。だが、大型経営者保険こそ二年余で解約したものの、未だ綱渡り経営であることに変わりはなかった。

恭平は加藤食品部長に面会を申し込み、唐突で不躾な提案を願い出た。

「大手食品メーカーで、当社に資本参加してくれそうな会社を探して貰えませんか」

「探さなくても、既に申し入れが在るよ」

唐突で不躾だと思っていたのは恭平だけで、加藤さんには予測済みの提案だったようだ。

「在るって、何処の会社ですか」

「本川さんの良く知っている会社だよ」

挙げられた会社は、恭平も懇意にしている調味料メーカーとハム・メーカーだった。

「どちらが良い？　どちらも本川さんとなら一緒にやりたいと言っているよ」

瞬時、恭平の気持ちは調味料メーカーに傾いた。

この会社なら財務内容も素晴らしく、紳士的で穏やかな社風に加え友人や知人も多い。対するハム・メーカーは会社規模では劣り、社風は粗にして野だが卑ではなく、窓口として付き合っている幹部のアクも強い。

「ふ〜」

大きく息を吐きながら天を仰いだ恭平は、息を止めて決断した。

「ハム・メーカーさんに、お話してください」

「えっ、別に急がなくて好いんだよ。ゆっくり考えて結論を出せば好いよ」

「いえ、大丈夫です」

「何故だい。何故、調味料メーカーでなく、ハム・メーカーにしたの」

「甘えたくないんです。私に好き勝手させないで、厳しい諫言を呈してくれる会社の方が、私にとっても、ひろしま食品にとっても、パートナーとして相応しいんです」

「成程ね。ある意味、正解だと思うよ。選んだ理由も含めて、私から伝えておくよ」

呆気ないほど簡単に提携企業が出現し、全国初のチルド調理パン専用工場として、ひろしま食品は第二工場建設への第一歩を踏み出した。

不仲を転じて仲間と為す　《四十四歳〜四十五歳》

加藤食品部長が名前を挙げたプラザハムと恭平には、不穏な因縁があった。

ひろしま食品がエンゼルスへの納品を開始し、直後にサンドイッチの生産を始めて以来、ハムは主要原材料だった。

社長に就任した恭平は、大手ハム・メーカー三社に対して商品開発への協力を求め、二社は競うように自社製品を持ち込み、その特長と活用例を提案してくれた。

唯一プラザハムだけは、きれいに包装された贈答用のハムを手に支店長が来社し、恭平に差し出し、エンゼルス上層部と自社のトップとの結束の固さを滔々と語り始めた。

自慢話に辟易とした恭平は、支店長の話を遮って強い口調で告げた。

「失礼ですが支店長、私は御社とエンゼルスとの人間関係には全く興味がありません。私が知りたいのは、美味しいサンドイッチを作るための情報です。私も忙しいので、次回からは贈答品ではなく原材料としてのハムを、支店長でなく担当者が持参してください」

数日して訪れたプラザハムの課長は、一本のハムを持参して得意然として宣うた。

「これが今、我が社がサンドイッチ用として一番お奨めするハムです。先日もエンゼルスの食品部長にご試食いただき、好評を得ました」

「申し訳ありません。今日ご持参いただいたのは、それだけですか」

「……」

「私は、美味しいサンドイッチを創りたいのです。しかも一種類ではなく、何種類も創りたいのです。そのために、もっと幅広い情報と、もっと具体的な提案をいただけませんか。失礼ですが他社は、ハムだけでなく、何品もの試作品を添えて商談に来られていますよ」

爾来、プラザハムとの商談の席に、恭平は顔を出さなくなった。


同じ頃、エンゼルスに米飯や調理パンを納入する業者で構成する日本惣菜食品協同組合（NSS）に、新たにサラダや惣菜のカテゴリーを納入する会社が参入した。

それに伴い新しく選任された理事の中に、プラザハム百パーセント子会社のデリカプラザの社長にしてプラザハム取締役の森重英雄がいた。

森重社長は恭平より五歳年長だが、頭部の禿げ上がった風貌は年齢差以上のキャリアの違いを感じさせた。

キャリアを感じさせる風貌に輪をかけて自尊心が高く、如何なる問題に対しても己の無知を許さず、何事にも独自の蘊蓄を語り、やたら口を挟む。毒舌を吐くくせに、憎めない愛嬌を持つ森重評は好き嫌いが相半ばして、支持者も多いが敵も多かった。

それでも恭平は何故か相性の好さを感じ、普段は敬語を使って頷きながら、時に生意気なため口を利いて噛みついていた。

皮肉にも、森重社長と親しくなったのは、恭平がアンチ・プラザハムとなった経緯を赤裸々に話したところ、一切の言い訳もせず素直に非を認めたからだった。

「取引を増やすための出資ではない」

「ひろしま食品を乗っ取ろうとの下心はサラサラない」

「未熟ながらも志ある、本川恭平という経営者を助けてやりたいがための出資だ」

資本提携の初っ端から一貫して、持ち上げたり貶したりを繰り返していたが、「助ける」「助ける」と連呼する一方で、一株当たりの評価は厳しく叩き、出資比率は極限まで引き上げ、取引銀行をプラザハムのメインバンクである都市銀行に変えるよう強要された。

そもそも恭平の考える資本提携の目的は、「家業から企業への脱皮」「会社の経営基盤固め」「会社発展のスピードアップ」を図りつつ、「絶対に倒産させない」ことが主眼だった。

従って、目的達成のために必要なことには我欲を捨てて妥協したが、主義に反することは断固拒否した。その一つが、取引銀行の変更だった。

大手都市銀行の金利は多少低いが、支店長も次長も課長も辞令一枚で遠方に異動になり、まず二度と会うことはない。頭取に至っては、生涯言葉も交わさないだろう。

二～三年で交代する支店長を相手に、弱小企業の社長が会社の数年先の未来図を語っても真の理解は得られず、異動の度にトコトン話し合う余裕もない。

故に恭平の銀行取引の条件は、「頭取の顔が見える」ことだと主張し、その主張こそが、田舎の中小企業の親父の屁理屈だと揶揄された。

怯むことなく恭平は、田舎の中小企業の親父だからこそ、この信念は譲れないと反論し、ひろしま食品が目指すのは、「誇りあるローカル企業」であることを宣言した。


こうした資本提携の交渉中、突如として資本参加を望む新たな企業が出現した。

それは、これまで恭平と全く面識のなかった江藤丸商事だった。

江藤丸商事はプラザハムの筆頭株主であると共に、エンゼルスの設立にも密接に関わっており、成長を続けるコンビニエンス・ビジネスへの関心を深めていた。

プラザハムとひろしま食品の提携を知り、プラザハムを通じて一枚かませて欲しいとの要望を受け、恭平は快諾した。

恭平自身も銀行から借入たり友人に声を掛けたりして増資に応じた結果、六千七百万円だった資本金は一億五千万円に膨らみ、出資比率は既存株主：プラザハム：江藤丸商事が、五十六：三十四：十になった。

この提携により銀行からの融資は容易になったが、それまで恭平の一存で即決していた案件も、取締役会での審議を必要とするようになり、少しだけ窮屈になった。

タイミング良く、予てより依頼していた経理担当候補者の紹介があった。

半年前に紅葉相互銀行を退社した六十歳の男性で、身体も元気だが口も達者だと伝えられ、会うことを約束してから、恭平は紅葉相互銀行の本店人事部に電話を入れた。

人事課長の澄田悟志は、広島の名門私立道修館高校から現役で稲穂大学に進み、二年遅れて入学した恭平にとっては先輩だった。大学では先輩だったが、同い年であることを楯に、恭平は「澄田」と呼び捨てにしていたものの、何かにつけ教示を受けていた。

サラリーマンを辞し、いきなり専務に就任した直後の教えは、鮮明に覚えている。

「いいか、恭平。もちろん銀行は決算書を見る。決算書を見るが、本当に見るのは人間としての経営者だ。年商十億までの会社は、決算書より経営者だ。そのことを忘れるな！」

澄田の教えを胸に、やっと年商が十億円を超えたことを報告した時も、諭された。

「いいか、恭平。銀行は決算書を見る。しかし、決算書よりも大切なのは経営者だ。年商五十億に届かん会社は、決算書より経営者そのものが大切だ。そのことを覚えておけ！」

そんな澄田悟志は、恭平にとって羅針盤のような存在だった。

紹介された紅葉相互銀行のＯＢ三城武雄の人となりを照会し、相談する相手は澄田の他にいなかった。

「三城さんはな、『鬼の三城』と呼ばれ、支店長の誰もが恐れていた監査の達人だよ。上にも下にも、誰に対しても厳しい人だよ。入社したら、恭平も閉口すると思うよ」

恭平の問いに、澄田は率直なアドバイスをくれた。

「そうか、今の我が社にとっては、最適だな。それじゃあ採用させてもらおう」

「うん、恭平次第だ。恭平次第で、間違いなく大きな戦力になると思うよ」

刈り上げた短髪、着古したスーツにノーネクタイの三城武雄は、一言居士然とした面構えの反面、ふとした拍子に見せるハニカミの表情から、信頼に値すると恭平は確信した。

三城武雄経理部長が誕生した直後、恭平は幹部社員を集めて第二工場の建設を表明し、候補地は山口県錦帯橋市であることを告げた。その会議の最中に電話が鳴った。

電話の主である柴崎修三社長は、高校と大学を通じての大先輩で、広島市内で中堅建設会社を経営していた。柴崎社長は二木会の常連で、代表幹事だった恭平が新調したスーツを自慢して一回転したことを面白がり、直後に声を掛けられてからの付き合いだった。

「本川君、錦帯橋市に工場用地を探しているんだって。錦帯橋インターの近くに三千坪の工場用地が在るんだけど、一度見てくれないか」

「そんな話、誰に聞かれたんですか。私はまだ誰にも話してないんですけど」

たった今、初めて口にした計画が何故に伝聞されているのか、恭平は不思議だったが、計ったようにタイムリーな情報が飛び込んできたことに、果報到来を予感した。

紹介された地主の藤原社長は絵に描いたような「その筋の人」みたいだったが、生粋の水産会社の社長だった。前回の土地購入も強面社長との交渉だったことを思い出し、

「今回も、きっと上手くいく！」

恭平は根拠のない確信に苦笑した。

「錦帯橋市には五百坪のまとまった土地も珍しく、三千坪の物件が電話で飛び込んでくる

なんて、本川さんは類い稀な強運の持ち主だ」

錦帯橋市の富岡市長から感心され、二百人を超える雇用予定に感謝され、有り難いことに企業誘致条例の適用を約束された。


広島から県外進出するに際し、ひろしま食品の社名では格好がつかないと考えた恭平は、友人であるコピーライターの土肥典昭に、ネーミングを依頼した。

一週間後、決して達筆ではないが味のある文字で、八案を列記したファックスが届いた。最上段に「ダイナーウイング」の文字を見た瞬間、恭平は「これだ！」と直感した。

早速、土肥に電話で礼を言うと、嬉しそうな声で解説が始まった。

「俺も、ダイナーウイングに決まると思っていたよ。「ダイナー」には、食事の提供者とか、気取らないレストランとかの意味がある。「ウイング」はもちろん翼だから、翼を広げて飛躍して欲しいとの願いを込めたつもりだ。それに「ウイング」には基地って意味もあるから、第三、第四工場も期待しているよ。さらに、もう一つ。サッカーを始めた恭平の最初のポジションがウイングだったことも、頭の片隅にあったんだ」

土肥典昭の想いの込められた社名を飛翔させることを、恭平は肝に銘じた。

瓢箪から駒が出る《四十五歳十カ月》

原稿用紙十一枚に書き綴った文章に、似顔絵イラストを添えた竣工祝賀会の挨拶状は、軽佻浮薄な自己顕示欲に溢れていたが、同等の真摯な謝辞と誓詞も満ち満ちていた。

【錦帯橋工場竣工祝賀会で配布した「挨拶状」】

今から四年と五カ月前、初の自社工場竣工の際、私は来賓の皆様をお立たせしたまま、二十五分間もの長いご挨拶を申し上げました。

人の噂とは怖いモノで、「針小棒大」今では一時間も喋ったと喧伝されております。

そこで今回、同じ轍を踏まぬよう、私も考えました。

挨拶はあらかじめ文章にして配布しよう。そうすればスピーチは短くても多くの想いを伝えることができる。そのうえ繰り返し読んでもらうことだってできる。

このアイデアは、私を甚く感動させました。

早速、妻にその趣旨を話したところ、珍しくも「賛成！」。但し、条件がありまして、「スピーチが殆ど聞かれていないように、文章にしたからといって読まれることを過度に期待しない方が良い。ビッシリ文字の詰まった年賀状だけで、好い加減辟易されているのだから、挨拶状も極力短く」とのご宣託。

ここまで言われては、社長である前に夫としての立つ瀬がありません。

私は次のように反論いたしました。

「何故、私が年賀状を型通りの挨拶で済ませないのか。何故、私が人前に立つと長口上になるのか。それは、私が自身の怠惰さや脆さ、未熟さを知っているからに他ならない。私に塵ほども責任が無ければ、おそらく寡黙でいられるだろう」

「しかし、私の責任が重くなればなるほど、私は多くを語らざるを得ないのだよ。つまり、毎年の二千枚を超える年賀状はその一年間の所信表明であり、竣工披露の挨拶に至っては、お世話になった方々への謝辞であり、誓詞である訳だ」

「だから私は、より多くの方に、より明確に約束をしたいと思っている。その約束は、私への大きなプレッシャーになると同時に、大きなエネルギー源にもなるんだよ」

斯様な熱弁を奮ったところ、さすがに二十年以上も連れ添って参りますと、扱いを心得ておられます。

「解る。私には、よく解る。けれども、あなたのそうした特異な性格を知らない人々には、単なる自己顕示欲としか取られないのよ。そのマイナス効果を、私は恐れるのよ」

そうなんです。私は実に独り善がりなところがあって、自分が相手に善かれと思ってやっているることは、きっと相手にも喜んでもらえると単純に信じ込んでいるんですね。

——さて、ここまでが多少長めの前口上でして、これからが本日の本題です。

私は、つくづくツイてる男だと思います。極論すれば四十五歳の今日まで、殆どツキだけで生きてきたような気さえします。

「こうなったら好いな……」と思った大概のことは、何とか実現して参りました。

例えば今回の竣工を例にとっても、まさにツキの連続。そもそもの発端は、エンゼルスの加藤取締役に、「もっと美味しいサンドイッチを作りたい！」と訴えたことにあります。

丁度その頃、エンゼルスでもチルドの温度帯で製造、販売する新しいタイプのサンドイッチを模索されていて、「じゃあ、広島でも挑戦してみては」となった次第です。

しかし、チルドのサンドイッチを作るには現工場の設備では無理。

新しい工場を建てねばならず、そのためには多額の投資額を必要とします。

「う～ん」と頭を抱えていたところに、プラザハムの森重部長から、

「資本参加させて欲しい」との申し出がありました。

実は私、かつてはアンチ・プラザハムを標榜し、プラザハムの製品を殆ど使っていませんでした。でも、加藤取締役のご紹介で森重部長を知るに及んで、その毒舌の中にも思い

遣り溢れるご指導のあれこれに心酔し、すっかり親しくなっていたものですから、熟慮の末に申し出を受けました。さらに思いがけず、江藤丸商事からも弊社へご出資いただき、鬼に金棒と励まされる一方で、責務の重大さに身がすくむ思いがいたしております。

新工場の立地を選定するにあたり、広島、山口の両県へ供給するには錦帯橋市が最適と考え、まさに「いよいよ土地探し！」という矢先に机上の電話が鳴り、

「本川君、錦帯橋市に土地を探しているんだって」と、いきなり言われ、驚愕いたしました。

電話の主は、今回、錦帯橋工場の設計施工をお願いした山陽建築工業の柴崎社長でした。高校、大学を通じて私の大先輩の柴崎社長に、よくよく話を訊くと、柴崎先輩の勘違いだったのですが、瓢箪から駒でトントン拍子に話は弾みました。

心配していた社員やパートタイマーの人材確保も、折からのバブル崩壊と相俟って、得難い人材を雇用することができました。

新たに株主になっていただいたプラザハム、江藤丸商事のバックアップの下、当計画に積極的なご支援を賜りました紅葉相互銀行、カープ信用金庫には厚くお礼申し上げます。

時あたかもご当地山口県選出の森義郎大蔵大臣は、私共のような中小企業に、「できるだけ低利」で融資するよう要請されております。この絶妙のタイミング。これをツキと呼ば

ずして、何と呼ぶのでしょう。

私の人生、そしてダイナーウイングの歴史は、こうしたツキに恵まれての歩みでした。

これまでのツキに感謝すると共に、心から反省もしています。

どうやら、従来はツキに頼り過ぎていたようです。

これからは、もっと積極的に、もっと着実にツキを摑んで参る所存です。


そこで、誠に僭越ですが、私が無い知恵絞って考えた、「ツキを摑む五つの法則」を披露させてください。

第一に、「あっ、これはツイてるぞ」と感じることのできる柔軟な感受性、あるいは観察力や洞察力を養うことが大切。

言い換えれば、ツキは誰にも同じようにある訳で、一般的な行動範囲を「十」とすれば、その内の「二」くらいがツイていて、同様に「二」くらいがツイていない。残りの「六」ほどが可もなし不可もなしといったところでしょうか。

仮にその割合でツキがあるなら、一般の人の五倍である「五十」のアクションを起こせば、自ずとツキは「十」になるはずです。

つまり、第二のポイントは、頭と身体をフル回転させ、数多くのトライを繰り返すこと。

それでは我武者羅に走り回りさえすれば、ツキに恵まれるかというと、厄介なことにそうはいかないのです。「十」の内「二」くらいあるツキは、入り口の辺りには無く、大抵の場合最後の「九」「十」の辺りに潜んでいるようです。

だから、第三のポイントは、「諦めない」でトコトン遣り抜くこと。

誰もが無意識のうちに口にする「あぁ、ツイてない」という台詞があります。よく考えてみると、これは案外に不遜なことなんですね。何故なら、言外に「実力はあるのに」という思いを含んでいるからです。今後、私はこの台詞を吐かないよう努めるつもりです。

即ち第四のポイントは、望まざる結果が生じた時、誰のせいにするでもなく、謙虚に己の努力不足を認めること。

一見ピンチだと思われる不本意な結果こそが、実は大きなチャンスの前兆と考えることができる、余裕を持ちたいと願っています。

最後に第五のポイントは、ツキは自分一人では摑めないと知ること。

浅学菲才の私が、曲がりなりにも今日までやってこられたのは、本日ご列席の皆様はじめ、先輩、友人、知人、従業員、お取引先、そして両親や家族など、数えきれない程多くの方々からツキをいただいてきたお陰だと感謝しています。

これまで数え切れない甚大なるツキを、本当にありがとうございました。

低迷する日本経済の中にあって、「変化への対応と基本の徹底」を着実に実践し、高い収益を持続するエンゼルス。

そのパートナー企業としての誇りと責任の下、本社工場&錦帯橋工場に働く一人一人が、一個一個の商品の質を追求し、一日一日の仕事を笑顔で行えるよう、最大限の努力を重ねて参ることをお約束申し上げます。

さらにその先に、ダイナーウイングは第三工場、第四工場の未来図を夢見ております。

そのためにも旧に倍するご指導、ご叱責、ご支援を賜りますよう、心からお願い申し上げます。以上、甚だ簡単措辞ではございますが、お礼のご挨拶とさせていただきます。

本日は誠にありがとうございました。それでは皆様、グッド・ラック！

＊

錦帯橋が一望のホテルで開催した祝賀会は、二十四時間稼働工場を支える社員やパートタイマーたちが一人でも多く出席し易いよう、昼夜二回の開催だった。

夜の部が終わる直前、恭平は甘宮市の山上五郎市長から声を掛けられた。

「本川さん、頼みがあるんじゃが、どうしても聞いて欲しいんじゃ」

「はい、何でしょう」

「甘宮市の教育委員を引き受けてくれんかのぅ」

「はぁ、何を言っておられるんですか。私は正真正銘の劣等生ですよ。私なんかが教育委員になったら、私だけでなく市長も笑われますよ。何なら、通信簿を見せましょうか」

「いや、あんたみたいな人になって欲しいんじゃ」

「過分な祝辞として承りましたが、きっぱりお断り申し上げます」

「……」

一瞬、魚の小骨が喉に刺さったような違和感を覚えた恭平だったが、次の瞬間には綺麗さっぱり忘れてしまった。

数字より筋の胸算用　《四十六歳〜四十八歳》

喉に刺さった小骨を吐き出すことも、飲み込むこともできていなかったと知ったのは、三カ月後だった。

山上市長の粘りに負け、恭平は教育委員の委嘱を受けてしまった。

教育委員に就任して間も無く、恭平は校長会での講演を依頼された。人前で話すのは嫌いではなかったが、相手が校長先生ばかり二十名となれば、多少勝手が違った。

小中学生時代の恭平は、月曜日の朝礼や秋の運動会、入学式や卒業式など、校長先生と対面する時はいつも、多数の生徒の一人として壇上を仰ぎ見て、話を聴くだけだった。

その立場を逆転させて、恭平一人が校長先生二十名と対峙して話を聞いてもらうことに、不可思議な面映ゆさを感じていた。

ロの字型に並んだ長デスクの一辺に恭平が座り、相対してコの字型に座った二十名の校長全員が恭平より年長だった。女性校長六名、男性校長十四名のうち四名が白の綿ソックスを穿いていた。この事実を目の当たりにして、恭平はここが教育界の集まりであることを再認識した。およそ一般企業において、管理職の立場にある者が、スーツを着て白い綿ソックスは穿かない。

恭平は改めて学校現場の特殊性を感じ、感じたままを口にした。案外なことに、白ソックスの当人たちが頭を掻きながら失笑していることに、恭平も苦笑した。

調子づいた恭平は、「教育界、政界、金融界、実業界、相撲界、といった一定の枠に嵌った『界』の常識は、えてして世間一般の常識とは異なるもの」などと、用意したレジュメから外れてしまった滑り出しは、軌道修正ができず迷走を続けた。

白の綿ソックスはともかく、体育の授業でもないのに、教室でのジャージ姿は何とかなりませんか。子供たちの服装には厳しい校則が課せられているのに、その子供たちを指導する先生の服装がルーズ過ぎるように感じるのは、私だけでしょうか。

先生方もご存じの四季苑団地にある懐石料理「伊織」のご主人伊織さんは、夏でも白衣の下にワイシャツを着てネクタイを締め、厨房に立っておられます。お住まいは二階だし、厨房を覗く人は誰もいませんから、短パンにTシャツだって好いんですよ。

だのに、キチンと正装されている訳を訊いたら、次のようにお応えになりました。

「お客様は、どのようなご用向きで食事をされているのか分かりません。お祝い事や法事で来られているお客様に、私が好い加減な格好で料理を作る訳には参りません」

如何に一万円もする懐石とはいえ、食べれば無くなる料理を、誰も見ていない厨房で、暑い夏でも、きちんとネクタイを締めて作っておられるんですよ。

一方で子供たちと向き合い、教え、育み、人間形成の手助けをする先生方が、機能的だからといってジャージ姿で好いんでしょうか。私は違うと思いますよ。

そもそも当初の演題は、「劣等生の体験的教育論」と大仰なものだったが、演題とは程遠い支離滅裂な雑感を感傷的に語って、初の講話は終わった。

講話後の対談で、「面白かった」「考えさせられた」「知らなかった」などの感想を聴きながら、恭平は「劣等生の視点も捨てたものでは無い」との負け惜しみに似て開き直った、自身のセールスポイントを新たに発見していた。

翌日、父親に事の次第を話すと、意外な言葉が返ってきた。

「儂は昔から、お前は経営者より教育者に向いいとる思とった。だから、お前が教育委員になったと聞いて嬉しかった。案外、お前は適任だから、一生懸命やりなさい」

父の一言で、それまで重荷でしかなかった責務に、軽い自負が生まれた。

甘宮市の中堅企業、美浦工業が甘宮町の田圃の中にポツンと工場を建てたのは、終戦から十年後だった。

その後、甘宮町が広島市のベッドタウン化するに従い、田圃は住宅地として造成され、先発の工場の騒音が後続の住民の苦情対象になった。

窮状を市に訴えた美浦工業に対し、市は市有地を造成して美浦工業に一括分譲し、美浦工業は工場跡地を売却して移転費用とする目論見で市の開発事業が計画された。

そして、ダイナーウイング本社近くの丘陵地に、阿品工業団地が完成した。

しかし、完成した時期にはバブルが弾け、高く売れるはずだった工場の地価は下がり、美浦工業の業績も悪化して移転が難しくなった。

思惑が外れた甘宮市は一括分譲を諦め、分割しての分譲に方針変更した。

そして、山上市長自ら、ダイナーウイングに売り込みに訪れ、恭平の食指が動いた。

食指は動いたが、以前とは違い、恭平の勘と経験と度胸だけで決断はできなかった。

プラザハムや江藤丸商事の承認を得るには、納得させるだけの裏付けを必要とする。

初の自社工場を甘宮市に建ててから七年間で、売上は十四億円から六十二億円に大きく膨らんでいたが、錦帯橋市に工場を竣工して一年半が経過したばかりだった。

売上の増加に比例して借入も増大し、やっと利益が安定し始めたこの時期、新工場建設の提案はさすがの恭平にも躊躇いがあった。


当時のエンゼルスの来店客調査では、男性客が八十パーセント以上を占め、女性客は二十パーセントを割っていた。

女性を誘客するためには女性に魅力のある商品づくりが必須であると恭平は考え、弁当や惣菜、サンドイッチにも女性向けの商品開発に力を入れていた。

しかし、それでは来店された女性客にアピールはできても、新規の女性客を誘引することは難しく、女性が好み、話題になりやすいデザートの品揃えが大切だと考えていた。

もちろん既にエンゼルスではオリジナルのデザートを開発し販売していたが、その品揃えと品質は決して満足いくものではなかった。

ダイナーウイングがデザート部門に進出し、デザートを開発し製造すれば、きっと女性客を獲得できるはずだと、恭平は根拠もなく確信している自分が不思議だったが、そのためにはエンゼルスの認可が先ず必要で、次に製造のための工場が必要になる。

恭平はエンゼルスの本社を訪れ、加藤食品部長にデザートへの進出を申し出た。

返ってきた答えは、予想通りの単純明快な一言だった。

「止めた方がいいよ。だって、デザートを作っている工場は、全て赤字なんだよ」

「知っています。でも、私はやりたいんです。美味しいデザートを作って、女性客をお店に呼び込んで、お店に喜んでもらいたいんです。それに、デザートを買ったついでにサンドイッチや惣菜やおむすびを買ってもらえば、我が社もトータルでは赤字にはなりません」

「成程ね。じゃあ、やってみたら……」

エンゼルスの承認を得た恭平は、その時点でのデザート担当メーカー社長を訪ね、生産譲渡を懇願すると、厄介払いができるとばかりに喜ばれ、即決で同意を得た。

エンゼルスの食品の配送システムは、温度帯によって分かれている。弁当やおにぎりなどの「常温」、サンドイッチや惣菜、麺やデザートなどの「チルド」、冷凍食品やアイスクリームなどの「フローズン」、この三温度帯のいずれかで店に配送されている。

各工場で製造されたこれらの商品は、先ず共配センターに集約され、コース毎、店毎に仕分けられ運ばれる。

工場から共配センターに届けるのを「横持」と呼び、ここまでが各メーカーの責任で、センターから店まで運ぶのを「共配」と呼び、規定の料率を物流会社に支払う。

従って共配センターが近いほど横持ち費用は削減でき、出荷時間に余裕が生まれ、生産キャパが拡大するのは理の当然である。

さらにエンゼルスの出店攻勢により、ダイナーウイングの売上が伸び、工場が狭隘化しているのと同様、共配センターも手狭になっているとの実状を恭平は把握していた。


こうした情勢を踏まえて、恭平が描いたシナリオは次のようになる。

阿品工業団地に四千~五千坪の土地を取得し、共配センターを併設した新工場を建設。旧工場はチルド化の設備を施し、デザート工場として再活用する。

こうすることで狭隘化し限界に近付いた生産キャパを拡大できるだけでなく、新たにデザートの売上と共配センターの家賃収入が見込まれ、横持経費が削減できる。

もちろん共配センターを運営する会社にとっても、増設のための投資を免れ、高速道路のＩＣへ近いロケーションは時間とコストの大幅な削減に繋がる。

おまけに、まとまった工業用地の少ない甘宮市の陣取り合戦に先手を打ち、パートタイマーを大量雇用する企業の進出を未然に防ぐことができる。

実は、恭平の思いの中では、「おまけ」の要素が案外に大きなウェートを占めていた。

求人活動に最適と選んだロケーションだったが、人集めは加速度的にタイトになっており、海外からの研修生制度の活用も検討を始めていた。

シナリオに基づく数値計画を添えた新工場建設計画は、プラザハムや江藤丸商事の賛同を得て、取締役会で承認された。


恭平は、決して数字に強くない。

数字には強くないが、筋道を追ってストーリーを描くことは好きだった。

そんな恭平の自己弁護的な口癖の一つが、「数字より筋」だった。

恭平は、数値的な裏づけ以上に、目標達成への筋書を描くことが大切だと考えていた。

数字を追求していくと、「お金が足りない」「時間が足りない」「人が足りない」などと、ついつい可能性を否定し易く、諦めを覚え易いもの。

しかし、本当に足りないのは、数値化が難しい目標達成へのモチベーションだ。

数字より筋書を追えば、限界を超えて可能性が広がり、モチベーションが高まる。

モチベーションが高まれば、そこに創意や工夫、希望と勇気と忍耐が生まれてくる。

恭平は、「腹の据わった楽観主義者たれ！」常に自らを叱咤激励していた。

旅はＨＡＷＡＩＩに始まり、ＨＡＷＡＩＩに終わる　《四十七歳～五十一歳》

恭平は二十三歳の三月に学生結婚した。

そして、その年の十一月、父親がダイナーウイングの前身、ひろしま食品を創立。

つまり、会社が創立二十五周年を迎える年の春、恭平夫婦は銀婚式を迎えた。

「幸せにできるかどうか判らないけど、絶対に退屈はさせない！」

馬鹿正直とも無責任とも言えるプロポーズの言葉を信じて、恭平と人生を共にすることを決意した妻の淳子に、恭平は心の底から感謝している。

「今日の恭平が在るのは、ひとえに奥さんである淳子さんのお陰だ」

耳にタコができるほど聞かされた、親しい友人たちからの常套句を、恭平は否定しない。

言われるまでもなく、その通りだと認識したうえで、内心はこう考えている。

「今日の俺が在るのは、確かに妻のお陰だ。だが、その妻が今日在るのは、間違いなく俺のお陰だ。即ち、妻が讃えられることは、俺が讃えられることに他ならない」

その屈折した感謝の想いを伝えたくて、海外旅行を思い立ったが、第三工場の建設を控えた恭平には限られた空き時間しかなく、淳子に提案したのはハワイ旅行だった。

「ハワイなんかに、何しに行くの……」

二年前に家族で行ったイタリアとフランスをすっかり気に入って、再訪を望んでいた淳子の反応は素っ気なかった。


その窮状に救いの手を差し伸べたのは、鞆の浦で珍味屋を営む賀茂盛也だった。

賀茂盛也と知り合ったのは二年前の錦帯橋工場竣工の直後。竣工式の挨拶状を持ち帰った招待客の一人が、何かの折に挨拶状を賀茂盛也に見せたらしい。

その挨拶状の趣向と文面、特に最後の「グッド・ラック」の一言が気に入った賀茂盛也は、恭平に会いたいと望み、招待客を介して打診され、恭平は会うことを承諾した。

部下二人を伴って来訪した賀茂盛也を一目見て、恭平は承諾したことを後悔した。

三人はおよそビジネスマンとは程遠い、揃って角刈りに印半纏姿で現れた。

のっけから気圧されたままの会話は賀茂盛也のペースで進み、彼が喋り疲れた一瞬の隙を捕え、恭平は唐突に年齢を訊ねた。

「失礼ですが、賀茂さんはお幾つですか」

「歳なんか、どうでも好いじゃない！　間も無く四十五歳よ」

「なんだ。じゃあ、今は四十四歳。それなら私より三歳も年下じゃないか！」

恭平は、それまでの敬語を一気にぞんざいな物言いに改め、遠慮がちな態度を思いきり野放図に改めた。

爾来、賀茂盛也は「しゃ」にアクセントを置いて、恭平を「社長！」と小馬鹿にしたように呼び、気の向いた時に電話を寄越し、不意を突いて訪ねてくる。

それでも訪問の際には、律儀に自社製品を手にして来るから、恭平も無碍にはできない。

そんな賀茂盛也にハワイ旅行の話をすると、自ら恭平の妻の説得役を買って出た。

「奥さん、昔から、旅はハワイに始まり、ハワイに終わると言われているのをご存知ですか。ハワイの何が素晴らしいか、クドクド野暮は申しません。まあ、騙されたと思って、一回行ってご覧なさい。社長はともかく、奥さんなら、きっとハワイの真髄を理解されるはず。そして、二度三度と行きたくなること必定です。大丈夫、私が保証いたします」

何が大丈夫なのか、どう保証するのか、香具師顔負けの口上に乗せられて、恭平夫妻は銀婚式を記念して、初めてのハワイ旅行に出発した。

ＪＡＬに乗って夕方に広島空港を発ち、ひと眠り。

現地では早朝ながら日本時間では深夜、ホノルル空港到着後にハワイアン・エアラインに乗り換え、ハワイ島ヒロに到着。

半醒半睡のまま空港でレイを掛けられハグされて、バスに乗車。

初めて来たのに何故か懐かしいヒロの街で昼食。

黒砂海岸やキラウエア火山、コーヒー農園に立ち寄りつつ、二晩の宿であるヒルトン・ワイコロアビレッジへ。

翌日はオプションも入れず何処へも出掛けず、広いホテルを歩き回っても疲れを覚えず、のんびりと一日を過ごした。

さらに翌朝、再びバスに乗ってコナ空港からホノルルへ。

ヒロとコナとホノルル、同じハワイなのに空気がそれぞれ微妙に違うことに驚いた。

定番のアラモアナ・ショッピング・センターでは、子供たちと会社への土産を買うだけで歩き疲れ、ワイキキに面したホテルから望む夕陽に癒された。

そんな四泊六日の道中、恭平はハワイの景色と妻の表情を半々に眺め、景色を愉しむと同時に妻の顔つきに安堵していた。

帰国して一週間を経た或る日の夕食時、清々しい表情の妻から驚愕の告白を受けた。

「恭平さん、ハワイ島に終の棲家を見つけて、老後はハワイ島で暮らしましょう」

「えっ！」

「以前から私は、恭平さんがリタイアした後、どのように生きていくのか、全く見当がつかなかったの。でも、ハワイで四日間を過ごして、答えを見つけた気がする。もちろん、ハワイは素晴らしかったけど、何よりも、ハワイ滞在中の恭平さんの顔色は最高だった。ヨーロッパに行っても、東南アジアに出張しても、体調を崩しがちな恭平さんだけど、ハワイは恭平さんに向いているって確信したの」

銀婚式を迎える今日まで、およそ食べ物以外での物欲を見せたことの無い淳子だった。

一カ月前には、「ハワイなんかに、何しに行くの……」そう言っていた淳子だった。

その淳子の口から聴いた唐突な要望に戸惑い、恭平に返す言葉はなかった。

しかし、恭平と淳子、二人が相互の顔色を窺っていたことを知り、奇妙な感慨に耽りながらも、既に恭平は同じ夢を追い掛けたいと考え始めていた。

その日を境に、淳子の枕元には「ハワイ本」が置かれるようになり、数カ月後には書棚に「ハワイ本」コーナーができた。

一年後、二人でハワイ島を再訪した際に、淳子は一冊の本を持参していた。著者は世界中を旅した末に、ハワイ島コナに居を求め、一年の三分の一をコナで暮らしているとか。好奇心からレンタカーを走らせ、著者宅を訪ねてみたが、日本に帰国中で会えなかった。留守宅で植栽の手入れをしていたガーデナーと話すうちに、著書に紹介されていた良心的な不動産業者モーリス木村はガーデナーの恩師だと教えられ、会うことを勧められた。モーリス木村は山口県大島出身の日系三世で、中学校の校長先生をリタイア後、友人が経営する不動産会社を手伝っており、地元の人々からの尊敬を集める名士とのこと。

「おぉ、ホンカワさん。私がモーリスです」

翌日、コンドミニアムのフロントに現れたモーリスは、初対面とは思えぬフレンドリーな笑顔と悠揚たる大声に黄色いポロシャツ姿で、とても二十歳年長には見えなかった。

「さて、今日は何処にご案内しましょうかの」

黒いリンカーン・コンチネンタルの助手席に乗って直ぐ、山口弁でモーリスに訊かれ、

「家を買うお金は無いけど、将来のためにコナの住宅を見せてもらえますか」

「おぉ、大丈夫。高いノモ、安いノモ、たくさん見せてあげますよ」

恭平のリクエストに応え、モーリスは一日をかけて二十軒近くを案内してくれた。

日常生活と懸け離れたホテルのような豪邸では、淳子は掃除の心配などして落ち着かな

かったが、行く先々の住宅は、思わず午睡をしたくなるような心地好さだった。

モーリスから恭平は、翌日のゴルフに誘われた。

「ゴルフは、年に二回、春と秋の会社のコンペでプレーするだけだから……」

瞬時に断ろうとした恭平だったが、

「折角のチャンスだから、ご一緒したら」

思いがけず妻に背中を押され、応諾した。

ハワイでの初めてのゴルフは、スコアは年齢差ほど開いたが実に爽快だった。

モーリスは、会心のプレーには大声で笑って歓び、ミスすると本気で悔しがった。

素直に己の感情を露わにするモーリスは、まるで十代の少年のようだった。

不本意なスコアを嘆く恭平に、得意然とモーリスが言い放った。

「大丈夫よ。あと三十年したら、私に勝てるよ。三十年したら、私も百歳だから」

カートに同乗して景色と珍プレーと会話を愉しんだ淳子は、余程気に入ったのか、

「日本に帰ったら、私もゴルフのレッスンを始めようかな」などと言い始めた。

夕食は、モーリスの姉であるアルフリーダ邸でのファミリー・パーティーに招待された。

驚いたことにアルフリーダ邸は、恭平たちが滞在しているコンドミニアムの直ぐ隣で、

見事な白髪のアルフリーダは恭平の母方の祖母に瓜二つだった。

一気に親しみを覚えた恭平は、人見知りを忘れたように寛いだ気分になった。

性格まで祖母に似て世話好きなアルフリーダは、恭平たちと同じテーブルに座り、何かと声を掛けてくれた。

兄弟姉妹それぞれの家から持ち寄った料理は、どれもが美味しく、中でもアルフリーダの煮付けは昆布とイリコの出汁が利いて、懐かしい祖母の味だった。

食事が一段落した頃、モーリスの弟ウォルターがウクレレを片手にハワイアン・ソングを口ずさみ、追い掛けるように歌い出したモーリスの声に、恭平と淳子は顔を見合わせた。

低く、甘く、包み込むような声に聴き惚れる二人に、アルフリーダが囁いた。

「モーリスはの、先生を辞めて歌手になりたい言うて、お母さんに怒られたんよ」

すっかり木村ファミリーの人柄に魅了された恭平と淳子は、ハワイ島の土地柄に傾倒を深めていった。

「定年退職後に海外移住した夫婦の殆どは、二〜三年で日本に帰ってしまう。何故なら、齢を取ってからでは現地の人と接するのが億劫になり、狭い日本人社会に閉じこもって、窮屈なのよ。本当に海外生活を楽しみたいなら、まず現地の人と仲良くすることね」

ハワイから帰国直後の同窓会で、ご主人のオーストラリア転勤に伴い数年間の赴任経験を持つ高校の同級生、渡部孝子からのアドバイスが、妙に恭平の耳に残った。

創造的カンニングの奨め 《四十九歳》

想い描いたストーリーに沿って、阿品工業団地の新工場は十月に竣工した。

工場建設も三回目になると多少の経験も積み、設計は工場設計に精通した事務所に依頼し、施工も工場建設に熟練スタッフを抱える企業を入札で選んだ。お陰で設計や建築段階での時間が大幅に割愛され、恭平はラクになる一方、少し物足りなさも感じていた。

この工場で初めて、社長室を図面に描き込んだ。当初の設計士案では、社長室は見晴らしの一番良い一画にあった。しかし恭平は、この一等区画は社員が集うカフェテリアに譲り、社員の出入りが把握でき、自らも社員から確認され易いよう、床から天井までガラス張りの社長室を入り口から近い受付の隣に設置した。

眺望抜群のカフェテリアで開催した祝賀会は、当時の人気TV番組「料理の達人」を模し、恭平が行きつけの「和食」「洋食」「中華」「寿司」各店のオーナー調理人を招いての、

「食べ比べショー」を実演。

　各店が腕によりを掛けたメニューは実に見事で、来賓客の多くが会話もそこそこに舌鼓を打つ様を眺め、恭平は独り満悦気分に浸った。

　加えて、恭平を有頂天にさせたのが、山上五郎市長の祝辞だった。

「皆さん、この社員食堂はどうですか。甘宮市にも沢山のレストランがありますが、世界遺産の宮島が望め、甘宮市はもちろん広島市内まで一望できるレストランは、この社員食堂が一番です。普通の社長だったら間違いなく、ここは社長室です。でも、本川さんは最高の場所を社員に提供して、自分は入り口近くの受付みたいなところに座っとる。それが本川さんのエエトコです。それがダイナーウイングのエエトコです」

（さすが、山上五郎！）

　山上市長の祝辞を面映ゆくも嬉しく聴きながら、一瞬にして恭平の設計意図を見抜き、その魂胆をスピーチに活かし、恭平の自尊心をくすぐる、人心掌握術に舌を巻いた。

＊

　祝賀会における恭平の挨拶は前回と同様、挨拶状を配布しスピーチは極力短く抑えた。

【広島工場竣工祝賀会で配布した「挨拶状」】

当工場はダイナーウイングにとりまして、三番目の工場です。今から丁度八年前の昭和六十三年十月、初の自社工場を当甘宮市に新設いたしました。その竣工式にご臨席いただいた株式会社エンゼルスの宮藤常務は、ご挨拶の中でこう仰いました。

「失礼な話ですが、本川さんが工場を建てられると聞いて、どうせお金も無いのだから、大した工場ではないと思って参りました。しかし、拝見してびっくり。何事にも前向きな本川さんだから、きっと三年後には第二工場ができると信じています」

望外なお言葉に、私の方こそびっくり。元来おだてに乗り易い私は、

「よし、期待に応えよう！」と発奮。三年後こそ叶いませんでしたが、四年半後の平成五年三月、錦帯橋市に第二工場を建設することができました。

その節には、エンゼルスから加藤取締役にご出席を賜り祝辞を頂戴しました。

「本川さんは『会社を大きくするのが目的ではない。従業員をハッピーにすることが目的だ。そのためには売れる商品をつくり、売上を伸ばし、多くのポストを用意して、優秀な工場長を育て、さらに良い商品をつくりたい』と常々言われています。この考えがある限り、第三、第四工場も夢ではないと思います」

感激屋の私は、この言葉にもえらく発奮。お陰様で本日、第三工場の竣工を迎えること

ができました。

皆様のご指導ご支援に改めてお礼申し上げます。本当にありがとうございました。

さて、いよいよこれから第三工場竣工における本日のご挨拶です。

実は過日、大学時代の後輩から手紙が届きました。我が社を訪問した際の礼状で、少々長くなりますがご紹介させてください。

「前略、先日は本当にお世話になりありがとうございました。学生時代から何も変わっていない、昔の儘の本川さんで、あれだけ上手く事業展開されていることが、どう考えても、やはり半分不思議な気がしています。しかし、よく思い起こせば、あなたはサッカーや麻雀はもちろん、恋愛においても、五分五分の勝負に果敢にチャレンジする人でした。

そして何故か、大概は上手くいく…〈後略〉」

彼とは十年振りの再会でしたが、血気盛んな時期を共にしただけに、私の本質を熟知していると苦笑しました。だが、彼は、社会人となり、経営者の端くれとなって、見事に変身した私を知らない。確かに学生時代の私は、「可取大明神」あるいは「可山優三」を自称する劣等生でした。そんな私の率いるダイナーウイングが、何故ここまで成長できたのか。

それは人一倍の「意地」と絶妙の「ツキ」に加え、「カンニング」の賜物に他なりません。

正義感の強かった学生時代の私は、努力もしないがカンニングもしないことを誇りとし、当然の帰結として成績は芳しからざるものでした。

しかし、社会人となり、広告業界に身を投じた私は、己の浅学菲才を痛感。

結果が全ての実力社会にあって、カンニングの重要性と有効性を認識するに至りました。

三十歳にして弁当稼業に転じ、さらにはエンゼルスのパートナーとしてお弁当、サンドイッチ、お惣菜の製造に携わっても、その手法は同様です。

所詮、人間一人の知識や経験や能力など知れたもの。ましてや、全くと言って良いほど努力も研鑽も重ねていない私です。広島、山口地区の三百店舗にも及ぼうとするエンゼルスの売り場で、二十四時間、三百六十五日、移り気で我が儘なお客様の要求に、的確に応えていくことは、並大抵なことではありません。

「衆知を集める!」、つまり、カンニングこそが問題解決への近道であり、王道であると信じる所以です。


さて、「ツキ」を摑むには五つの法則があることを喝破した私ですが、成果ある「カンニング」の極意は、次の三箇条であると定義づけています。

まず、第一に心しなければならないのは、自分一人でできることは高々知れている、と認識すること。だからと言って、平均点や合格点スレスレで安易に妥協せず、常に頂点を目指すこと。つまり、「真剣にベストの結果を求めるなら、カンニングは必然の行為である」と確信することです。

第二に大切なのは、自分より出来の悪い答案を真似ても意味がありません。つまり、「最高レベルの情報源を狙え」ということです。優れた答案は書けなくても、優劣を見極める目は養いたいもの。常日頃から、各分野におけるベスト・アンサーを探っておくことこそ大事なのです。

そして第三に、どんなに出来の良い答案も、見せてもらえなければ余計な焦りを生むだけ。自分の不出来に卑屈にならず、誰に対しても臆せず笑顔で親交を結んでおくことが肝要です。人間関係の要諦は「Give & Take」（差し上げた後に、いただく）。決して「Take & Give」（くれたなら、やってやる）ではありません。

つまり、「開示されない情報は、一文の値打もない」という訳です。

幸いなことに、エンゼルスへお弁当、サンドイッチ、お惣菜などの商品を提供する私どもには、日本惣菜食品協同組合（NSS）という組織があります。日本を代表する食品メーカーをも含む組合員とエンゼルスの間では、商品開発や品質管理、共同購入や設備開発など情報の共有化が進んでいます。これこそカンニングの最たるものと言えましょう。

未熟な私は、会社経営のあれこれをも手取り足取りご指導いただいている始末です。

今回の阿品工場新設に際しても、プラザハムの森重常務はじめ、プラザマイスターの権藤社長、瀬戸内フーズの井槌社長など、多くの諸先輩から貴重なお知恵を拝借させていただきました。取り分け森重常務には、工場の基本的位置づけから諸工事の価格設定に至るまで絶大なご指導を賜り、心より感謝いたしております。


「とことんカンニングに徹すれば、いつか、きっと、藍より青し！」

との信念の下、種々のカンニングの成果を踏まえて落成した当工場のコンセプトは、「人」「物」「情報」の流れの一元管理。

換言すれば、安全で美味しい高品質の商品を効率よく生産すること。また、生産に従事する全ての人が、そこで働くことを誇れる作業環境を構築することです。

その思いを込めて、設計を長岡建築設計事務所に、施工を大和建設工業に依頼しました。出来映えはご覧の通り、至極満足な仕上りです。限られた工期と厳しい予算の中で、工事を全うされた関係者各位に衷心よりお礼申し上げます。本当にありがとうございました。

さらには、まだまだ脆弱なダイナーウイングにもかかわらず、将来への飛躍に期待し、積極的なご援助をいただいた金融機関各社に対し、厚くお礼申し上げます。

「翼」を社名に冠した私たちは、もっともっと大空に飛翔したい！　そう強く望んでいます。

これからも私たちは、失敗を恐れることなく、挑戦を続けて参る覚悟です。

しかし、同じ失敗を繰り返す愚だけは避けたいと思います。

そして、ダイナーウイングで働く全ての人が、「笑顔でつくれば、きっと、笑顔で召し上がる」ことを信じ、魅力ある商品をエンゼルスのお店にお届けして参る所存です。

以上、誠に簡単措辞ではございますが、第三工場の完成した今、さらなるご支援ご協力を賜りますよう、心からお願い申し上げ、ご挨拶とさせていただきます。

人は石垣、人は城、人は堀　《四十九歳〜五十二歳》

社長になって間も無い、或る日曜日の午後。

前日の深夜から現場に入っていた恭平は、仕事が一段落したのを機に昼過ぎに帰宅し、リビングで一人の少年に会った。

小柄な少年は、恭平の長男・謙祐の一学年上級の友だちで四年生だった。

「おっ、いらっしゃい」

声を掛けた恭平に、顎を突き出し見上げるようにして、少年が問うた。

「おじさん、おじさんは社長ね？」

「ん、あぁ、社長だよ」

「ふ～ん。儲かっとるん？」

不意を衝かれ戸惑いながらも、恭平は真剣に考え、正直に答えた。

「えっ、う～ん、余り儲かってないな」

「なんじゃあ、儲かっとらんのんね」

小馬鹿にしたような反応を小さく笑いながら、恭平は訊ねた。

「お前のお父さんは、何をしとるんや？」

「父さんね。父さんは、広島で一番儲かっとる会社に行きようるんよ」

（あぁ、この少年は、自分の父親が自慢なんだな）

恭平は妙に嬉しくなり、重ねて訊いた。

「どこの会社が、広島で一番儲かっとるんや？」

「中電よ、父さんは、中電に行きようるんよ」

「ほうか、中国電力で、何しとるんや」

「課長よ！」

「成程のぅ、お父さんは偉いんじゃの」

少年の名は、河本敦史と言い、恭平の家の三軒先に住んでいた。

敦史少年は、自慢の父親の転勤に伴い、中学に入ると同時に山口に転居していった。


十二年後、青年になった河本敦史と再会したのは、広島市内のテナントビル地階だった。

河本敦史は山口県一番の進学校に進みながら、大学を目指すことなくミュージシャンを目指していたらしい。

しかし、二年間頑張って己の才能に見切りをつけ、元々関心のあったアパレル業界に飛び込み、才覚を認められて抜擢され、一年後には店長を任された。

半年余り店長を務め、粗方ビジネスの仕組みを覚え、独立を考え始めた時期に恭平と再会し、恭平は独立の意志を伝えられた。

「独立するって、資金は有るのか？」

「いや、今から手当てをするつもりです」

「よし、おじさんについて来い」

恭平は河本敦史を伴って、テナントビルの二軒先の紅葉相互銀行の新天地支店に行った。

当時の新天地支店長は、友人の澄田悟志だった。

「澄田、この河本敦史は小さい頃からよく知っているんだが、独立を考えているけど金が無いらしい。いろいろ相談に乗ってやってくれ。もし、保証人が要るようなら、俺が判を押すから頼む」

そう言って、河本敦史を紹介した。

結局、国民金融公庫で金を工面して保証人にはならなかったが、敦史青年は独立して経営者の道を歩み始めた。それから一年後、息子の謙祐から河本敦史の近況を耳にした。

「敦ちゃんの店が入っているビルに大手雑貨メーカーがメインのテナントとして入るので、店を畳んでお父さんの会社に入れてもらおうかな……って言っていたよ」

翌日、恭平はテナントビルを訪れて真意を質すと、

「あれは軽い冗談ですよ」とかわされた。

「お前は冗談かも知れんが、俺は本気で勧誘する。どうだ、ウチに来ないか」と誘った。

「行ったら何をするのか」と問われ、

「デザートをつくる」と応えた。

「僕は、甘いものは苦手」と拒まれ、

「食べる訳じゃない。つくるのに好きも嫌いもあるか」強引に誘って、入社にこぎつけた。

高校サッカー部の劣等生仲間に、井納直巳がいた。

見た目は強面だが、根は小心な気の優しい男で、選手時代はポカミスが多く、ミスする度に極度に落ち込み、慰め役は決まって恭平だった。

自動車ディーラーの営業マンになってからは、会う度に上司の悪口を言い愚痴を零していたが、恭平は慰めることは一切せず叱咤激励を繰り返していた。

サラリーマン時代の恭平は、上司に媚びず、陰で上司の悪口を言わず、納得できないことには面と向かって異を唱えることを信条としていた。お陰で仲間からの信を得、結果として上司の信を得たと自負していたから、井納の愚痴を聞くのが歯痒くて仕方なかった。

「愚痴を零すな。愚痴を聞かされている俺は愉しくない。愚痴を零している貴様も愉快ではないだろう。愚痴は百害あって一利無しだ」

「上司の無能を嘆くな。無能な上司を得たら、チャンスだと思え。無能な上司の方が、仕事はやり易い。上司が有能だと、無能な俺らの出る幕は無いぞ」

再三の恭平のアドバイスも効無く五十歳の誕生日を前に、井納直巳は会社を辞めた。

「辞めて何をするんだ？」と問う恭平に、

「今から大型の免許を取って、長距離の運転手になる」と答えた。

「無茶言うな、体力が持たんぞ。それならば、ウチに来い」と恭平は誘った。

（俺が上司なら、何とか井納を活かしてやれる）

誘いながら、自惚れた自負と共に、余計な負荷を背負いこんだ自省の念も芽生えていた。


能天気で負けず嫌いな恭平は、劣等生であることを恥ずかしく感じてはいたが、人間として劣るものではないと開き直ってもいた。

恭平がコンプレックスを強く意識し始めたのは、社会人となり、若くして社長になってからだった。

恭平は、酒が飲めない。酒が飲めない恭平は、酒の席で裸になることができない。

素面同士の席なら先頭切って言える冗談が、酒が入った席では言えなくなってしまう。

決して自分は生真面目な人間ではなく、間違いなく好い加減な人間だと自覚している。

だのに、酒の席になるとどうもいけない。

仕事に関しての話なら弾むが、遊びや趣味の会話についていけない。

そもそも恭平には、趣味と呼べるものが無かった。

社長就任当時の会社の宴会では、トップバッターでカラオケに興じて見せた。

替え歌に合わせて踊っても見せた。

だが、それは、社長の役回りとして演じて見せていただけで、会が盛り上るのに反比例し、興醒めしていく自分が情けなく惨めだった。

恭平は、子供の頃から人見知りが激しかった。

何故人見知りするのか、学問的な見解は知らないが、恭平は人見知りの原因は「恐怖」だと考えていた。

少年時代の恭平は「お利口な坊や」を演じていた。

そして、誰からも「お利口な坊や」として認めてもらうことを望んでいた。

だから、お利口な坊やとして認識してくれた大人に対しては心を許し、自由奔放に振舞うことができたが、「お利口な坊や」として認知されていない大人から、どのように思われるかが不安で怖く、恭平は人見知りしていた。

大人になってからは「お利口な坊や」が、「根性あるスポーツマン」「感性豊かな制作者」「気鋭の経営者」など様々に変わっていたが、相変わらず相手から認知されることを望み、認知されていないことを恐れる自分に嫌悪を抱き、得体の知れないコンプレックスを覚えていた。

大学時代の広島県人会で知り合った友人の一人に、崎谷純一がいた。

崎谷純一は、広島学園高校では土肥典昭と同級生で、稲穂大学では澄田悟志と同じ学部に現役で入学していた。

恭平が崎谷に着目したキッカケは、宴会の席での傘踊りだった。

日頃はクールでダンディーな二枚目を気取っている崎谷が、酒の席では豹変し、何処から見つけてくるのか傘を手に、日舞もどきの振り付けで器用に踊り回る。

その平常との落差に恭平は感動し、自分に無い人間性が羨ましく、崎谷に親しみを覚え親交を深めた。

崎谷は大学卒業後、建設機器販売会社に就職し、地元広島に赴任。

会社勤務の傍らコツコツと勉強を続け、四十代半ばに中小企業診断士の資格を取得した。

資格を取った直後に恭平を訪ねて来て、ダイナーウイングの経営診断をさせて欲しいと頼まれたが、恭平は即座に断った。

断った理由は、みっともない財務内容を知られたくないとの見栄が半分、もう半分は、「教科書通りの計数だけで、企業を診断されて堪るか！」との意地だった。

経営診断こそ断ったものの、澄田を交えて会う機会が増えた崎谷に対し、自分に無いものを持っていると感じた恭平は、思い切ってダイナーウイングへの入社を打診した。

「来年の一月の誕生日で、俺も五十歳になる。そうすれば、会社の早期退職制度を活用して、現在の会社を退職し、ダイナーウイングで経営に参画させてくれ」

思いがけずスムーズに内諾を得た恭平は喜び、崎谷に約束した。

「三顧の礼を以って、今以上の待遇で迎える。でも、忘れないでいてくれ。お前に期待するのは中小企業診断士の肩書などではなく、宴会で傘を持って踊り出す、あの心意気だ」


息子の幼友達と劣等生と優等生。

入社経緯も期待度も三者三様だったが、全て試験も面接もない縁故入社だった。

売上が右肩上がりに伸び、一人でも多くの有為な人材を求めていた時期でもあり、入社させることには誰からも異論は出なかったが、崎谷を入社直後の株主総会で取締役にすることには、待ったが掛かった。

待ったを掛けた一人は既に取締役に就任していた三城経理部長。もう一人はプラザハムの常務にして、ダイナーウイングの社外取締役を務める森重英雄だった。

「立派な大学を出ておられるのに、五十歳になっても課長止まりというのは如何なんでしょうか。それに、早期退職制度に応じて辞めるというのも、余り感心しませんね。入社されるのはともかく、いきなりの取締役就任は見合わされた方が良いと思います」

三城取締役経理部長の言い分には、どこか自分のポジションを脅かされることへの警戒心が隠されているようにも感じられたが、森重社外取締役の意見には、一理あると同意せざるを得なかった。

「人には向き不向きがあるものだ。彼の実績は建設機器の営業によるモノであって、食品製造業での労務管理では未知数だ。いかに友達とはいえ、力量も見極めず慌てて取締役に就かせるのは止めた方が良い。むしろ友達だからこそ慎重に対処すべきで、周囲を納得させてからでも決して遅くはないはずだ」

恭平は二人の意見を尊重して、崎谷純一の入社直後の取締役就任は見送った。

職位に関係なく崎谷は期待に応え、三城部長が地均しした諸制度のレベルアップを図り、若手社員の教育にも精力的に貢献し、一年後の株主総会において取締役に選任された。

情けは味方、仇は敵なり　《五十二歳〜五十四歳》

崎谷取締役管理本部長が誕生した一年後、高校時代からの友人、源田実三郎から珍しく切羽詰まった調子での電話があった。

「本川、頼みがあるんだ。来年から俺をお前の会社で働かせてくれないか」

予想だにしていなかった畏友、源田の言葉だった。

源田実三郎とは、高校のサッカー部で一年間だけ一緒だった。

高校からサッカーを始めた恭平とは異なり、源田は中学時代から注目を集めた選手で、噂に違わず入学と同時に不動のレギュラーとして活躍していた。

恭平が源田に注目したのは、入学した年の夏合宿だった。

練習態度が良くないとの理由で、一年生はグラウンド十周の罰を監督から科せられた。二周目までは一塊だった集団が徐々に分散し、先頭を走る源田に遅れまいと、恭平は全力で追い掛けた。その間合いが近づいた時、走りながら呟く源田の声が聞こえた。

「あの野郎、殺してヤル」「絶対に、殺してヤル」

サッカーだけでなく成績も優秀な源田は、日頃は温厚で笑顔を絶やすことが無かった。その源田の隠された苛烈さを垣間見た思いの恭平は、スピードを緩め距離を保った。

二年生への進級時、源田は父親の転勤で山口の高校へ転校し、転校後も恭平とは手紙の遣り取りが続いた。

現役で稲穂大に進んだ源田に遅れること二年、やっと大学に入った恭平との親交はさらに深まった。

成績優秀な源田は試験の前にヤマを掛けることに長けており、恭平は多大な恩恵を受けていたが、麻雀の卓を囲めば案外なチョンボを犯し、ギターに合わせて歌えば音程を外して仲間からの失笑を買う、そんな親しみ易さをも合わせ持っていた。

てっきり上級公務員か金融関係を目指すのだろうと思っていたが、大学卒業後の源田は、「これからの日本は観光が主要産業になる」とホテル業界に進んだ。

当初は、似合わぬドアマンの制服に身を包んでいたが徐々に頭角を現し、転職のたびに活躍のステージを高め、四十代でドジャースの経営するホテルの常務に就任。さらには、ロサンゼルスにおいて、現地法人との合弁会社の社長を務めたりしていた。

恭平が社長になり、初めての自社工場の建設に際し、藁をもすがる思いでの出資依頼に、「今、俺の自由になる金が五百万円あるから、全部使って好いよ」

源田は望外の金額を提示して快く応じてくれた。恭平はその心情に感じ入り、目頭を熱くしながらも遠慮がちに、二百万円の出資を仰いだ。

そんな畏敬する源田からの就職依頼に、恭平は首を捻って尋ねた。

「一体、どうしたんだ?」

「現在、責任者を務めている事業所が閉鎖され、全員がリストラされるんだ。離婚して家族がいる訳でもないので、これを機に広島に帰って、両親の面倒を見てやりたいんだ」

「そうか。一年前なら文句なしに即決するんだが、お前と大学で同期の崎谷が既に入社し、取締役として活躍している。彼の気持ちを確認してから返事をさせてくれ」

電話を切って直ぐ、崎谷に源田の意向を話して忌憚のない意見を求めた。

「源田と学部は一緒だったが、殆ど面識が無いので、判断しようがないけれど、社長にとっては、私以上に古くからの友人ですから、私に依存はありません」

「いやいや、付き合いの長さが問題ではなく、同年輩で同等の力を持った人間が入社することで、崎谷が遣り辛くならないかを心配しているんだ」

「あぁ、そんなことなら、大丈夫ですよ」

「本当だな。それでは承諾の返事をさせてもらうよ」

崎谷をはじめとする常勤取締役からの同意は得たが、非常勤取締役の森重取締役からは崎谷の場合と同様、いきなり取締役にすることに強く反対された。

「ダイナーウイングも、定時社員を含めると一千人を超える規模の会社になったんだ。いかに古くからの友人とはいえ、仕事への能力、会社への適応力を見極めることなく、いきなり取締役に登用することは、決して会社のためにならない」

至極ごもっともな意見だと恭平は理解しながらも、源田実三郎はプラザハムとの提携以前からダイナーウイングの株主であること、職種が似通ったホテル業で会社経営に携わった経験があることなどを列挙して強引に推挙し、株主総会において承認された。

入社前に恭平は、崎谷と源田に加え紅葉相互銀行の澄田悟志を誘って会食をした。

澄田は銀行では人事部長の職にあり、崎谷と源田とは大学で同じ学部の同期だった。

再会を祝して乾杯をしてから開口一番、恭平は澄田に頭を下げた。

「澄田にお願いがある。昔から『三人旅はするな』とか、『友人と仕事をするな』と言うが、我々はこれから友人三人で会社経営をしていく。大丈夫だと信じているが、万一トラブルが生じた時は社外人事部長として、公平な裁定を下して欲しい」

「成程な。そんなことは起こるまいが、万一、そうなったら俺が調停役を引き受けるよ」

「もちろん、俺に問題があれば、社長を辞めることも含めて、澄田の裁定に従う覚悟だ。崎谷も源田も、それで了解してくれるな」

「解った」「了解した」二人は異議なく了解した。

ダイナーウイングは、生産本部、商品本部、管理本部の三本部制を執っており、各本部長は取締役が務めていた。

新たに取締役になった源田の経歴を考慮して、それまで恭平が担当していた商品本部長に任じた。それから二カ月も経たぬ間に大半の部下たちから、

「突如、訳もなく激怒しての感情的な叱責は、堪え難い」

「あの人の下で働くなら、退社したい」など、悲鳴とも言える苦情が相次いだ。

恭平の出席しない社内会議において、崎谷に対する異常な敵対心の露呈も耳にした。

取引先であるエンゼルスからも、源田本部長の仕事の進め方や担当者への的外れで執拗な能力批判に対し、

「彼は、一体何様のつもりなんだ」

「何故、社長は彼と商品本部長を代わったのだ」などの厳しい抗議が続発した。

その都度、恭平は戸惑いながらも、これらの声に対する反省と改善を源田に求めた。

「当社は、エンゼルスのパートナーとして企業経営しているんだ。相手の能力を問う前に、自身の言動を反省しろ。源田の言葉が、仲間からの信頼を得ているのか……源田の行動が、エンゼルスやお客様からの信頼に応えているのか……そのことを自問する方が先決だ」

「何故、俺に対しそんなことを言うのか、俺には判らない」

「こんな当たり前のことが判らないこと、判ろうとしないことこそが問題なんだ」

恭平自身、敬慕さえする源田に対し、何故こんな想定外のジレンマに悩まされ続けるのか納得がいかぬまま、入社させたことへの悔悟に苛まれつつ商品本部長を解任した。

ダイナーウイングの将来を展望する時、エンゼルスとのパートナー・ビジネスとは別に、もう一本の柱が必要なことは以前より考え、恭平なりの腹案も温めていた。

商品本部長の失敗で、社内外の人間とのコンタクトに軋みを生じさせる源田には、暫くは部下を持たせず、社外との接触の少ない部署の方が良いだろうと考え、「新規事業MR部」を新設した。

ここで敢えて「MR」を挿入したのは、「新規事業部」とした場合、新規事業を任せざるを得なくなるので、あくまでもMR（マーケティング・リサーチ）に限定する意図だった。

新規事業MR部長就任後も、当面の責任を伴わぬ気安さからか、事務所で怒声を上げての私用電話、会議中の突然の哄笑など傍若無人の振る舞いに苦情が殺到した。

閑を与え過ぎるのもいけないとの反省から、苦肉の策として、若手主体で運営していたデザート部門のまとめ役として工場長の兼務を命じた。

しかし、ここでも専制的管理手法に若手社員、パートタイマーの萎縮が目立ち、さらにはクレーム発生時の無責任な言動など、改善の兆候は一向に見られなかった。

一方、赤字続きのデザート部門の抜本的な打開策として、新工場の建設案が急浮上したが、社運を賭けた重大プロジェクトを源田に委ねる訳にはいかず、工場長を解任した。

そして、取締役就任後一年半を経過した大晦日、半年後の株主総会では取締役として再選しない旨、断腸の思いで通告した。

「来年五月の株主総会では、源田を取締役として再任しない。まだ半年近くあるが、出社には及ばぬから、再就職先を探してくれ」

「何故だ！　俺に言わせれば、当社で取締役として機能しているのは、お前と俺だけだ」

「それは貴様の身勝手な理屈だ。周囲の反対を押し切って、貴様を取締役に推挙した俺自身にも半分は責任がある。今さら何を言おうと、当社は貴様を必要としていないのだ。とにかく了解してくれ」

「了解はできんが、数の論理で押し切ればいいだろう」

「もちろん、結果的にはそうなるが、力づくで事を運びたくないから、こうして話しているんだ。俺も、再就職先を心掛けてみる」

事ここに至っても、恭平は友人としての源田の変貌の理由が納得いかず、目の前の現実が信じられないで、夜も眠れぬほど悶々と思い悩んでいた。

信じる者も救われぬ　《五十五歳〜五十六歳》

広島の食文化の向上を願って、ホテルや食品スーパー、製パンメーカー、調味料メーカーなど、食に携わる広島の代表的な企業に呼び掛け、恭平は意見交換の場を設けていた。「広島から食の革命を起こそう！（Foods Innovation from Hiroshima）」との趣旨で設立され、「ＦＩＨの会」と名付けられた会は、月に1回程度集まって意見交換していた。

この「ＦＩＨの会」の活動に源田は強い関心を示し、積極的に関与したがっていた。

株主総会を一カ月後に控え、恭平は源田に声を掛けた。

「再就職先は、どこか決まりそうか？」

「……」

「仲代達也に似た」と自称する大きな眼を見開き、源田は恭平を睨みつけ、無言だった。

「ＦＩＨの会について、どう思っている？」

「意義のある活動だ。俺も携わって、広島の食文化の発展に貢献したいと思っている」

「それなら、株主総会での退任後も、俺の代行者として事務方を務めてみるか。上手く機能して、本格的な組織を結成できれば、事務局長的ポジションを獲得すればいい。公私混同と言われるかも知れんが、半年程度なら生活の面倒はみるよ」

「嬉しい提案だが、保険とかはどうなるんだ？」

「無ければ困るだろうから、何とかしよう。対外的なこともあるから、暫くは机も名刺も我が社のモノを使えばいい」

「そうしてくれれば有り難い。お前は、どれ位の期間で組織化できると思う？」

「それは、源田の手腕次第だ」

甚大な迷惑を被りながらも、未だ二人の間に友情は存在すると信じたい恭平は、法的な手続きなど深く考えもせず、取締役退任後の生活支援を総務に命じた。

また、「ＦＩＨの会」のメンバーをはじめ、地元の経営者に積極的に源田を紹介した。そこには、あわよくば源田の経歴や能力が評価され、再就職の糸口にでもなれば！　との秘かな下心があった。

株主総会の開催された翌週、定例の月次社員会議の席で、退任した源田は恭平の補佐として個人的に社外プロジェクトを手伝ってもらう旨を報告した。

「会社を辞めた源田さんが、何故、仕事もしないで喫煙室で煙草ばかり喫っているんだ」

その後も社内外の多くの人々からの非難は留まるところが無かった。

さらには、デザート工場竣工の直前、工場長に抜擢した河本敦史に対し、

「このままでは当社は、三年後には会社更生法の適用を受ける」

との発言をしたとの報告を受けるに至って、恭平の堪忍袋の緒は切れた。

「友情による支援を受けておきながら『会社更生法の適用』などと、よくもヌケヌケと言えたものだな。今後一切、会社としての援助は中止する」

「確かに、そのような話はしたが、それは話の流れの中での一節であって、お前が腹を立てるような意図は全くなかった。誤解だ」

「勝手を言うな。日頃、他人の言葉尻を捕らえて、執拗な攻撃を加えているのは、貴様じゃないか。誤解だと言い訳するくらいなら、最初から言うな。今年いっぱいで支援は打ち切るが、俺はどうしようもないお人好しの阿呆だから、最期の友情の証として、源田が個人的に『ＦＩＨの会』に参加できるチャンスを提供してやろう」

「どう言う意味だ……」

「貴様は独立し、例えば『源田食文化研究所』みたいなコンサルタント会社を設立しろ。そして、『ＦＩＨの会』の事務局の委嘱を受けろ。そうすれば当社が二十万円、他の六社から五万円を頂戴すれば、月額五十万円になる。将来メンバーを増やし、貢献度が高まれば

増収も期待できるはずだ」

「それはいい案だ。ぜひ、実現してくれ」

「馬鹿を言うな。実現させるのは、貴様だ。俺も六社の代表に誠心誠意頭を下げて頼んでみる。しかし、各々が別法人だから、成立は難しいぞ」

「上手くいかなかったら、どうする？」

「それ以外の手立ては、俺には考えられん」

「じゃあ、俺の生活はどうなるんだ！」

突如、絶叫する源田に呆れながら、恭平も叫んだ。

「いい加減にしろ！　何で、俺が貴様の生活の面倒を見ないといけないんだ！　こうなったのも自業自得だろうが！」

「……」

放心する源田を残して、恭平は席を立った。

翌日の夕方、突然にノックもせず部屋に入って来た源田は、一方的に恭平に告げた。

「俺には、取締役解任後も社員としての地位がある。それを認めないなら、裁判に訴える」

恭平はスタート時点に立ち返って話し合おうと考え、崎谷取締役と紅葉相互銀行の澄田人事部長を交え、広島市内のホテルの一室で三年振りの四者会談を開いた。

食事もアルコールも無く、コーヒーだけを飲みながら、一時間余りの不毛の会談の末、澄田が源田に問うた。

「最後に訊くが、源田は乞われてダイナーウイングへ入ったのか？」

「いや、そうじゃない」

「そうだろう。リストラに遭って、友人の誼みで取締役として迎えられ、高給待遇を受けながら、組織に適応できなかったなら、潔く身を引くのが筋じゃないのか」

「取締役解任後も善意の支援を受けておきながら、友人を相手に、いきなり裁判などと言い出すのは、人の道に外れているんじゃないのか」

「……」

源田は顔面を紅潮させ、無言で澄田を睨み続けていた。


四者会談の翌々日、源田は会社のパソコンで打った文書を会社の封筒に入れて、恭平の机の上に置いた。

黙って手に取り、読み終えて、恭平は言った。

「何やら七面倒臭い言い回しで書いているが、要するに、『ＦＩＨの会』の事務局を貴様に委嘱するよう取り計らえ。失敗した時は、支援を続けろ。支援を打ち切るなら、裁判に訴える。そういうことだろう」

「……そうだ」

「貴様は賢い奴だと思っていたが、案外な馬鹿だな。詰まるところ、貴様は俺を脅迫しているんだぞ。俺がこの文書を手に『ぜひ、源田に事務局を！』って、回って歩こうか」

「……その文書は返してくれ」

「駄目だ！　俺の友情に対する、貴様の性根の証として大切に保管させてもらう。でも、心配するな。この文書は見なかったことにして、頭を下げて歩くよ」

恭平は翌日から、源田との約束を守るため、六社の代表にアポを取り事務局委嘱の件をお願いして回った。

　しかし、結果は悲惨なものだった。

「友人として、源田さんを助けようとする本川さんの気持ちは解る。だが、源田さんに事務局を委ねる訳にはいかない」

「これまでも、彼の独断専行する運営や発言に対し、苦々しく感じていた」

　異口同音に拒否されたことは、想定通りだった。

恭平が想定外のショックを受けたのは、全国展開するホテルの副支配人の言葉だった。

「ご承知のように以前、私と源田は同僚でした。ある意味、彼は仕事の出来る男で、抜擢されてアメリカでの事業を任されたのです。そして重大な商談中に激昂し、大切な取引先を罵倒して破談に陥れ、会社に大損害を与えて解任されたのです。そんな男が本川さんの会社にいると知って、実は心配していたのです。悪いことは言いません。この際、彼とはきっぱり手を切ることをお奨めします」

恭平は六社からの回答を、ストレートに源田に伝えた。

源田は例の如く両目を大きく見開き、黙って恭平を睨みつけていた。

突如、四十年近く前のグラウンドで、源田が走りながら呟いた言葉が蘇えってきた。

「あの野郎、殺してヤル」「絶対に、殺してヤル」

勘違いと勘違いは、擦れ違いを生む　《五十六歳〜五十七歳》

おせち料理の製造を前日に完了し一段落した大晦日の昼過ぎ、この日が最後の出社日ということで、恭平から声を掛け社長室で二人は一時間近く話し合った。

「しつこいようだが最後に、同じことを言わせてもらう。『人間にとって財産とは、金銀宝石ではなく、友人だ。金銀宝石は簡単に失うが、友人は自らが裏切らない限り、失うことはない』そう言っていた学生時代の源田は、何処に行ってしまったんだ？　貴様と裁判で争うなんて、俺は、今でも信じられない」

未練がましく、翻意を促すように語り掛ける恭平に、嘲笑交じりに源田は答えた。

「お前は裁判というものを知らんから、えらく深刻ぶって捉えているが、俺はアメリカでも仕事をしてきたから、それほど大層なことだとは思っていない。それに今回の裁判は、間違いなく、俺が勝つ。しかし、会社を潰すところまでは遣らんから、心配するな」

「はぁ、それは、どういうことや？」

「これ以上会社を追い詰めたら、エンゼルスとの取引に支障が出るとか、銀行の融資が引き上げられると判断したら、どんなに俺が勝っていても、提訴を取り下げてやるということだ」

「ほぉ」

「それと、今回の本当の喧嘩相手はお前じゃなく崎谷だ。しかし、ダイナーウイング株式会社の代表はお前だから、お前を相手に喧嘩をする。まぁ、裁判官が正しい判決を出してくれるだろうから、サラッとやろうや」

近来になく穏やかな表情を装い、時に笑顔を浮かべながら、何故か自信満々に語って源田は部屋を出て行った。

そして、「今の経営陣では、会社が潰れてしまう」とのビラを社員に配っていることを知ったのは、その直後だった。


半年後、広島地方裁判所で行われた「従業員地位確認等請求事件」判決言渡は、「原告の請求のいずれも棄却する」ものだった。

サラッとやろうと言った源田だったが、素直には納得せず広島高裁に控訴した。

控訴すると同時に、エンゼルス本社や取引銀行に対し匿名で、内部告発と称する誹謗中傷文を送りつけた。

暫く静観した後、ダイナーウイングの監査役でもある野堀弁護士から、

「今後、貴殿がかかる行為をした場合は、法的手段に訴えることになるので、その旨留意されたい」との通告書を源田実三郎あてに送付した。

直後に、源田からの書簡が届いた。

＊

【源田からの手紙——その一】
これは、『戦いを止めたい』という気持ちを伝えるための手紙だ。休戦ではなく、停戦だ。

理由は、広島に帰って来る受け皿を開いてくれた恩義に対し、全力で本川のため、ダイナーウイングのために働こうという初心から外れた状況になってしまったからだ。もう一度、初心に戻り、初心を貫徹したい。立直しのために、あらゆる知恵と労力を使い果たしたい。何も言わないで、過去のことは水に流すことにしないか。エネルギーは立直しの苦しみに使いたい。

二人で話せる機会を作って欲しい。連絡を待っている。

＊

【源田への返信——その一】

「戦い、休戦、停戦」とは、何だ！

そもそも私は、戦ってなどいない。ただ、降り懸る火の粉を払っているだけだ。

敢えて戦いと言うなら、「守戦防衛」しているだけだ。

「初心」とは、何だ！

全力で私のために、ダイナーウイングのために働こう、と言うことが初心なのか？

取締役就任中の二年間、そして、それに続く半年間、初心を貫徹してもらうために、私がどれだけの神経と時間を割いたか、その想いを一顧だにしなかったのは誰だ！

あろうことか友情を無視し裁判に訴え、敗訴するや控訴しておきながら、

「初心に戻りたい」とは、厚顔無恥も極まれりだ。

「何も言わないで、過去のことは水に流さないか」とは、何だ！

これまで言いたい放題だったのは、誰だ！

社員は言うに及ばず、株主、監査役、取引銀行、さらには唯一の取引先エンゼルスにまで、誹謗文を送りつけておきながら、今更どのように水に流すのだ。

「立直し」とは、何だ！

会社、それとも源田自身。もし、前者なら、余計なお世話だ！

後者であるなら、心から立直しの成就を祈念する。

全文を通し反省はもちろん、謝罪の一言もない申し出には、

「何も変わっていないな」絶望の溜息を吐くしかない。

折角、控訴したのだから、公正な審判を仰ぎ、裁定に従えばいい。

*

【源田からの手紙――その二】
貴兄からの手紙をいただき、先ず自分が変わることが先決問題だったと自覚しました。私の人間性に欠陥があることを認識し、人間性の修復に努めています。裁判が頭にあると、人間が歪む恐ろしさも感じています。

自問自答を繰り返し、解決のための道筋として、先ず仕事を得て人と接して、自分が変わったことを一つ一つ確認しよう。そう再考して就職活動を開始し、五十五歳という現実的な年齢の壁にぶち当たり、足踏みしています。

加えて、私の中で「世話になったのに、こんなことをしてしまった」という贖罪の気持ちが良心の呵責になり、「生」と「死」の狭間を漂流しています。

手紙に綴られた貴兄の気持ちを知りながら、そして私からの難題を処理する貴兄の立場の難しさを承知の上で、それでも自分をさらけ出して助けを求めれば可能性はあると信じ、「死刑囚の命乞いの手紙」を書いております。

正社員を望むものでもないし賃金も最低限で結構です。ダイナーウイングの経営理念に沿い、命を救って貰っている恩義の気持ちをエネルギーに換え、雑事引受係に徹し黙々と働く決意です。

また、持株を貴兄に無償で譲渡し、株主であることを解消させてください。

貴兄からの信頼を取り戻し、ダイナーウイングの役に立つ人間の道へ戻れるよう、貴兄の助けを命を懸けてお願いします。

＊

この後、源田側から控訴の取り下げと和議の申し立てがあり、恭平は応じた。

源田の持株も、時価評価額よりも高く買い取って、短い手紙を認めた。

【源田への返信――その二】

思えば、私は「勘違いの人」であったと猛省している。多感な青春期を共有して培った友情は、歳月を経ても変わるはずがない！　という能天気な思い込み。

誠意を持って接すれば、想いは必ず伝わる！　という陳腐なオプティミズムの信奉。

一方、森羅万象の全てを解析できるかの如く己の力を過信し、思惑外の出来事には激怒し排斥しようとする自己中心的な貴君も、見事なまでに「勘違いの人」だった。

勘違いと勘違いが平行線を辿り、このような形で畏友を失ったことは、一個の人間として断腸の極みであり、取り返しのつかぬ人生の喪失だ。

それぞれにそれぞれの思いはあろうが、取り敢えずは一件落着。

今後は、それぞれの信じる道を懸命に歩んで、何時かまた、笑って会おう。

貴君の再起を心から祈念申し上げます。

＊

恭平の人生で、最も耐え難い事件の渦中も業務は停滞することなく、年商も百億円を超えた。しかし、どんなに売上が伸びても、心に負った傷は癒えることはなかった。

その渦中に、ダイナーウイングは創立三十周年を迎え、全従業員と元社員、取引先と地域の方々を招待して、広島市内のホテルで昼夜二回、ケントスからオールディーズを招いての生バンド演奏で、盛大にして過激な祝賀会を開催した。

＊

【三十周年記念冊子の「挨拶文」】

さて、創立三十周年です。

のっけから私事で恐縮ですが、創業の年に学生結婚した私も、すでにして真珠婚式。社長のバトンを承けて、はや十八年です。

顧みれば、語り尽くせぬ様々な出来事と共に、数多くの方々の顔が浮かんできます。まずは、これまでお世話になった全ての皆様に対し、万感の想いを込めて、改めてお礼申し上げます。本当にありがとうございました。

三十周年ということで、少し数字が並びますが、創業者である父は、本年十月「米寿」を迎えました。つまり、三十年前に会社を興した時は、現在の私よりも三歳年長の五十八歳だったのです。この事実は、ともすれば弱音を吐きがちな私に、猛省を促してくれます。

一方、本年十一月一日付の人事異動で、奇しくも三十歳の新工場長が誕生いたしました。

彼は地元の大学を卒業して、入社八年目の気鋭の若手です。

もちろん、力を蓄えているのは、彼ばかりではありません。当社の社員の半数以上は二十歳代で、彼らの成長は、売上や利益の伸長以上に私を鼓舞してくれます。

二十年後の創立五十周年。世の中がどのように変化しているのか、誰にも予測はできません。おそらく、経営は次世代の手に委ねられているでしょう。

その時、ダイナーウイング株式会社が今以上の発展を遂げているためには、「常にお客様の信頼に応え続ける！」ことしかありません。

「Ｈａｐｐｙ　Ｔｏｇｅｔｈｅｒ」の理念の下、三十周年を機に、さらなる躍進を共に誓いましょう。グッド・ラック！

第四章

薄氷を踏む挑戦

公式を覚えるより、私式を創れ《五十五歳～五十六歳》

平成九年五月からスタートしたデザート部門は、順調に売上を伸ばしながらも、予想通り赤字を垂れ流し続けていた。

他のカテゴリーに比べ担当エリアが広く、担当店舗数の多いデザートは、生産性を高め生産量が一定数に達すれば、間違いなく収益は上がると恭平は信じていた。

そのためには、できる限りの機械化と無駄のない工場レイアウトが必須条件であり、それを実現するには新工場の建設が急務になる。

そう考えた恭平は、入社五年目の河本敦史に新工場建設の意志を告げた。

「止めてください！　それでなくても赤字なのに、これ以上の設備投資をしたら、増々赤字が膨らむばかりですよ」

河本敦史からは言下に否定されたが、恭平は言葉を続けた。

「その通りだ。このまま続けても赤字。工場を建設しても赤字。どちらにしても赤字だが、どちらが赤字解消の可能性が高いかと言えば、工場を建設した方が早く利益を出すことができる。何故なら、生産性が上がると同時に、生産キャパが上がるからだ」

「それは、その通りですが。だとしても、まだまだ時期尚早ですよ」

「いや、今こそがチャンスだ。そして、お前こそが責任者だ」

「えっ⁉　私が……」

「心配するな。責任は全て俺が取る。お前はとにかく、働き易い工場を造ってくれ」

こうして、デザート工場建設準備室が開設され、河本敦史は準備室長に就任した。

＊

新工場の建設は河本敦史に一任したが、新工場の竣工披露に関しては依然として恭平の専権事項。相変わらずの祝賀会招待状や挨拶状の制作に、恭平は嬉々として没頭した。


【デザート工場竣工披露祝賀会で配布した「挨拶状」】

さてさて、一体何が正解なのか、はたまた果して正解なるものが存在するのかも判然としない、万事が混沌とした昨今の世情。

仕事の成功はもちろん、人生の幸せを手にするための「公式」など、望むべくもありません。そんな今だからこそ、自らの頭で、考えて、考えて、考え抜いた、独自の「私式」の構築が大切です。

かつての錦帯橋工場竣工の挨拶で私は、「ツキを掴む五つの法則」を唱え、本社工場竣工の際には「カンニングの極意三箇条」を定義づけました。

そして今回、新たに世に問う「私式」は、整理、整頓、清潔、清掃、習慣の「品質管理の5S」に倣った、「業務刷新への5S」です。


SIMPLE（簡潔）「目的」を明確にして、ベストの手段を探れ。

SPEED（迅速）決めたこと、指示されたことは、即「実行」。

SPECIAL（特化）商品、個人、組織としての「売り」を持て。

STANDARD（基準）「価値」の判断基準を共有化して、目標は常に高く。

SMILE（笑顔）成果ある仕事は、商品と仲間への「思いやり」から。


多少の意訳には目を瞑っていただくとして、この「業務刷新への5S」は、私が仕事へ取り組む「考動指針」そのものです。

因みに、当社のコーポレート・スローガンは、「Happy Together」。

一見ありふれたフレーズですが、その意図するところは実に遠大なのです。なぜなら、「Together」とは、単に当社従業員だけでなく、取引先であるエンゼルスのお店やお客様、仕入先や地域の方々までも含んでいます。

この遠大な「Happy Together」を実現するための、ベストの手段とは、

お客様に支持される「一品一品の価値ある商品づくり」以外にはありません。（＝Simple）

しかも、お客様の嗜好はめまぐるしく変化しており、どんなに価値のある商品も、時機を逸したら、その価値を失います。同様にどんなに優れた考えでも、行動が伴わなければ成果は望めません。タイムリーな「実行」自体が、価値そのものなのです。（＝Speed）

当社では、全てのカテゴリーを合わせると、毎年百を超える新商品を開発し、お店にお届けしていますが、残念ながらお客様から強い支持を受け、定着するのはホンの一握りというのが実情です。

昨年十一月、錦帯橋工場長に三十歳の若手社員を登用。今回竣工したデザート工場長には、二十八歳の若手を抜擢しました。もちろん、他に人材がいない訳ではありません。

数ある商品の中からお客様の支持を受けることができたのも、あえて若手社員を工場長に抜擢したのも、そこに卓越した「売り」があったから。そんな商品、そんな社員を育てていくことが、必ずやダイナーウイングの「売り」になっていくはずです。（＝Special）

しかしながら、当社はまだまだ未熟。毎日のように小さなミスやトラブルが発生しています。根絶できない最大の原因は、危機感の欠如とコミュニケーションの不徹底です。

ホンの一例として、私と社員の恥ずかしい会話をご紹介します。

〈私〉「今週発売のA商品の販売推移は、どうなっている」
〈社員〉「はい、かなり伸びています」
〈私〉「B商品はどうだ」
〈社員〉「えぇ、少し落ち込んでいます」
〈私〉「『かなり』とか『少し』ではなく、具体的な数字で報告してくれ」
〈社員〉「解りました。Aは一日一店舗当たり初発十個が三日目で十・三個に伸び、同じくBは初発十個が三日目では七個に落ちています」
〈私〉「何っ、○・三個増がかなりの伸びで、三個減が少しの落ち込みなのか！」

いやはや……。大切なのは、数値の基準だけではありません。巷において食品への不信感が蔓延する今だからこそ、損か得かでなく、信頼を得るか否かを「価値」判断の基準として頑なに守っていきたいものです。（＝Standard）

家庭で、お母さんの笑顔が何よりのご馳走であるように、工場でつくる料理だって、笑顔と「思いやり」でつくれば、きっと笑顔で召し上がっていただけるはず。（＝Smile）

恵まれたことに、私たちの仕事である「美味しさの創造」は「幸せの創造」そのものであることに、私はワクワクするような誇りを抱いています。

しかし残念ながら、当社のデザート部門はスタート以来の赤字続きです。そして今回、デザート工場新設を決意させたのは、「美味しさの創造」に対する覚悟と誇りでした。

六年前、質の向上と品揃えの充実で新規顧客の誘引を図ろう！　そう目論んで新規参入したデザート部門。担当するお店が六百店舗を超えた今、従来の施設と設備では、お客様に満足いただけるデザートの質と量の生産は困難になって参りました。

幸い、毎日の業務に勤しむ若い社員たちのデザートに対する覚悟と誇りは、私に勝るとも劣らぬものがあります。

「デザート工場を建てたい！」エンゼルスの商品本部に決意を伝えたのが、三年前。

爾来、紆余曲折がありましたが、ようやく本日を迎えることができました。

＊

本社工場の竣工披露に、和食、洋食、中華、寿司の調理人を招いての「食べ比べショー」の好評に気を好くした恭平は、設計段階から新たな趣向を準備していた。

今回の「売り」は前年六月、広島の山深い豊平町に「達磨・雪花山房」を開いた高橋邦弘名人を招いての蕎麦打ちの実演だった。

「デザート工場の竣工に、なぜ蕎麦なんだ？」

予想された疑問の声は上がったものの、喫食後には感嘆の声で掻き消されてしまった。

「さすがに、美味い！」「噂の蕎麦が、ここで味わえるとは！」

「私は、もう二枚食べた！」「申し訳ない、私は三枚目だ！」

ホテルからのケータリング料理は、完全に脇役に回っていた。


しかし、この日の真の主役は、河本敦史新工場長だった。

エンゼルスをはじめとする来賓客は、先ず工場を隅から隅まで見て回る。

その案内役は河本工場長以下、デザート工場の社員たちが得々として務めた。

その後に祝賀会が開催され、主催者代表としての挨拶で、恭平は声を張り上げた。

「自慢の新工場を、しっかり見ていただきました。次に、自慢の新工場長を紹介します。河本敦史！　二十八歳！　彼は、当工場の建設準備室長として、大きなプレッシャーにも負けず、期待以上に頑張ってくれました。工場のレイアウト設計も、製造機器の選定も、全て彼に委ねました。驚いたことに彼は、選んだ機器の仕上がり具合を確認するため、機器製造工場にまで足を運びました。私には考えられなかった行為に、改めて私の好い加減さを教えられました。河本新工場長をはじめとする若い社員が、これから、この工場から、エンゼルスのお店にお届けするデザートに、ご期待ください！」

熱い挨拶の直後、予期せぬ冷めた質問を受けた。

「本川さん、他に人材が居ないの？　あんな若い工場長で、本当に大丈夫なの？」

声の主は、ダイナーウイングと同様にデザートを生産し、エンゼルスに納品している大手食品メーカー子会社の景浦社長だった。

「人材は居ますが、彼以上に覚悟を持った奴は居ません。まあ、見ていてください」


一年後、デザート工場を再訪した景浦社長が、驚嘆の声を上げ深々と頭を下げた。

「本川さん、昨年は大変失礼を申し上げました。河本工場長のような社員は、当社にはおりません。素晴らしい社員を育てておられることに敬服いたしました」

「いえ、彼は私が育てたのではなく、自らが勝手に育ったのです。彼に限らず私は社員に向かって、『一人一人が、出る杭になれ！　出る杭は打たれて強くなるが、出ぬ杭は腐って果てるだけだ！』そう言い続けているだけです」

それは決して謙遜ではなく、恭平の本音であり、そうして育った社員こそが経営者として誇るべき成果だった。

物言わぬは腹ふくるるわざなり　《五十六歳～六十歳》

「本川君、四月になったら、十日ほど儂に付き合ってくれんかの」

「はぁ、十日間って、海外にでも行くんですか？」

「うん、ニュージーランドの工場を巡回しようと思っている」

甘宮市に本社を持つ建築資材メーカー、寿建産業の中沢俊夫会長から電話が掛ってきたのは、デザート工場が竣工した翌年の初春だった。

「喜んで、ご一緒させていただきます」

何故、自分が声を掛けられたのか合点がいかぬまま、恭平は同行することを即答した。

寿建産業は、一九九〇年からニュージーランドの広大な森林の永代使用権を取得。ラジアータパインを伐採し、現地に設立した工場で一次加工する一方、伐採した跡地に苗木を植樹し森林を循環させる、まさに自然と企業が共生する壮大な営みを実現していた。

この偉業を一代で成し遂げた七十四歳の中沢会長は、既に社長を子息に委ね、新設された甘宮商工会議所の初代会頭の職にあり、恭平は中沢会長に乞われて議員を務めていた。

中沢会長は甘宮市と合併した吉羽村の出身で、当時県内一の過疎の村と言われた吉羽村に美術館を建設し、岸田劉生の「毛糸肩掛せる麗子肖像」を三億六千万円で落札し、真贋が問われ話題となったゴッホの「農婦」を、六千万円超で落札するなどの傑物だった。

十日間の旅には、甘宮市とマスタートン市との姉妹都市交流会議へ出席のため、山上五郎甘宮市市長など数名が途中まで同行した。

ニュージーランド行を承諾後、恭平は渡航手続きの一切を寿建産業に任せていた。出発の直前、高額のビジネスクラス・チケットが届けられた。会社の出張扱いだったから、恭平はエコノミーに変更すべきか三城経理部長に相談し、苦笑いされた。

「何を言っているんです。我が社も今や百億円企業ですよ。社長がビジネスに乗るのに、何を遠慮しているんですか」

一応は納得したものの、出発当日、山上市長はエコノミーに乗ると知った恭平は、市長に席の交代を申し出て、また笑われた。

「気にしんさんな。儂は小さいけぇ、エコノミーの方が落ち着くんじゃ」

恭平は、己の小心を恥じながらも、初めてのビジネスクラスの乗心地に満足していた。

マスタートン市と甘宮市との姉妹提携は、寿建産業の森林使用権の獲得と工場進出に伴う多くの雇用が礎となって結ばれ、中沢会長は押しも押されもせぬ現地の名士だった。

マスタートン市の多くの有力者が参加した、交流会議初日のパーティーでは、現地市長から寿建産業の功績を称える歓迎の挨拶があり、次いで中沢会長がスピーチに立った。

「戦時中、多くの日本人兵がニュージーランドで捕虜になった。その中の二十数名が収容所を脱走し、全員が射殺された。戦後、その痛ましい犠牲者を慰霊しようと、二十数本の桜の木が日本から贈られ、公園に植樹された。しかし、心無い人の手によって、その全てが切り倒されてしまった。この残念な事件は、今や忘れられ、葬り去られようとしている。事実を事実として認め合い、語り継いでこそ、真の友好が生まれるのではないか」

通訳された内容は一部の反発も予想され、友好に水を差しかねなかったが、自らの意見を毅然として語ることのできる見識と勇気に、恭平は驚愕しながら深い感銘を覚えた。

果たして、スピーチを終えるや満場の拍手が湧き起こり、演壇に人が群れ、小柄な中沢会長は見えなくなった。

（この場に居合わせただけで、今回の旅の価値は充分にあった！）

胸を熱くする恭平の直ぐ横にいた、山上市長が呟いた。

「こりゃあ、明日の晩の儂のスピーチは、全部書き換えんといけんのぅ」

徹夜で書き直した翌晩の山上市長のスピーチは、唯一の被爆市長としての想いを訴える内容で、それは中沢会長の見識と勇気から生まれた珠玉のスピーチだった。

交流会議の日程を終え、中沢会長と二人だけになった恭平は、ニュージーランド北島の最南端から最北端まで車を走らせ、チャーター機を飛ばして、毎日を有意義に過ごした。その大半の時間は、数カ所ある工場の視察であり、広大な森林の巡回だった。

工場はともかく、森林の木は一年やそこらで変化するものではなかろうと思い、何故、そんなに足繁く通うのか訊ねてみた。

「木を見ているると、木が話し掛けてくるんだ。その声に耳を傾けるのは、至高の喜びだよ」

中沢会長の言葉を聴いて、恭平は懐石料理「伊織」のご主人の言葉を思い出した。

「食材を見ていると、食材がどのように料理すればよいか、話し掛けてくるんですよ」

（何事においても、その道を究める人は、やはり違うんだ！）

長靴を履き雨合羽を着て、林の奥深くまで歩を進める中沢会長に背後から傘を差し掛け、自らの背を濡らして歩く恭平は、己の未熟さと好い加減さを思い知らされていた。

道々、中沢会長からは経営者としての基本的な考え方を披歴された。

「最終製品を作っている我々だからこそ、逆算して伐採までの年数を二〜三年伸ばすことで、無駄のない原木を育て、どこにも負けない価格競争ができる訳だ」

「一般的にはラジアータパインの枝打ちは、四～六メートルだが、我が社は八～十メートルの枝打ちをしている。そうすると節のない良質の柾目材が取れる。枝打ちした枝はチップし圧縮して集積材にして、マンションの押入れの棚などに使うから無駄が無いんだ」

（成程！　言われてみれば当たり前の発想だが、問題は実行が伴うか否かだ！）

中沢会長の執念と実行力に舌を巻き、恭平は自らの卑小さを痛感させられていた。

「本川君、これを見てみろ」

中沢会長が指差す先には、掘り起こした地中に横たわる十メートル余の巨木が在った。

「これはな、樹齢一千年と推定される五万年前のカウリの木だ。地震で倒れ、幸いにも地中でオイル漬けになっていたお陰で腐食せず、今日まで残ったんだ。これを六百万円で買わんかと言われているんだが、君はどう思う」

「何を言っているんですか。中沢会長は材木屋でしょう。贋物か本物かも判らん絵を六千万円も出して買うくせに、六百万円の木を買うのに、材木屋が何を迷っているんですか」

「そうか、儂は材木屋じゃったのぅ。これを日本に持って帰って、吉羽の美術館の前に置いたら、面白いじゃろうのぅ」

きっと中沢会長は、買うことを既に決めていたのだと思う。決めたうえで誰かに背中を押して欲しかったのだと思い、恭平は中沢会長の人間味に触れた気がした。

中沢会長と恭平は、ニュージーランド滞在中、朝から晩まで行動を共にした。

見渡す限りの葡萄畑とワイン工場、飛行機から見ると蛆虫のような羊の群れと和牛牧場、ギズボーンにある築百年の歴史建造物を購入したゲストハウス、ロトルアの自然公園や露天風呂など、仕事と離れた名所にも案内された。

これまでに何回も訪れているであろう観光地にも、部下任せにすることなく自らが案内する中沢会長の好意に、恭平は恐縮を通り越し敬服していた。


中沢会長は現地に残り、恭平一人が帰国する前夜のディナー。

オークランドのレストランで、中沢会長はワインを片手にゆっくりと話し始めた。

「本川君、今日こそ言おう、今日こそは言おうと思って、最後の晩になってしもうたが、知っての通り儂は癌に侵されとる。帰国したら、手術して胃を切除するつもりだ。そして、会長の職を辞して名誉会長になる。会議所の会頭も任期半ばだが辞める。そこで、お願いじゃが、儂が辞めた後の会頭を、君にやってもらいたい」

「えっ、私が会頭、ですか……?!」

「そうじゃ、儂が考えるには、君が最適任者だ」

「そう言っていただけるだけで、本当に光栄です。今回ご一緒させてもらって、凄く勉強になりました。会長と一緒なら、副会頭でも何でもやらせていただきますが、とても私に会長の代わりは務まりません。他にも、何方かおられるのではないでしょうか」

「いや、残念ながら他にはおらん。君は儂の若い頃によう似とる。一緒に旅して、改めてそう思った。儂が考えるに、会頭は創業者精神を持っとらんと駄目じゃ」

「えっ、一・五代目を自称していますが、私は二代目ですよ」

「解っとる。儂も二代目じゃ。大事なのは、新しいモノに挑戦し、何かを創り出そうとする気概じゃ。君には、それがある。儂が帰国するまで、しっかり考えておいてくれ。それにしても、酒が飲めんのは、君の最大の欠点じゃの！」


一週間後、中沢会長が帰国して直ぐ、呼び出しの電話があり恭平は駆けつけた。

「例のカウリの木じゃが、重量が五十トンもあった。甘宮港までは船で運べるが、吉羽の山奥まで持って上がるには、特殊車両で三百万円掛かるらしい。半分に切って運び、後からくっ付ければ五十万で済むんじゃが、どちらが良いと思う」

「そんなの、決まっているでしょう。切らずに三百万円掛けて運んで、その事実をマスコミに流したら、格好の宣伝になって三百万円くらい直ぐ戻ってきますよ」

「君も、そう考えるか。それにしても、やっぱり惜しいのぅ。実は、例の会頭の件じゃが、副会頭の美浦さんが、儂の後をやりたい言うんじゃ。儂より四歳も年上じゃけぇ、やらんじゃろう思うたんじゃが、本人がやりたい言うんなら、自分勝手に辞める儂からは、何も言えん。そういう訳で、無理を言ったが、今回の件は勘弁して欲しい」

美浦会頭誕生の一年後、中沢名誉会長から再び懇請され、恭平は副会頭に就任した。

さらに三年後、体調を崩した美浦会頭の指名に加え、山上市長からの執拗な要請を断り切れず、恭平が渋々会頭に就任した半年後、希代の事業家・中沢俊夫はこの世を去った。

市民ホールで開催された盛大なお別れの会で最前列中央に座り、指名献花の栄を賜った恭平は、対峙した大きな笑顔の遺影に向かい感謝と誓約を伝え、心からの冥福を祈った。

天地混沌兆（吉凶未分）《五十六歳～六十歳》

「年末は、いつまでお仕事ですか」

「新年は、いつからお仕事ですか」

暮れの挨拶の常套句に、恭平は苦笑しながら胸を張って応える。

「年末は大晦日の夕方まで仕事して、新年は元旦の早朝から仕事です」

「えっ、お休み無しですか！」

恭平の仕事を知る誰もが、同情めいた顔をする。

年中無休二十四時間営業のエンゼルスとビジネスを始めてから、この生活パターンは変わらない。最初の年こそ多少の違和感はあったが、今では妙な優越感すら抱いていた。


大晦日の恭平の日課は、昼前から三つの工場を回り、各々の工場の社員食堂でパートタイマーの方々と年越し蕎麦を啜る。生産現場への無沙汰を詫び、一年の労をねぎらいながら談笑し、「来年も、よろしく」と挨拶を交して、次の工場でも同様に蕎麦を啜る。

元旦の早朝には、役員が揃って工場を回り、新年互礼会をハシゴする。

互礼会では、「本年も、よろしく」と挨拶を交わした後、年末に製造した自社のおせち料理と購入した他社製とに箸をつけ、自由に品評し合うのが恒例になっていた。


平成十五年元旦、三工場での新年互礼会を終え、昼過ぎに帰宅。

自宅の食卓には、例年通り自社製のおせち料理と家伝の雑煮が用意されていたが、この年は、いつもと風情が違っていた。

前年四月、大手損保会社を退職してダイナーウイングに入社した娘婿の颯一郎と、二歳になる孫の太陽が加わった食卓は、いつもより賑やかで華やいでいた。

雑煮を食べ、自宅に届いた年賀状に目を通した後、家族揃って初詣に出掛ける。

元旦の初詣は、氏神様である速谷神社と決めているが、松の内には厳島神社にも詣で、さらに速谷神社と錦帯橋市の白山比咩神社には会社の安全祈願に参り、それぞれの神社でそれぞれに御神籤を引く。


この年、厳島神社の御神籤を引いて、恭平は首を捻った。

そこには「大吉」「中吉」「小吉」などの文字は無く、【1番】「天地混沌兆（吉凶未分）」と記されていた。

一瞬、不可思議に思った恭平だったが、その後に続く文面を読み、その意を理解した。

「これはあめつちはじめのときなれば、ぜんあくともにいまだわかちがたし。ばんじ、こころながく、ときのいたるをまつべし。ものごとてはじめのみにして、おもうようにならず。ゆくゆくはかならずよきかたにむくべし」

ネットで検索すると、この「天地混沌兆（吉凶未分）」は、厳島神社と京都の伏見稲荷大社にしかなく、案外に稀有なもののようで、恭平は自身の将来に吉兆を予感した。

御神籤と同様、恭平は子供の頃から年賀状が好きだった。

年賀状のアイデアを考え、年賀状を創り、年賀状を出し、年賀状を見る、もらった年賀状を仕分ける、お年玉くじを照合する、これら全てが好きだった。

小学生時代から、恭平の年賀状は木版画が定番で、アイデアを練り、彫刻刀を一旦手にしたら寝食を忘れ彫り続けていた。

初めて就職した広告制作プロダクションで、イラストレーターの内道宗廣と出会った。同い年の内道宗廣の描くイラストの巧みさに惚れただけでなく、映画や音楽に対する造詣の深さ、やや斜に構えた人間味に惹かれ、恭平は暇を見つけては彼の部屋を覗き、仕事の邪魔をしていた。

そして、出会った翌年から定番の木版は似顔絵イラストに替わり、恭平は独り善がりな駄文を書き綴った。

爾来、年賀状は恭平の代名詞となり、名刺以上の効力を発揮したのは、偏にイラストの親しみ易さに由るものだった。もし恭平の年賀状に似顔絵イラストが無かったら、読んでくれる人は間違いなく半減するだろう。

背伸びして言えば、恭平の好きな作家・山口瞳とイラストレーター・柳原良平のような相性の好さが、恭平のイメージを構築してくれていると感謝していた。

＊

デザート工場竣工の翌年、恭平は開脚前屈して真一文字になったイラストを添え、年賀状において社長としての任期を公に表明した。

【平成十五年：年賀状】

待望のデザート工場が、昨年十一月竣工しました。昭和六十三年十月、初めての自社工場の竣工以来、十五年間で四工場。総床面積は、優に六千坪を超えました。自らの未熟を棚に上げての蛮勇経営に、今更ながら身の竦む思いがいたします。

社長に就任して、間も無く二十年。混迷する経済情勢の一年先、三年先を予測はできませんが、五年先、十年先に会社の進むべき道筋と、自身の身の処し方だけは見誤らない覚悟です。

「あと、十年！」次世代への円滑なバトンタッチに向け、そろそろ仕上げの時機と心得ます。そのためにも、一念発起。丸五年続けてきたウォーキングを継続発展させ、ジムでのトレーニングに挑戦。

手始めの体力測定の結果は、同世代での標準以上。特に、柔軟性と筋持久力では、最高評価を得ました。身体の鍛錬はもちろん、頭脳と精神においても、柔軟性を保ちつつ、平衡性、敏捷性をも養って参る所存です。

次世代と共に躍進を期す、ダイナーウイングを今年もよろしくお願いします。

＊

平成十年、江藤丸商事が突如スーパー・メッツ傘下のコンビニエンス・ストア、マーリンズを買収した。

ライバルへの情報漏洩は、絶対にご法度のコンビニ業界において、ダイナーウイングの株主が、他のコンビニの筆頭株主であることは許されなかった。

錦帯橋工場の竣工以来十年、あらゆる角度からの支援に感謝しつつ、江藤丸商事の持株はダイナーウイングの自社株とし、プラザハムの持株は恭平が買い取った。もちろん恭平の手持ち資金に余裕があるはずはなく、買い取り資金は全て銀行からの借入だった。

借入の返済も然ることながら、再び取締役構成が身内だけになったことに危惧を覚えた恭平は、エンゼルスとも親密な関係にある大手町物産を提携先に選んだ。

長年懇意にしているにもかかわらず、余計な無駄口を一切叩かず、常に着眼大局した諫言を吐く、池上博司執行役員に面会を求め、ダイナーウイングへ十パーセント程度の資本参加を打診した。

提携の趣旨を黙って聴いた池上執行役員の決断は早く、その場で資本参加を受諾。

エンゼルスへの出向経験もある、松本良二部長を非常勤取締役として指名した。松本部長は恭平より一回り年下で、海外視察に同行するなどして気心が知れており、博学多識にして熟慮断行の好漢は、ダイナーウイングに喝を入れる格好の人材だった。

非常勤取締役に就任した後、胃癌が見つかり胃の三分の二を摘出してからも、酒も煙草も止めようとしない松本部長を叱責する恭平に、彼は笑って応えた。

「大丈夫ですよ。酒は肝臓を害し、煙草は肺を害すだけで、胃には影響ありませんから」

「……」

実に論理的な屁理屈に、浅学菲才な恭平は啞然とするしかなかった。

＊

羽織袴姿で平伏する恭平の後ろに、トランプのＫＩＮＧとＪＯＫＥＲに擬えたＧＯＤを配したイラストを添え、この年の年賀状で恭平は持論を展開した。

【平成十六年：年賀状】

「お客様は神様です」お馴染みの台詞に、ついつい首を傾げる私です。

寛容で慈悲深い神様なら、精魂込めて作った商品を、こよなくご愛顧くださるはず。

だのにお客様は飽きっぽくて、そのうえ我儘。私見を述べれば、「お客様は王様」です。

王様は、もっと美味しく！　もっと安く！　もっと新しいモノを！　いつだって貪欲で、気紛れで、無い物ねだりが大好き。でも、満足された時の王様の笑顔は、最高に素敵！

その笑顔にほだされて、私たちは日夜、美味しさ創造に励むのです。

ならば、神様は何処に。顧みれば、困難に出遭った折々に、物心両面のご支援をいただいたのは、お取引様各位。だからこそ私は、「お取引先は神様です」と確信する所以です。

ほら、「困った時の神頼み」とも言うではありませんか。

ところで、王様からの毀誉褒貶、神様からの叱咤激励を頂戴しながら、やっと年商百億円が目前に。改めて今日までのご指導ご鞭撻に、衷心より感謝申し上げます。

＊

銀婚式を記念してのハワイ初訪問以来、恭平夫妻は大のハワイ島ファンになっていた。

「三十六歳で社長に就任してから二十年、ほぼ年中無休で働き続けた代償」

身勝手な自己弁護を独りごち、恭平は年に十日程の休暇をハワイ島コナで過ごし始めた。

何度か訪問するたびに、「お帰りなさい」と声を掛けられる現地の友人も増えた。

「老後はハワイ島で暮らしたい」分不相応な妻の願望と、

「本当に海外生活を楽しみたいなら、現地の人と仲良くすることね」

かつての同級生からの忠告を、そろそろ満たす時期が来たと感じた恭平は、借財に借財を重ね、ハワイ島コナに終の棲家を得た。

この年、中沢初代会頭から再三の要請に屈し、恭平は商工会議所の副会頭に就任した。

自分は副会頭として何ができるのか、甘宮市をどんな町にしたいのか、遅れ馳せながら恭平は真剣に考え始めた。

ハワイ島コナは前年、全米における「住みたい町Ｎｏ．１」に選ばれていた。

その背景と思想を学べば、甘宮市も「日本一住みたい町」になれると恭平は考えた。

一方、地域の経済を活性化させるリーダーとしての資質や知恵を持たない恭平は、身の丈に合った役割として、企業や地域を鼓舞する「応援団長」になろうと決意した。

ハワイ島コナで最大のイベントは、トライアスロン世界選手権。

世界中から二千人の選手とその数倍の観客を集める大会は、恭平を甚く感動させた。

この感動を、甘宮市で再現させたいと恭平は想い立ち、その想いを至る所で口にした。

「凄い！」誰もが賛同して手を叩き、

「でも、無理だろう……」誰もが言下に否定し、お手上げした。

好事魔多し　《五十八歳》

この年の年賀状の似顔絵イラストは、看板職人に扮した恭平が、DINER WINGのロゴマーク最後部に「S」の文字を描き加えようとする設定だった。

満面笑みの恭平は、ダイナーウイングを襲う未曽有の災難を予想だにしていなかった。

【平成十七年：年賀状】

かつて私は小説家を夢みておりました。そして、一行も書き始めぬ前に、既にして題名だけは多作でした。お気に入りのひとつは「小心翼々と空へ」。

経営者となり、社名をダイナーウイングとしたのは、単なる偶然でしょうか。名付け親は、友人でコピーライターの土肥典昭さん。ロゴマークの考案者は、やはり友人でデザイナーの福智一生さん。土肥さん命名のダイナーウイングをDinerWingと綴り直し、福智さんに手渡したのは、私です。数年を経て気がつきました。

「翼が単数では、片翼だ！」言い訳は、私の得意とするところ。

「年商が百億円を超えたら、複数にする趣向です」そう広言して参りました。

お陰様で、本当にお陰様で、昨年度の売上が百億円を超えました。

しかし、私たちが目指すのは、量の拡大ではなく、絶対的な質の追求。まだまだ未熟で片翼のダイナーウイングですが、大きく翼を広げ、「小心翼翼と空へ」飛び立つ覚悟です。

＊

普段の恭平は、ことさらに能天気を装い、人前では楽観主義者を気取っていた。

間違いなくイージーゴーイングな性格の反面、根っから小心者の恭平は、「好事魔多し」の言葉が頭の片隅から離れることはなく、常に一抹の不安を拭うことができずにいた。業績が良くなっても懸念は消えず、むしろ業績が良くなれば良くなる程に、得体のしれぬ杞憂は増し、決して百パーセント心穏やかな時間を迎えることはなかった。

月に一〜二回プレーするようになったゴルフでも、クラブハウスで談笑する周囲の連中の屈託なさを羨み、昼前にメールで届く当日の売上に一喜一憂する自分を憐れんでいた。

「社長たる者、会社の中で一番大胆で、一番臆病でなければならない！」

欺瞞的な台詞で自らを鼓舞する己を、恭平は不憫とすら感じていた。

平成十七年九月六日の夕刻、山口県全域と広島県西部を襲った台風十四号の暴風雨が吹き荒れる中、錦帯橋工場の相原泰造工場長から第一報の電話が入った。

「一便の出荷は終了しましたが、現在では工場の駐車場まで水が上がり、このままでは工場内への浸水も懸念されます」

この時点で既に、高速道路は通行止めされ、一般道の渋滞が伝えられていた。

「工場内の排水溝が逆流し始めました！」

「駐車場の車が完全に水没しました！」

「配送用のコンテナ保冷車が水に浮かび、流されています！」

「現場一階の天井近くまで水が来ました！」

その後も次々と惨状が届けられたが、恭平は加速度的に悪化する報告に耳を傾け、社員たちの安全を最優先するよう訴える他、為す術はなかった。

万一に備えて待機する工場長以下二十余名の社員は、暴風雨の中を出勤し、帰るに帰れなくなった夜勤パートタイマー四十数名と共に、二階に避難したまま一夜を明かした。

敷地内の水が引き、一般道が通行可能になり、全員が解放されたのは翌日の昼前だった。

翌日の早朝、本社に集まった幹部社員を中心に、対策本部を設置した。

エンゼルスや仕入先や保健所、金融や損保関係などの対外的な交渉に加え、人員配置や原材料調達、建築や設備の点検補修など社内的な問題が山積しており、恭平はそれらへの対応に忙殺された。

昼過ぎになり何とか一段落した頃、早朝に錦帯橋工場に向かった社員から、通常なら三十分足らずで到着する距離を六時間以上も費やして、やっと到着した旨の連絡が入った。

被災から二日目の朝、高速道路の通行禁止が解除され、恭平は錦帯橋工場に向かった。高速道を下り工場手前の国道二号線を進むにつれ、被災した家々から畳や家具を道路に積み上げる、テレビのニュースで見たことのある光景に遭遇。

工場に着いたら本社に電話し、おにぎり二千個程を製造して、近隣に配ろうと決めた。国道を左折して工場の敷地内に入り、ぬかるんだ空きスペースにクルマを停めた時点では、未だ恭平に被災者の実感は乏しかった。

しかし、手を伸ばしても届かぬ二メートル余の冠水跡を工場壁面に見つけ、立ち竦んだ。さらに、工場の現場に足を踏み入れた瞬間、恭平は茫然自失してしまった。

鮎漁が盛んな清流だから水さえ引けば元に戻る、漠然と考えていた無知に腹が立った。上流のダムから放流されたヘドロが堆積した工場内は、膝まである長靴を履いても、歩くことがままならぬ状態だった。

調理機器は全て茶褐色のヘドロに覆われ、畳一枚よりも大きな冷蔵庫のドアが流され、冷蔵室内の段ボール箱が散乱する様を目の当たりにした恭平は、先ほど見た民家の惨状も、おにぎり差入れの件も忘れ、己こそが最大の被災者のようなショックを覚えていた。

それでも、ヘドロ塗れになりながら工場内の機器や物品を運び出し、片付けに懸命な社員たちに声を掛けて歩いた。

「何かお手伝いを……」口々に言いながら、ひっきりなしに参集するパートタイマーに頭を下げるうちに、徐々に負けん気が頭をもたげてきた。

「ここまで滅茶苦茶されると、涙も出ない。こうなったら、笑い飛ばすしかないね……」

加えて、取引先など各方面からのお見舞いや励ましの言葉を頂戴するに至っては、

「よし、この試練、受けて立とうじゃないか！」

見えない敵に向かって、恭平は闘争心を奮い立たせていた。


十二年前、この地を選ぶ際に、唯一危惧したのは、

「錦川に近い立地は、水害の心配は無いのか」だった。この懸念に対し県の担当者は、

「昭和二十五年に発生したキジア台風時には国道近くまで水が来ましたが、その後、上流に二つのダムを建設したので、まず大丈夫です」

自信満々に答えたものだったが、実際には二つのダムの一斉放流により被害を被った訳

で、伊原克輔錦帯橋市市長などは、

「今回の台風は天災ではなく、人災だ」と公言していた。

数多くの住宅が全壊した他、錦帯橋の橋脚をも流失したにもかかわらず、一人の犠牲者も出なかったことは不幸中の幸いだった。

しかし、ダイナーウイングでも、一歩間違えれば命を喪う危険な出来事があったと知り、恭平は胸を撫で下ろすのだった。

その一つは、工場の外にあるコンクリート造りのポンプ室に不具合が生じ、設備担当者が足首まで水に浸かりながらポンプ室に入った。修理を終えて出ようとすると、スチール製のドアが開かなくなっていた。

携帯電話で助けを求め、救助者がポンプ室に向かう頃は、既に水位は胸の辺りまで増水していた。救助者が開けようとしても水圧でドアは開かず、用意したバールを捻じ込み脚で押し開けた途端、水は一気にポンプ室に流れ込んだ。

設備担当者は水中に潜り、脚の下をくぐって脱出し、九死に一生を得たと言う。

未曽有の難局に直面した恭平は、「従業員第一」「品質第一」を方針として即決。

雇用保険や車両保険の有無にかかわらず、従業員への休業補償、水没した私用車への補償は社労士が呆れるほど、過剰とも言える対応を敢行した。

ヘドロに蹂躙された工場の一階は二次汚染を避けるため、床も、壁も、天井も、全てを斫《はつ》ってやり直し、設備機器や什器備品は、全て新規購入して入れ替えることを決めた。

万全を期したつもりが、「近隣第二」の視点を失念し、思わぬ試練を強いられた。

国道沿いの民家は、二〜三日もすると畳や家具などの被災ゴミを撤去し終え、一応の落ち着きを取り戻しつつあった。

しかし、工場内のヘドロをバキュームカーで吸引し、全ての機器を工場から運び出し、屋外の作業にかかる頃には、駐車場など敷地内のヘドロは乾いて粉塵となり宙を舞った。

この悪臭と有害物質を含む粉塵に対し、近隣からの苦情が相次いだ。

朝から晩まで何台もの高圧洗浄機を用意して、アスファルトの洗浄を続けたが、ヘドロは次から次へと浮き上がり、洗浄作業は際限が無かった。

一週間程も作業を続けた恭平は、真っ黒に日焼けし、体重も四キロ減った。

保冷車二台がコンテナを「浮き」代わりにして流され、工場に隣接する畠の百メートル先に取り残されていた。撤去するには、ウインチで畠の上を引っ張るしかない。

総務部長が折衝に当たり、殆ど全ての地主から「作物は全滅だし、お互い様だから」との同意を得たが、作物も植えていない一人の地主から同意が得られず、立ち往生した。恭平が挨拶に行くと「最初から社長が来い！」と怒鳴られ、法外な賠償金を要求された。タイヤ跡が付くだけで、不同意は一人だけと説明しても聞き入れられず、「他人のことは知らぬ。自分にだけでも賠償金を払え！」の一点張りが続いた。「自然災害の復旧に賠償責任はない」ことを繰り返し訴え、「公平を欠く特別扱いは絶対にしない！」断固として突っぱね、交渉に十日以上振り回された末、希望には遠く及ばぬ額を全ての地主に見舞金として支払うことで妥結した。

心が折れそうになる或る日、食事に困っている数人の独居老人の噂を耳にした。従業員用に運んでいる弁当を数食増やし、各戸に届けるよう恭平は指示を出した。数日後、作業着にマスク、頭にタオルを被って高圧洗浄に没頭する恭平の携帯が鳴った。

「本来、行政がやるべきことを、企業に実践していただき、誠にありがとうございます」

「はっ、何のことですか……」

「高齢者へのお弁当の宅配ですよ。本日、市へのお叱りと共に、ダイナーウイングさんの善行を称賛する手紙が届いたんです」電話の主は伊原錦帯橋市市長だった。

被災から一カ月を経た頃、会社の電話に怒声が響いた。

「お前らは、営業妨害をする気か！」

災害直前まで独居老人から電話注文を受け、食事を届けていた業者からの電話で、被災が一段落して配達先を訪問したら、無料で弁当が届けられていたことへの抗議だった。

期せずして、毛筆で認めた一通の手紙が届いた。

手紙には、困っていた時に届けられた昼夜二度の弁当への感謝の言葉が連綿と綴られ、宅配業者への気兼ねから折角の好意を辞退させていただくことを詫びていた。

恭平は割り切れぬ思いを募らせながらも、少しずつ日常生活が取り戻されていることに安堵した。


県と市とが主催する被災者への補償説明会が開催され、恭平は出席し、失望した。

市は県に責任を転嫁し、県は国に責任を転嫁。ダムの放流は法令に責任転嫁して、誰もが責任の所在を明らかにしようとせず、全員が被害者然とした説明でお茶を濁していた。

質問時間も設けられてはいたが、短過ぎて質問が時間内には収まらず、担当者は予定時間が過ぎたことを繰り返し告げるばかりで、杳として真剣な応答は為されず、不満と怨嗟の声が渦巻く最中に説明会は打ち切られた。

企業は自らの力で護らねば誰も助けてはくれぬことを、恭平は改めて痛感した。

廃墟と化した一階部分の改修工事が始まり、工場に再び生気が戻ってきた。生産機器や什器備品の発注が落ち着いてから、恭平は何年か後にも同じ被災に遭わぬ保証はないと考え、自衛手段を模索し続けた。

一番の安全策は、工場移転だったが、立地次第では現在の従業員の多くが勤務できなくなる上に、膨大なコストと時間を必要とする。

次善の策として、工場を下駄履き構造に建て替えることも考えたが、工場を稼働しながらの建て替えは工程に無理があった。

辿り着いた結論は、工場全体を防水壁で囲むことだった。

臨海工事に定評がある七洋建設に相談すると、英断であるとの外交辞令を返された。英断か無駄遣いかは、後代の人々が決めてくれることだったが、願わくは無用の長物に終わることを期待しつつも、万が一への備えも必要であると恭平は決断した。

被災直後の「近隣第一」の欠落に懲りた恭平は、設計図が完成した時点で、地域住民に対して防水壁の建設に関する説明会を開催した。

百軒余の案内に七割以上の住民が集まり、関心の高さを窺わせた。

冒頭に恭平が、今回の被災を見舞い、日頃の騒音などの迷惑に加え被災後の不手際を詫び、万が一の災害の再発に備え、防水壁の建設を計画した経緯を説明し、同意を求めた。

続いて七洋建設の担当者が工事の概要について、図面を提示しながら説明した。
・防水壁は地中三メートル、地上二メートルの矢板を打ち、高さ三メートル幅六十センチの鉄筋コンクリートで支える仕様とし、工場の騒音対策としても有効である。
・防水壁は工場の周囲約四百メートルを囲い、正面入り口と側面駐車場側に、防水扉を設置する。
その後、質問を受け付けたが、工事そのものは好意的に受け止められ、工事期間中の関係車両の出入りの安全確保、作業中の騒音対策などへの要望があった。

やれやれ一段落と思われた頃、大きな声が上がった。

「反対じゃ！　ダイナーウイングは、自分だけが助かろうと思っとるが、防水壁なんか設置したら、その分だけ水位が上がって、儂らの被害が大きゅうなるだけじゃ！」

声の主は、畑の上をウインチで車を引く際に賠償金を請求した地主だった。

恭平は一歩踏み出しマイクを手に、ゆっくりと穏やかな調子で答えた。

「ご安心ください。その点は、既に計算済みです。防水壁の設置による水位の上昇は、川幅と水位から計算して多くても三～五ミリです。それに、私たちだけが助かるのではなく、地域の皆さんが助かるのです。今回の台風では、指定された避難所も冠水しました。計画中の防水壁には防水扉を閉めてからでも中に入れるよう、壁の内外両面に梯子を設置する予定です。市にもお願いして、地域の避難所に指定していただくつもりでいます」

「おぉ、さすがじゃ……」「有り難い！」

期せずして拍手が起こり、歓声が湧き上がって説明会は無事終了した。

台風十四号の被害は甚大で、工場改築、設備機器購入、給与補償、諸々の賠償、防水壁新設などの費用に、四カ月分近くの売上ロスを加えると、被害総額は二十億円に上った。

「転んでもただでは起きない！」が身上の恭平は、築十二年の工場を元に戻すだけでなく、このチャンスに品質と生産性の向上をも目論んでの改修を、突貫工事で敢行した。

工事が完了したのは、年間通じてのビッグイベント、おせち料理の製造直前だった。

一分の虫にも五分の魂　《五十九歳》

「転じて福と為す」を合言葉に、試練を飛躍のバネにすると誓った翌年の二月中旬。

夕刻の社内会議を終え、恭平が自席に戻って椅子に腰を下ろした瞬間、机上の電話が鳴り、エンゼルスの小久保常務からの電話を告げられた。

「本川社長、頼みがあるんだけど、ぜひ引き受けて欲しい」

ただならぬ気配の電話は、唐突で予期せぬ依頼だった。

「石野食品の子会社、兵庫のストーンフィールド・デリの事業を継承して欲しい」

「兵庫！　遠隔地だし……資金的にもムリですよ」

即答する恭平に頓着せず、小久保常務は用意した言葉を捲くし立てた。

「お金の心配なんか、させないよ。土地と建物はエンゼルスが取得し、ダイナーウイングさんに賃貸する。石野食品からの出向社員は、軌道に乗るまでの約一年間は無償で勤務を続けさせる。兵庫工場により発生した資金不足は、エンゼルスがバックアップを約束する。こんな条件は、本川さんだからだよ。兵庫へ進出の可否を、明日中に返事して欲しい」

「明日中……」

余りにも性急な話に首を捻りながらも、直ちに常勤取締役四名を集め、受諾の可否を相談したが、程度の差こそあれ全員が反対だった。

明朝、再度話し合うことにして散会した後、恭平はこうした事情には最も詳しいであろうデリカプラザの森重社長に電話を掛け意見を問い、強く反対された。

「この案件は、小久保常務が独断専行して進め、石野食品は仕方なく応じたものの、一年もせぬうちに十億円を超える赤字を出し、本社の経営に影響するまでの事態になった」

「当初に聞かされていた話とは条件が異なり過ぎ、放置すると訴訟問題にも発展しかねず、慌てた小久保常務が首都圏の大手三社に継承を打診したが全て断られた」

「そこで事情に疎くてお人好しの誰かさんにお鉢が回ったのだろう。本川さんのことだから、止せと言う程やりたくなるんだろうが、今回だけは絶対に断るべきだ！」

翌朝。再度、取締役を集め情報通からの意見を伝えると、反対の声が高まったが、最終的には社長である恭平に判断を委ねられた。

恭平は、いきなり拒否せず「前向きに検討」する旨を、小久保常務に回答した。

「では、直接会って話しましょう。明日、時間が取れますか」との申し出を受け、

「兵庫の工場に伺えばいいのですね」恭平は当然のように応えた。

「何を言っているの。ストーンフィールド・デリの従業員は誰も、今回の件を知らないのだから、本部に来て欲しい」

恭平に対する常務の反応は、何故か苛立っているように感じられた。

翌日の朝一番の飛行機で羽田に到着し、エンゼルス本社に直行。

小久保常務は、のっけからダイナーウイングが事業継承する事を前提に、常務は具体策を列挙した。

「出向社員の人件費は、税金対策として一旦ダイナーウイングが石野食品に支払い、石野食品に対しそれに相当する額を『指導料』として請求する」

「エンゼルスからダイナーウイングへの工場の賃借料は、贈与対象とならないギリギリの低額とする。兵庫工場に起因する必要資金は、エンゼルスが保証するから心配は要らない」

準備万端された矢継ぎ早の条件提示に、そこまで配慮されているなら断れないと、恭平の気持ちは受諾に傾きつつあった。そして、次の二点について提案した。

「弊社の既存工場と兵庫工場の経営状況を明確に区分するため、別会社で運営したい」

「今回の話を、弊社の株主でもある大手町物産に相談してから決めさせてもらいたい」

これに対する常務の応えは、打って変わった素っ気なさで、厳しいものだった。

「別会社にしても余計な経費を発生させるだけだし、その必要もメリットもない」

「混乱を招くから、大手町物産にはもう暫く伏せておいて欲しい」

一週間後、崎谷副社長と専務に昇格していた弟の修平、それに工場長に予定している相原泰造を同行してストーンフィールド・デリ兵庫工場へ向け三百キロ車を走らせ、高速道を下り、民家の点在する長閑な道を抜け、過大な工場の外観を見た瞬間、同乗する誰もがパートタイマーの確保が困難であろうとの危惧を覚え、揃って首を振った。

工場に入り工場長からの案内を受けるうちに、冷蔵庫など収納スペースが広過ぎる点や井戸水が使えないことなど、ランニングコストが必要以上に掛かる設計に舌打ちした。

（工場規模からすれば、月商三億円が最低の損益分岐点であり、現在の多過ぎる生産品目と逼迫する人員の確保を考えれば、三億円以上を生産するのは至難だろう）

恭平は直感的にそう計算した。

兵庫工場を視察した翌日、事業継承挨拶のため、千葉県の石野食品本社を訪問。

一番の懸案事項であった、出向社員の派遣期間について質問したところ、

「そのような話は、一切していない。三月以降、ビタ一文経費は発生しない約束だ」

木で鼻を括ったような回答に、恭平は梯子を外されたような戸惑いを覚えた。

翌日、日本惣菜食品協同組合理事会前に、恭平は何人かの理事から声を掛けられた。

「よくストーンフィールド・デリなんか引き受けたな。お手並み拝見させてもらうよ」

「余程いい条件を出されたのだろう。ウチだったら、絶対引き受けないけど」

理事会後、恭平は理事たちの冷淡な反応を小久保常務に伝えた。

「な〜に、誰もが本心は自分がやりたかったから、羨んでいるのだよ」

噛み合わぬ双方の見解に置いてきぼり喰ったような疎外感を覚えながら、昨日の会談に基づき、石野食品からの出向社員の派遣期間や経費負担について質した。

「引継期間を無償とするのは、やはり一カ月が限度だろう。それ以降は実費を支払うのが常識的な線だろう……」

小久保常務の説明は明らかに十日前から変節し、大きくトーンダウンしていた。

「最初の話と、条件が全然違うじゃないですか。それなら、弊社への移管は三月ではなく、四月からにしていただきたい。そもそもお話を頂戴してから三週間足らずでの営業移管には、無理がありますよ！」

恭平は色をなして反論した。

「じゃあ、この話は白紙に戻すかい⁈」

開き直った常務の詰問に恭平は絶句し、やはり断るべきかと真剣に悩み天井を見上げた。

恭平の表情を窺った常務は、途端に柔らかな口調に変え、ゆっくりと説得し始めた。

「詳しくは話せないのだが、実は石野食品さんも大変なのだ。察して欲しい。事情を察したうえで、何とかダイナーウイングさんに引き受けて欲しい。本川さんの弁当に対する情熱を、私はよく知っているから頼んでいるのだよ。決して悪いようにはしないから……」

大手三社に断られ、小久保常務が窮状にあるという情報通の話を、恭平は思い出した。

「解りました。力不足ですが、頑張ってみます」

小久保常務個人ではなく、エンゼルスからの恩義に応えたい一念で、恭平は承諾した。

紆余曲折と懸念事項はあったが、予定通り三月一日、ストーンフィールド・デリ兵庫工場は、ダイナーウイング兵庫工場へと営業移管された。

しかし、工場の看板はもちろん、商品ラベルも従業員の身分もストーンフィールド・デリのままで、実に変則的な営業移管のスタートだった。

結果として、三月分の六千万円超の赤字は、全額ダイナーウイングの負担だった。

いよいよ四月一日から、看板や商品ラベル、従業員の身分もダイナーウイングに変わる前々日、現地採用の社員を一堂に集め、恭平は社長としての決意表明をした。

その翌々日の月曜日、兵庫工場から届いた報告に、恭平は愕然とした。

「残業を減らされるなら、退社したい」と申し出る社員が続出していると言う。

直ちに社員宛てに手紙を認め、全員に配布するとともに個々に面談を開始した。

幸いにも殆どの社員が翻意してくれたが、数名の退職は避けられなかった。

相原工場長の精力的な改善策が実り、赤字額は月毎に減ってはきたが、五カ月を経た七月末で一億七千万円の赤字。通年での赤字総額は三億円を大きく超える見通しだった。

既存工場の頑張りもあって、全社では七月末時点で僅かばかりの黒字だった。

前年は、台風十四号により一億円を超える経常損失を計上。再び水害による被害が発生せぬよう、錦帯橋工場の周囲に防水壁を完成させ、老朽化した炊飯設備をリニューアルするために炊飯工場も竣工。加えて、三年前に落成したデザート工場への投資なども重なっていたが、今後十年間は大きな設備投資を必要としない態勢は確立できていた。

こうした事情に対しては、金融機関からも理解を得ていた矢先の、天災ならぬ人為的収益悪化だけに、金融機関の見る目は日毎に厳しくなってきた。

「何故、この時期に赤字の兵庫工場を引き受けてしまったのか」

「約束されたエンゼルスからの支援は、具体的に何時、如何様に実行されるのか」

救済支援策を検討するために、エンゼルスの桜井マネージャーは再三ダイナーウイングを訪れていたが、その打ち合わせの最中、聞き逃すことのできない発言があった。

「兵庫工場は、別にダイナーウイングでなくても良かった訳だし……」

この言葉にショックと憤りを覚えた恭平は、非礼をも省みず小久保常務に、「兵庫地区からの撤退も辞さず」との次のような詰問文を送りけた。

＊

【エンゼルス小久保常務への詰問状（抄録）】

弊社は広島一号店から、エンゼルス様との取引を開始。爾来、米飯、調理パンからスタートし、惣菜、さらにはデザートとカテゴリーを広げ、望外の成長をさせていただきました。これも偏にエンゼルス様の絶大なるご支援の賜物と、感謝の気持ちでいっぱいです。

私自身の未熟が故に、脆弱な企業体質はなかなか改まらず、その道のりは決して順風満帆とは言えず、幾多の困難に遭遇いたしました。

その都度エンゼルス様はじめ多くの方々に支えられ、励まされて今日に至っております。

一方では、一寸の虫にも五分の魂。「何としても、お店の繁栄に寄与したい！」の思いで歯を食いしばり、採算を二の次にした工場の新設、商品開発も断行して参りました。

時にはその蛮勇を出る杭として叩かれ、他メーカーから非難中傷されました。しかし、「お店の隆盛なくして、メーカーの存続はありえない！」との、終始一貫した信念の下、今日まで耐え忍んで尽力してきたことに、私なりの誇りと自負を持っております。

今回、兵庫工場のお話をいただいた際も、誠に僭越ですが私の思考経路はこれまでと同様でした。

「今日まで育てていただいたエンゼルス様に、少しでもご恩返しできるなら」の一念で、他の役員の反対を押し切り事業継承を決断いたしました。

重ねて生意気を申し上げるようですが、損得勘定でお引き受けしたのではありません。日頃から何かとご心配をいただいている、小久保常務直々のご指名に感じ入ったからこそ、即断したのです。お話を頂戴してから、僅か十数時間後に返事を求められて、他に何の判断基準があると言うのでしょうか。

しかしながら先般、開発促進部の桜井様から「別にどうしてもダイナーウイングでなくても良かった」との言葉を聞かされ、正直、大変なショックを受けました。

私は単に自惚れの強い、軽佻浮薄で身の程知らずの経営者なのかも知れません。

しかし、だからこそ、今日まで幾多の危機を乗り越え、逆にチャンスに変えることができた、と妙な自信めいたものを持っているのも事実です。

十年近く前、「私は、弁当に命を賭けています！」そう常務に申し上げました。

常務はその言葉を覚えておられ、私に声を掛けていただいた。そう自尊したからこそ、迷いながらも兵庫工場をお引き受けしたのです。

資金力はもちろん、人材も経営能力も不足しているのは百も承知ですが、「お客様に喜んでいただける弁当を作る！」の思いは、誰にも負けません。

この思いがあれば、必ずやっていける。資金不足に関しては、エンゼルス様からのご支援の約束も頂戴した以上、あとは私たちの献身的な努力だけだ！　その一念で頑張っていた矢先だけに、ショックな言葉でした。

古いと言われるかもしれませんが、私は生来、浪花節的人間です。


もし、「兵庫は、ダイナーウイングでなくても良かった」と現時点で常務が考えておられるなら、誠に残念ですが、力不足の弊社は潔く兵庫地区から撤退いたします。

「何を馬鹿なことを言っているんだ！」とお叱りいただけるなら、兵庫地区のお店の繁栄のため、これまで以上に身命を賭して参る覚悟です。

身勝手な言い分を長々と書き綴って参りましたが、決して不平不満を申し上げるつもりはございません。これまでのお引き立てに感謝しつつ、さらなる躍進を期すために弊社の窮状をご賢察の上、何卒格別のご配慮を賜りますよう、重ねてお願い申し上げます。

なお、なるべく早い時期にご面談の機会を賜りますよう、併せお願い申し上げます。

＊

「そんなこと私が言う訳ないじゃない。あの時、本川さんに断られたら、私の方が路頭に迷うところだったのだから。来週早々に、弊社の経理担当役員とも話し合って、救済案を練っておくから心配しないで、しっかり良品製造をお願いしますよ」

小久保常務から折り返しの平身低頭した電話に恭平は安堵し、非礼を詫びた。

堪忍袋の緒が切れる 《五十九歳》

翌週の会議出席のため上京した恭平は、小久保常務を訪問した。

先日のへりくだった電話とは別人のように、常務の態度は厳しさ一辺倒のものだった。

「売上百億円に対して四十億円もの借入を、どう考えているのだ！」

「自分の経営責任というものを、どう考えているのだ！」

畳み掛けるような詰問に戸惑いながらも、恭平は臆せず持論を述べた。

「四十億円の借入は、百五十億円の売上に備えたもので、現在がピークと考えています」

「私は経営指標を追うのではなく、お店への貢献と従業員の幸せを追っているんです。経営責任と言われますが、私は片時も、責任者としての自覚を忘れたことはありません！」

こうした遣り取りの末、提案されたエンゼルスからの救済案は次のようなものだった。

「ダイナーウイング本社工場をエンゼルスが鑑定士による評価額で買い取り、借入金を圧縮させせ、キャッシュフローを改善。買い戻し特約を付け、十年後に買い戻せるようにする」

「この稟議をエンゼルス内で通すため、経営責任を明確にし、本川社長は自ら降格する」

救済案を持ち帰った恭平は、取締役に意見を求めたが、誰一人として納得しなかった。

「本社工場売却は、担保と借入が工場単位で明確に区分されておらず、全額返済を求められる可能性が強い。一括返済すれば多額の違約金が発生し、収益をさらに悪化させる」

「簿価と評価額とに生じた売却損が大きければ、債務超過に陥る恐れもある」

「社長降格については、銀行は筆頭株主であり代表者である恭平に連帯保証を求めている。一方、社員たちは求心力、忠誠心を失い退職者続出の懸念がある」

何故か恭平の経営責任を問い社長の座から外そうとする、小久保常務からの救済案は受け入れられないことで全員が一致した。


改めて小久保常務に面会を申し入れ、崎谷副社長、修平専務を同行して恭平は上京した。

「現在の借入金の大半は、従来どおりの約定返済を継続し、次年度以降の返済に関しては、紅葉相互銀行を主幹としたシンジケートを組み対応する」

「そのためにも兵庫工場は、速やかに撤退させていただきたい」

「継続せざるを得ない場合は、賃料改定など優遇条件の実施を早急に実施して欲しい」

との提案をしたが、全て一蹴されたうえで、思いがけぬ叱責を受けた。

「そもそも、このような経営状態になるまでに、何故、報告なり相談なりに来ないのだ」

「このように借人が多いと解っていれば、今回の話をダイナーウイングにしていない」

ここまで言われては、さすがに恭平も堪忍袋の緒が切れ、黙ってはおられなかった。

「お言葉を返すようですが、私は毎年常務にお時間を頂戴して、決算報告をしています」

「さらに、商品本部に対しては決算書に明細書を添え、欠かさず提出もしています」

「常務は、目を通されていないのですか？　それとも、お忘れになっているんですか！」

一瞬、言葉に詰まった小久保常務だったが、捨て台詞のような言葉を吐いた。

「とにかく、本川社長が経営責任を取って、降格することが必須条件だ。当分の間、弟さんか誰かが社長をやれば好いじゃないか」

投げやりな言葉を耳にし、義憤を覚えた恭平は大きく深呼吸をしてから反論を重ねた。

「私は、社長の座に恋々とする気は毛頭ありません。会社が救済され発展するなら、如何なる処分も甘んじて受けます」

「しかし、何を以て経営責任と言われるのかを、ハッキリさせていただきたい」

「私が経営責任を問われるとすれば、安易に兵庫工場を受諾したことです。それ以前の二十四年間の経営に対し、常務から責任を問われる謂れは一切ありません！」

「コロコロ変わる救済案が、エンゼルスの総意であるとは到底考えられません。どうしても私の責任を問いたいのなら、常務お一人ではなく、エンゼルスの代表である会長、社長にも直々に話を聞いてもらい、ご判断を仰ごうじゃないですか！」

「常務は我が社を、手持ちの駒のように軽く考えておられるのかも知れませんが、私は命を懸けて会社を経営しているんです」

恭平は強い調子で言い切り、小久保常務を睨みつけ、大きく息を吐いた。


借入が多いのは事実であり、その起因するところは、無謀なほどの先行投資が故だ。しかし、この過剰な先行投資がなければ、ダイナーウイングにおける現在の商品生産は不可能であり、中国地区のエンゼルス店舗の売上も、現状維持は不可能だった。

例えば、平成九年五月からダイナーウイングに生産を移管し、大幅に売上を伸ばしたデザート部門は、これまでの九年間で、店舗での売上総額は百億円を優に超える。

この売上を確保するためにダイナーウイングは二十数億円の設備投資を行い、数億円の経常損失を計上している。

そして十年目の今年度も、デザート事業の単年度収支は赤字の見通しだった。

もちろん恭平自身、経営能力が卓越しているとの認識は持っていなかった。「Ｈａｐｐｙ　Ｔｏｇｅｔｈｅｒ」を掲げた経営理念の実践こそ恭平の誇りであり、社員に対しても「損か、得か」ではなく、「信頼を得るか、否か」を判断基準とするよう常に言い続けてきた。

このことを恭平に教えてくれたのは、他ならぬエンゼルスそのものだった。

平成三年九月末に来襲した台風十九号は、瀬戸内海沿岸では猛烈な暴風や高潮により厳島神社の能舞台が倒壊し、住宅の屋根が飛ぶなど甚大な被害をもたらした。

その後に塩害が発生し、広島市内は数日間の停電に及んだ。

有事の際こそコンビニエンス・ストアの存在意義が問われると自家発電装置を緊急手配し、一便分の製造を休止しただけで商品供給を継続。その際、エンゼルスから停電期間中の冷蔵庫の在庫品は全て廃棄すると共に、廃棄額を報告するよう指示があった。

ここまで徹底して品質管理を図ることに衝撃的な感銘を受けた一カ月後、「お見舞い」の名目でエンゼルスから廃棄原材料相当額の振り込みがあった。

（やはり、エンゼルスと取引を始めたことは間違いではなかった！）

（このように稀有な配慮に報いるためにも、最高の商品を提供しよう！）

恭平は感動に涙しながら、エンゼルスの社長宛てに感謝の礼状を認めた。

爾来、恭平のエンゼルスに対するロイヤリティーは確固たるものになっていた。


しかし、残念ながら現状を冷徹に省みる時、このまま猪突猛進すればダイナーウイングの存亡を危うくするのみならず、エンゼルスやお店にも多大な迷惑を掛けてしまう。

その最大の理由は、現在のアイテム数を生産し続ける限り、売上増に伴う人集めの困難は比例して増大し、確実に人件費が増加する仕組みになっている。

兵庫工場を健全経営させるには多品種少量生産から、生産性の高いアイテムに絞り込むことが必須で、その実現は単独工場ではほぼ不可能に近いと恭平は考えた。

つまり、兵庫工場再生の可能性を求めれば、近隣に旗艦工場を有するメーカーが、生産アイテムを振り分け、サテライト工場的に効率経営する他ないと結論づけた。

恭平は兵庫地区からの撤退を毅然として決意し、兵庫進出により生じた負債はもとより、積年の借入超過の財務再建に専心する決断を下した。

経営者に求められる資質の一つとして、「決断力」が挙げられる。

「決断力って、何？」遅れ馳せながら考えを巡らせた恭平は、次のように定義づけた。

決断とは、右か左か、進むかべきか退くべきか、を決する、その瞬間の判断力ではない。

決断において大切なのは、「決断前の周到な準備」と「決断後の遣り抜く覚悟」だ。決断前の準備が周到でないと「優柔不断」に陥り、決断後の遣り抜く覚悟が足りないと「中途半端」で終わってしまう。

経営不振の兵庫工場の移譲を依頼され、情報も準備も不足したまま、身の程もわきまえず承諾した判断は、「決断」とは呼べぬ、単なる軽挙妄動に過ぎなかった。

こうした反省に基づき、兵庫からの撤退を成就させるため同じ轍を踏まぬよう、恭平は「周到な準備」を開始した。

周到な準備の相談相手は、紅葉相互銀行の河原淳常務取締役だった。

収益力の弱体化や財務体質の脆弱化など、ダイナーウイングの現状を抜本的に改革するため精査検討され、河原常務から提起された立て直し案は、以下のように収斂される。

一、兵庫工場からの早期撤退
二、紅葉相互銀行を主幹とするシンジケートローンの導入
三、紅葉相互銀行などを引受先とする優先株の発行
四、非営業不動産の切り離しによる財務のスリム化

これら一連の提案を実行した場合、当期は大幅な赤字が計上され、含み損の顕在化によ

る多額の特別損失計上となり大きな最終欠損となる。しかし、優先株の発行により債務超過の懸念は事前に払拭され、資金繰りの心配もなく本業に専念できる環境が整う。

この再建スキームの実行を決断した恭平は、不退転の覚悟で撤退する決意を小久保常務に訴え、常務の承認が得られない場合は、代表へ直訴する覚悟であることを伝えた。

まなじりを決した恭平の決断を告げられた小久保常務は、狼狽に言葉を詰まらせながらも撤退を承諾した。ダイナーウイングから最後通告を突き付けられた常務の対応は迅速で、兵庫工場の経営移譲先は協同組合最大手の東京フーズに決定した。

十月末で撤退したダイナーウイングは、八カ月間の兵庫工場経営で三億円余の赤字を生じさせた。

創業は易く守成は難し　《五十七歳～五十九歳》

「創業は易く守成は難し」とは再三耳にする言葉だが、恭平は素直に頷くことができず、時に思い悩んだりしていた。

ダイナーウイングの創業者は、恭平ではなく、父親である。

父は五十八歳で創業し、恭平は十一年後に三十六歳で継承。大きく舵を切ってエンゼルスとの取引を開始した。

社長就任と前後して業態を変え、幸運にもパートナーに恵まれ、運よく今日がある。

しかし、目の前に同じチャンスを見つけたとしても、脱サラしてまで果敢に創業、挑戦できたか自問自答すると、「否」である。

つまり、五十八歳での父親の創業の方が難く、三十六歳での恭平の守成の方が易い。

一方で視点を変えれば、倒産寸前の会社を継承したのは守成ではなく、創業とも言える。

だからこそ自らを二代目ではなく、「一・五代目」などと称しているのかも知れない。


そんな堂々巡りを繰り返していた数年前、或るＩＴ企業社長の言葉を日経新聞の記事で見つけ、恭平は深く得心した。

「会社は夢で始まり、情熱で成長し、責任感で安定し、官僚化で衰退する」

（そうか、そういうことか！）

始める原動力となる夢、成長の糧としての情熱、安定を推進する責任感、ここまでは素直に理解できるが、衰退の起因となる官僚化の定義は曖昧である。

何気無く使う「官僚化」って何だろう？　と考えた恭平は、次のように結論づけた。

「『官僚化』とは、既存のルール、前例、上司の顔色、組織内バランスなど、本来の目的から逸脱し、我が身や組織の保身を優先し、現状維持やマンネリズムに陥ること」

官僚諸氏が聴いたら怒り出すような定義づけだが、詰まるところ個人や組織が保身やマンネリズムに走ると、会社は衰退するのだと恭平は肝に銘じた。

この観点からダイナーウイングを見直してみると、残念ながら既に官僚化の兆候が散見され、何より恭平自身がマンネリズムに陥りつつあることに気づき愕然とした。

そこで恭平は、マンネリズムを以下のように定義した。

「『マンネリズム』とは、毎日の仕事が一定の枠にはまってしまい、独創性や新鮮さを失い、惰性に流された作業に陥ること」

結果として、個人、組織、商品の全てが活力を失い、疲弊する。

これこそが、守成の難しさなのだろう。

「マンネリズムは、『感性の鈍化』と『チャレンジ精神の欠如』から生まれる。マンネリズムを防ぐには、『明確な目的』の堅持と『良質な刺激』への挑戦が肝要である」

危機感を覚えた恭平は、自他共にマンネリズムを打破すべく、新たな挑戦を始めた。

二年前に甘宮商工会議所の副会頭に就任していた恭平は、甘宮市からの移民が多く、甘宮市と気候やロケーション、観光などの産業が似通ったハワイ島コナとの姉妹都市縁組を画策し、山上五郎市長に提案した。

興味を示しながらも、返ってきた答えは順当なものだった。

「いきなり姉妹都市は難しいから、まずは商工会議所が姉妹縁組してはどうか……」

（ごもっとも！）

元々広島県からの移民が多いハワイ州と広島の縁は深く、広島市とホノルル、福山市とマウイ、東広島市とハワイ島ヒロがそれぞれ姉妹都市と姉妹会議所の提携をしていた。

早速コナのモーリス木村に連絡を取り、コナの商工会議所への仲介を依頼したところ、格好の人物を紹介された。

奇遇なことにコナ商工会議所は、モーリス木村の不動産事務所と同じ木造二階建てのオフィスビルに隣接して在り、紹介されたガイ戸山は背が高く日本語も堪能な日系四世で、日本人を妻に持つ四十歳前のナイスガイだった。

提携話にガイは最初から前向きだったが、少し危惧があることを打ち明けてくれた。

広島県の各都市が姉妹提携しているハワイ州の商工会議所は、ホノルルもマウイもヒロも、正確に言うと日系人商工会議所であり、日本や広島への関心は強い。

一方、コナは日系人に限った組織ではなく、むしろ日系人の会員は少数派で、日本への関心が強いとは言えないが、平和都市ヒロシマへの関心は強いことを教えてくれた。それだけに提携当初は、甘宮商工会議所からの積極的なアプローチこそが成功のカギになるとのアドバイスも得た。

娘と年齢の変わらぬ若さにもかかわらず、冷静に状況を分析するガイに感心しながら、この提携はきっと上手くいくと恭平は確信した。

翌年五月、厳島神社の拝殿で挙行された甘宮商工会議所＆コナ商工会議所姉妹提携調印式には、コナ側からも十名を超える参加者が来日。高舞台での雅楽などを鑑賞したメンバー全員が格調高く厳粛な催しに感動し、その様子は双方の新聞にも大きく報じられた。

コナ商工会議所との提携を調印式だけで終わらせることなく、「良質な刺激」への挑戦として実現するため、恭平はトライアスロン大会開催に向け、本格的な始動を開始した。

実現のための大きなハードルは三つあると考えていた。

一、県警による道路使用許可の取得。

二、概算三千万円超と推測される資金の調達。

三、最低でも二百五十人は欲しい出場者の確保。

その他、運営組織の確立やボランティアの協力など、クリアすべき問題は山積していたが、何よりも優先すべきは道路使用許可の取得だった。

実は、トライアスロン大会開催のアドバルーンを揚げた直後、地元出身の参議院議員から心強い助言を受け、恭平は道路使用許可の取得には密かに自信を持っていた。

「今の県警本部長は私の朋友（ポンユー）だから、いざとなったら任せてくれ」

それでも、やはり先ずは筋を通そうと真正面からぶつかった県警の交通課長の一言で、密かな自信は瞬時に吹き飛んだ。

「トライアスロン大会を開催し、地域を盛り上げようとする本川さんの熱意はよく解りました。できる限りの協力を約束します。但し、本川さんが何処かの代議士先生を使って、うちの本部長辺りに話を持ってこられたら、我々は協力しませんよ。実務を担当するのは、飽くまでも我々現場なのですから」

「もちろん、そのつもりです。どうかよろしくお願いします」

背筋に冷たい汗を感じながらも、恭平は勢い良く立ち上がり、最敬礼で頭を下げた。

交通課長の言葉に嘘はなく、指名された担当官と共に地図を睨み、現地を虱潰しに歩いてのコース設定は、それから一年数カ月間も熱心に続けられた。

そもそもトライアスロン大会開催のコンセプトは、平成の大合併で、旧甘宮市と佐野町、大田町、宮島町、吉羽村の「旧五市町村を一本の線で結ぶ」ことにあった。

また、このコンセプトを実現できるイベントとして、トライアスロン大会は最適だった。

世界遺産の大鳥居の下からスタートして対岸まで二・五キロのスイム、標高ゼロメートルから最高九百メートルの頂を駆け上る五十五キロのバイク、高低差二百メートルのアップダウンを二十キロ走るラン。

何処も絶景の中で繰り広げられる、鍛えられたアスリートたちの壮絶な戦い。

その一瞬一瞬が、玄関先から観戦できるなんて、他の競技では絶対に考えられない。

恭平は車を走らせての視察の度、その光景を想い描き、壮大なドラマの展開に酔った。

確かにそれは、壮大なドラマであると同時に、膨大なコストを必要とした。

アイアンマンレースと称されるハワイ島コナでのトライアスロン世界選手権はもちろん、オリンピック・ディスタンスと呼ばれる短い距離のトライアスロン大会においても、スイムもバイクもランも全てが周回コースで設計されている。

ところが「旧五市町村を一本の線で結ぶ」コースは、他に例を見ないワンウエイ設計。

スイムのスタート地点と上陸地点は瀬戸内海を挟む対岸に位置し、バイクとランのトランジションは標高八百メートルの山中に自転車を乗り捨て、加えてフィニッシュ地点から大会本部までの帰路はバスで一時間の距離に在る。

周回コースなら必要のない着替えや自転車や選手本人まで、元の位置まで運搬する余計なコストを背負わされたのは、ドラマに酔い痴れた無知な立案者への代償だった。

夢と情熱と勢いで、初の大会を成功裏に終えたものの、参加者や観客、ボランティアや協賛企業の多くから大会の継続を切望された恭平は、天を仰ぎながら痛感した。

「如何なる事業も、創業は易く守成は難し！」

一芸に秀でずとも、多芸で勝負《六十歳》

実行委員長として東奔西走した、第一回「甘宮市縦断みやじま国際パワー・トライアスロン大会」は、望外の成功を収めた。

そして、大会を通じて数多くの新たな出会いは、予期せぬ感動と勇気を与えてくれた。

「なぜ、こんなに過酷なスポーツを選んだのですか？」

恭平の問いに上位入賞したアスリートが答えた。

「それぞれは一流でなくても、三種目総合すれば、一流になれるチャンスが魅力かな……」

妙に納得させられる一方で、確かにトライアスロンのレースは過酷だけれど、その大会運営も競技に負けず劣らずタフなことに、少なからぬ自負を抱いていた。

大会開催の第一関門である道路使用許可に続いて、資金調達という次なるハードルが立ちはだかっていたが、実はここでも恭平は、密かな勝算を胸に秘めていた。

一つは、山上五郎市長から「市政二十周年記念事業の一環とすることで、一千万円は出そう」との約束を取り付けていた。

さらに、寿建産業の中沢会長からも「美術館をゴール地点にしてもらうのだから……」と協賛金一千万円の内諾をもらっていた。

資金調達に一応の目途を立て、本格的に活動をスタートさせて一年数カ月、やっと道路使用許可の認可を得た恭平は意気揚々と中沢会長を訪問した。中沢会長は胃癌の手術を機に、商工会議所では名誉会頭、会社では名誉会長に退くなど一切の第一線を退いていた。

「いやぁ、役職に名誉が付くほど不名誉はないなぁ。名前だけの肩書だけを与えられ、権限は全て剥奪されてしもうた。済まんが、例の協賛金は百万円で勘弁してくれ」

「えっ、いきなり百万ですか⁈」

「申し訳ない。本当は百万円すら儂の勝手にはならんのじゃ。勘弁してくれ」

「いえ、ありがとうございます。足らずは何とかして、必ず成功させます」

痩せ細って背を丸め車椅子に座る中沢名誉会長に心配掛けまいと、虚勢を張りながらも途方に暮れた恭平だったが、ふと連想ゲーム的に小さな光明を見出し目を輝かせた。

十年近く前、或る投資会社の主催で、上場を目指そうとする経営者を対象とした座談会形式のセミナーが広島で開催されたことがある。

そのセミナーの講師は、東証一部上場企業のトップである当時の中沢社長だった。

上場することに殆ど関心は無かったが、中沢社長の話とそこに集まる十名足らずの経営者の顔ぶれに興味を惹かれ、誘われるままに恭平は参加した。

そして、マンションの販売事業で躍進するシティーコーポレイションの森園博之社長と出会い、住宅販売に革命を起こすと気負うことなく語るストイックな経営姿勢に感服させられ、一回り以上の年齢差をも超えた付き合いが始まった。

当時、ダイナーウイングとシティーコーポレイションとの売上は共に百億円足らずだったが、その後のシティーコーポレイションの成長ぶりは凄まじく、あっと言う間に東証一部上場を果たし、不動産業界の寵児ともてはやされるまでになっていた。

中沢名誉会長の部屋を出てエレベーターから降り、車に乗り込んだ恭平はポケットから携帯電話を取り出し、森園社長の電話番号をプッシュして面会のアポを取った。

「甘宮市で開催されるビッグイベントに、広島市に本社を置く会社がしゃしゃり出たりしたら、弊社が嫌われてしまいますよ」

初のトライアスロン大会へのメインスポンサーを懇願する恭平への返答は、当然ながら気乗り薄なものだった。

「そんなことはない。好感を持たれこそすれ、嫌われる訳がない。それは私が保証する」

「それでは、弊社にとって一千万円を出すことのメリットは何ですか？」

「う〜ん。正直言って特別のメリットはないな。一千万円ではメリットは小さいが、五百万上乗せして、千五百万円出してもらえば大きなメリットがある」

「五百万円追加するメリットって、何ですか？」

「御社の提供で、テレビ番組を放映する。過酷なレースに果敢に挑戦するアスリートたちの姿とシティーコーポレイションの企業イメージが重なり、きっと共感を呼ぶはずだ」

「解りました。その線で取締役会に懸けてみましょう。でも、結果は約束できませんよ」

「ありがとうございます」

「礼を言うのは早過ぎますよ」

取り急ぎの簡略な企画書を手渡した数日後、森園社長から電話があった。

「テレビ番組付きでお願いします」

「有り難い。必ず成功させ喜んでもらいますから、期待してください」

飛び跳ねたい程の気持ちを抑え、電話を強く握り締めたまま恭平は深々と頭を垂れた。

大会前日の夕刻、宮島の対岸にある競艇場を借り切って、開会式と前夜祭が開催された。

山上市長をはじめ来賓の挨拶の後、実行委員長として恭平は登壇しマイクを握った。

「誰もが無理だと言ったトライアスロン大会が、甘宮市で開催されるなんて殆ど奇跡です。この奇跡を起こしたのは他ならぬ皆様です。市街地を駆け抜けるコース設定、膨大な運営資金の調達、二千名以上のボランティア確保、三百名近くの選手登録、数多くのハードルをクリアできたのは、県警や海上保安庁、シティーコーポレイションをはじめとする協賛各社、各方面からのボランティア、そして参加選手の皆様、全ての皆様のお陰です」

「何しろ初めての試みですから、未だ懸念事項が数限りなくあります。そこで一つだけ選手の皆様にお願いです。明日、飲料やバナナなどを手渡しするボランティアの誰もが、トライアスロンを見るのも初めての初心者ばかりです。一カ月前から練習して参りましたが、きっと、力走する皆様にご迷惑をお掛けすると思います。でも、誰もが一生懸命ですから、たとえ上手く渡せなくても、決して叱ったり舌打ちしたりしないでください」

言わずもがなの先走った老婆心を訴える最中、突如として選手の一群から湧き起こった拍手と「大丈夫だよ！」「心配するな！」の掛け声に恭平は目頭を熱くした。

（こいつら、好い奴だな！）

「ありがとう！　皆さんの力で、この大会を日本一の大会に育てましょう！」

大きく深呼吸して張り上げた恭平の声は、選手たちの雄叫びで掻き消された。

大会当日、旧五市町村を一本の線で結ぶ沿道には、予想をはるかに超える四万とも五万とも言われる観客が集い、熱い声援が飛び交った。

入賞者の表彰式と閉会式は、続々と後続の完走者がフィニッシュする中で挙行された。タイムリミットの十数分前、閉会式で講評を述べるため仮設ステージに上がった恭平の目に、松葉杖を両手に突きながら片足で懸命に走る選手の姿が飛び込んできた。

「皆様ご注目ください！　地元甘宮市から参加された片足のアスリート、安本さんが間も無くフィニッシュです！」

絶叫する恭平に促された観客環視の中、フィニッシュのテープを切った安本さんが杖を投げ出すようにして倒れ込んだ瞬間、嵐のような拍手と大歓声が湧き起こった。

大会の翌日、ハワイ島コナ商工会議所から一日遅れで木製の盾が届いた。

全ての表彰が終わった後の栄冠を誰に贈ろうかと思案するまでもなく、多くの人に感動と勇気を与えた「片足の鉄人」安本さんに贈ることで衆議一決した。

マスコミを招待しての授与式で、恭平は再び勇気をもらった。

「あなたの信条は何ですか?」

インタビュアーの問いに答えた安本さんの言葉は、珠玉のメッセージだった。

「信条は『ネバー・ギブ・アップ!』です」

「私の考える『ネバー・ギブ・アップ!』とは、途中で投げ出すな! の意ではなく、何かを始める前から『できはしない』と諦めてはいけない! という意味です」

十九歳の時に交通事故で左足の太腿から下を切断しながら、スキーや水泳に挑戦し続けた安本さんならではの言葉だけに、胸に響いた。

数カ月後、小学六年生が書いた『二十歳になったぼくへ』と題する作文が届けられた。

「前夜祭での掛け声」「片足での挑戦とメッセージ」「少年の作文」それらの一つ一つが、大会を継続、発展させていく使命感とモチベーションになった。

＊

【或る小学六年生の作文、「二十歳になったぼくへ」】

二十歳になった今も、泳ぎ続けていますか。走り続けていますか。

安本さんや小田さんのように、強じんな体と心を持つ人間に成長していますか。

ふるさとを代表するような鉄人になることができましたか。

そして、何より、苦しい戦いの中でも「がんばります」「ありがとうございます」と感謝の言葉を言える、心の深い人間になっていますか。

ぼくの町では、今年からトライアスロンの大会が行われるようになりました。

父がボランティアで参加し、ジュースやバナナをバイクの選手に渡していました。

その父のそばで、選手たちの息づかいを感じながら応援することができました。

地元の鉄人と言われる安本さんや、水泳のコーチをしてくれている小田さん。

そして自分の限界に挑戦している他の選手にも、「がんばって」と声援を送ると、「がんばります」「ありがとうございます」などと声を返してくれ、つかれているだろうにすごいなぁと心で感じながら、とてもうれしかったです。

この時、ぼくの中で、温かくそして太いものが、ゆり動かされたのです。

これまで習ってきたあまり好きでなかった水泳もがんばり、中学生になったら陸上部に入り、長いきょりでも早く走れるように、長きょり走をがんばっていきたいです。

そして、二十歳でトライアスロンに挑戦できるよう、一歩一歩前進していきます。

第五章　時空を超える挑戦

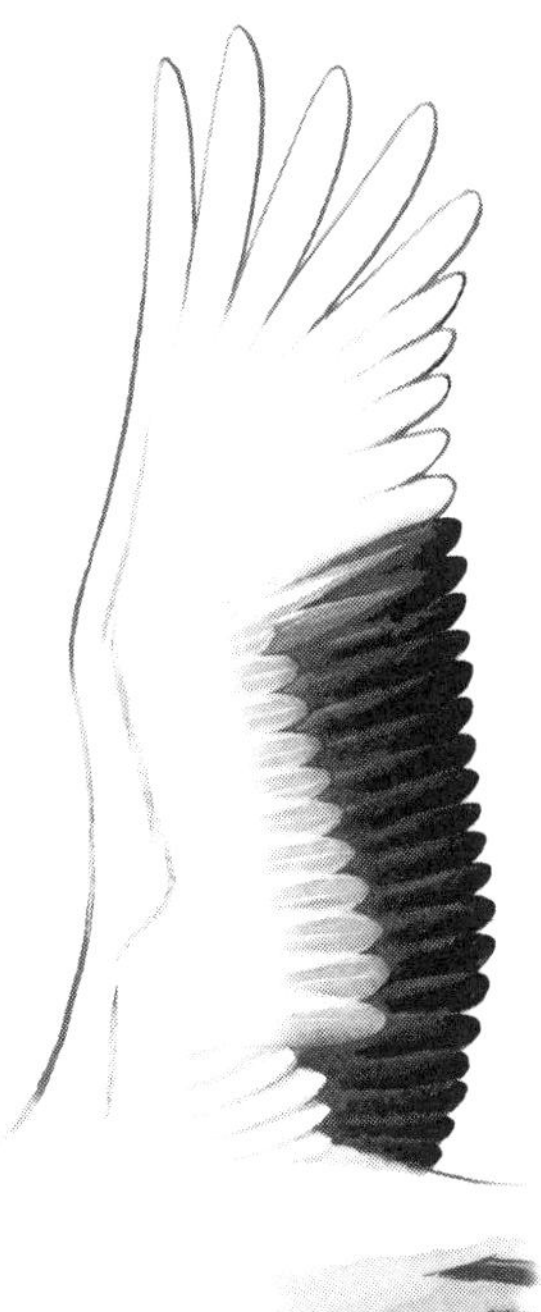

自信と幸せの源泉は、母親の笑顔 《六十三歳》

幼稚園から小学校の低学年の頃まで、恭平は人見知りの激しい内気な子供だった。授業中に問題を出され、解っていても真っ直ぐに手を上げることができず、中途半端に肘を折って手を上げ、先生と目が合いそうになると途端に肘を下げていた。

そんな恭平が唯一、鼻高々と自信に満ちる瞬間があった。

父兄参観日。教室の後ろに並んだ母親たちの中に、着物姿の母親を見つけた時の喜びと誇らしさが入り混じった感情のトキメキを、恭平は今も懐かしく思い返すことができる。

恭平は高揚した気分を懸命に抑えながら、女の子たちの会話に耳を傾けていた。

「やっぱり、木川君のお母さん、きれいよね」

「すっごく、優しそう……」

「あんなお母さんだったらいいなぁ〜」

恭平は一言たりとも聞き漏らすまいと全身の神経を耳に集中しながらも、そんな気配を感じさせないよう、女の子たちはもちろん母親さえも無視した風を装っていた。

当時の恭平は誇れるものを何も持たず、常に一歩引いて陰に隠れていた。

それでも自慢の母親を喜ばすことに喜びを覚え、小さな自信めいたものが生まれ、人前で話すことも平気になり、ついにはリーダーシップさえ発揮できるようになったのは、他でもなく母親の笑顔のお陰かも知れない。

どこかで母親に似た女性を追い求めていたのだろうか。

結婚後、初めて恭平の母親に会った多くの人が、「妻・淳子の母」と勘違いされることが重なり、その勘違いが妙に嬉しかったものだ。

＊

母親を八十九歳で喪った六十三歳の恭平は、小学校の教室にポツンと一人座っていた。

振り返り母親の姿を探す恭平は、日頃の精気も消えて老人然としており、不安気に視線を宙に泳がせて彷徨う視線の先に母の姿はなく、肩を落とし唇を噛んで目を閉じた。


【母・知子の通夜、告別式での「謝辞」覚書】

母、知子の葬儀に際し、早速のご厚情を賜り誠にありがとうございました。

親族を代表して、心よりお礼申し上げます。

母は六月二十二日の午後一時四十八分、逝去いたしました。

前日の午後には、ずっと面倒を見続けてくれた姉が髪をカットし、スッキリしたと喜んでおりました。

当日の午前中には、病院の介護の方に入浴させていただき、いつもと変わりなく昼食を摂った後、同じ病院に入院しており今年の十月で満九十六歳になる父と、三十分近く手を握り合って言葉を交わしたそうです。その後、暫くして看護師の方が様子を見に行くと、母は眠るように息を引き取っておりました。


ここ十年くらいの母は、病気と闘い続ける毎日でした。

胃癌も手術しました。皮膚癌も手術しました。数年前には、「大動脈乖離」で心臓の手術をし、一命を取り留めました。

三年前には、「閉塞性動脈硬化症」により、左足の膝下から切断いたしました。

そうした手術のたびに、「もう、死んでしまいたい……」と弱音を吐く一方で、「お父ちゃんより早くは、絶対に死ねない！」矛盾したことを言うのが口癖でした。

子供の私が言うのも何ですが、綺麗で、優しくて、聡明で、笑顔の素敵な母でした。

病室を見舞っての帰り際、ベッドの足元に立ち投げキッスを送ると、母は何回も何回も、笑顔で投げキッスを返してくれました。

その笑顔に惹かれ、また私は枕元まで戻り、再度母の手を取ってしまうのが常でした。

しかし、この一カ月は、その元気も無くしていました。

祭壇の遺影は、二年前の笑顔の写真を選びました。

「多くの方に見られるのだから、もっと若い頃の、もっと綺麗な写真を選んで欲しかった」

きっと本人は、不満に思っているはずです。

でも私たち三人の子供は、若い頃の輝くばかりの笑顔と同じように、皺くちゃだらけになってしまった母の笑顔も、大好きだったのです。だから、ご参列いただいた皆様にも、私たちの大好きな母の笑顔を見ていただきたくて、敢えて最近の写真を選びました。

母も渋々ながら、笑って許してくれていると思います。


毎年、長々とした文章を小さな文字で書き連ね、ご迷惑をお掛けしている私の年賀状。

でも、両親のエピソードを認めた昨年の年賀状は、珍しく多くの方からお褒めの言葉を頂戴しました。実はあの年賀状は、誰よりも父や母に読んで欲しいと願って書いた、両親へのメッセージでもあったのです。

こんな折に自らの年賀状を紹介するなんて、畏れ多いのですがご拝聴ください。

＊

新春のっけからの私事で恐縮ですが、父は満九十四歳、母は満八十八歳。お陰さまで両親揃って健在です。近年、母は体調を崩し、何度か入退院を繰り返しました。その都度垣間見たやりとりの一端を、両親に内緒でご紹介します。

母が不在の家に父を訪ねると、「私はいいから、お母ちゃんを見舞ってやりなさい……」病院に母を見舞えば、「お父ちゃんが寂しがるから、家に顔を見せてあげて……」ならば、と父を病院に連れて行けば、息子の目も憚ることなく手を握り合い、帰る気配すら見せません。我が親ながら翁と媼《おうな》の純愛に、苦笑しながらも感動！

それでも母は痛みが極限に達すると、本音の弱音を吐きます。

「ああっ、もう死にたい……」そんな時、私は母に問い掛けます。

「お母さんの人生を振り返って、楽しく幸せだったこと、辛く苦しかったこと、どちらが多かったの」

すると母は決まって笑顔に戻り、応えてくれます。

「もちろん、幸せだった！」

大正、昭和、平成と生き抜いてきた、両親の金銭勘定はいざ知らず、「幸福貸借対照表」は、どうやら大幅黒字のご様子。まずは御同慶の至りです。

さてさて斯様に不肖の私ですが、会社経営での決算は無論、人生の貸借対照表においても内部留保を重ねて参りたいもの。

景気は低迷し、世情は混乱を極めておりますが、こんな時だからこそ原点回帰が大切。

私の人生の究極の目的であり、弊社のコーポレート・スローガンでもある、

「Ｈａｐｐｙ　Ｔｏｇｅｔｈｅｒ」の実現を目指し、正々堂々歩んで参る覚悟です。

＊

この年賀状に使った、「高砂」を模し、相生の松を描いた金屏風を背にした父と母の似顔絵イラストは、額に入れ今も父の部屋に飾ってあります。

しかし、母が、あの部屋に再び帰ることはありません。

母を喪ったことは残念で、寂しくて、悲しくて堪りませんが、幸いにも私たち家族には父が健在です。父には母の分も生きて欲しいと願っていますが、その父は母の逝去以来、急激に気力喪失し、表情にも生気が感じられないことが心配でなりません。

私たち家族一人一人が父を励まし、父の笑顔を取り戻したいと考えている次第です。

今後とも私どもに対し、変わらぬご指導、ご支援をお願い申し上げ、お礼のご挨拶に代えさせていただきます。

〈平成二十二年六月二十三日（通夜）・二十四日（告別式）〉

＊

六十五年間連れ添った伴侶を喪い、意気消沈する父親を通夜や葬儀に出席させるべきか否か……恭平は思い悩んだ。

軽い認知症の兆候が見られる父親は、妻が亡くなったことを百パーセント理解できていない様子だったから、通夜や葬儀の儀式に参列させず、このまま静かにフェイドアウトさせた方が、父親にとって望ましいと考えたのだ。

しかし、その考えには周囲の誰もが反対し、父親は通夜の席の最前列中央に車椅子で座り、喪主を務める恭平はその隣に座った。

弔問客は数百名に及び、昔から父親を知る僅かばかりの人はもちろん、全く父親と面識のない多くの人さえもが、父親に向かい頭を下げ哀悼の意を表した。

それらに虚ろに反応しながら、徐々に背を丸めて小さくなっていく父親の姿を横目に、恭平は父親を通夜に出席させたことを深く後悔していた。

案の定、通夜の儀式を終えた父親は酷く憔悴しており、翌日の葬儀への出席は本人自らが固辞した。

伴侶の居ない病院に戻った父親の表情から笑顔が消え、食事にも殆ど手を付けず、栄養剤の点滴すらも自らの手で抜いて、家族や看護師を困らせた。

最高の栄誉は、父親からの誉め言葉《六十三歳》

「自分の葬儀に誰が来てくれるのか、香典をどれくらい包んでくれるのか、棺桶の蓋をそっと開けて覗いてみたい」

ダイナーウイングの創業者である恭平の父は生前、不謹慎な言葉を口にしていた。

「長寿のお陰で、参列者に親父の知人が少なかったのは皮肉だったね」

恭平は嘆息しつつ、遺影に向かって亡き父を慰めた。

「お義父さん、天晴れ！」

妻の淳子は、義母を追い掛けるように旅立った義父の仏前に手を合わせ賛嘆した。

幼少の頃から恭平は、「鳶が鷹を生んだ！」そう言われることを志向し、平素から心密かに、時に声高にライバルである父を凌駕すべく奮闘してきた。

しかし、矢継ぎ早に両親を亡くして顧みれば、所詮「蛙の子は、蛙」であったと天を仰ぎ自嘲するしかなかった。

＊

シャイで人見知りが激しく、そのくせ軽佻浮薄で自己顕示欲丸出しの似た者親子。

父の葬儀に際し、恭平は万感の思いを込めて長々と謝辞を述べた。

【父・清の通夜、告別式での「謝辞」覚書】

このたびはダイナーウイング株式会社の創業者でもあります、父・清の葬儀に際し多くの皆様からご厚情ご厚志を賜り、誠にありがとうございます。

親族を代表して、心よりお礼申し上げます。

皆様方には、つい二週間前、母・知子の葬儀にも心温まる励ましをいただいております。衷心より感謝申し上げますとともに、重ねてご迷惑をお掛けしましたこと、何卒ご寛容いただきますようお詫び申し上げます。

母の逝去に際しても申し上げました通り、本当に仲の好い二人でした。

母を見送った後、父は一気に生気を喪失、表情からは笑顔が消え、極端に口数も減り、食事はおろか水さえも喉を通らなくなりました。

七月六日、入院先の主治医の先生から、長く患っていた腎臓が悪化していること、肺癌の進行が進んでいること、何よりも体力の衰弱が激しいこと、など懇切な病状説明を受けました。

そのうえで覚悟をしておくよう申し渡された、その日の深夜、病院から容態の急変をご連絡いただき、家族全員が駆けつけた午前零時十分、父は眠るようにこの世を去りました。

時あたかも七月七日の七夕。

まるで織姫と彦星かの如く、二週間前に先立った妻・知子を追って、父・清は旅立ち、二人は今、天空で再会しているのであろうと思います。

本当にどこまでも、仲の好い父と母でした。

私は予てより「趣味は親孝行！」と吹聴しておりました。

私の最後の親孝行は、以前から気になっていた父の手の爪を切ってやったことです。

しかし、私には深爪の傾向があり、眼鏡も掛けずに切ったものですから、つい爪だけでなく指まで傷つけてしまいました。

それまで一言も発しなかった父が、「痛い！」と小さく叫び、「ゴメン！」と私が詫びた。それが父と交わした、最後の会話となりました。

親孝行のつもりでいながら、結局は親不孝してしまう、相変わらずの私です。

今から八年前、父が満八十八歳、米寿の誕生日を迎えた日。

私たち三人の子供は、父に最高級羽毛布団をプレゼントしました。

それだけでは何か物足りなく感じた私は、案外に悪戯好きな父に、来るべき葬儀に備えた、悼辞の「生前贈与」を敢行いたしました。

チョットはにかんだ笑顔を浮かべながらも喜んでくれた父は、

「お父ちゃんの葬儀には、それを読んでくれ」と遺言いたしました。

父との約束を守るべく、誠に僭越ではございますが「息子から父への悼辞」を読ませていただきます。

＊

「お父ちゃん」そう呼んでいた頃のあなたは、私にとって全能の人。

まさにスーパーマンでした。

学校での宿題を描く私から筆を取り上げ、あなたが仕上げたポスターは入選し、あなたが朱を入れた作文は、ラジオで朗読されました。

気が小さいくせに見栄っ張りの私は、それらの全てが後ろめたく、恥ずかしく、でも、どこか誇らしい気がしていました。

しかし、全能のはずの父、一応は社長の肩書きを持つ父なのに、何故、我が家はいつも貧乏なんだろう……。そう考え始めた頃、独力で描いたポスターは特選になり、夏休みの宿題に書きなぐった詩は、雑誌に掲載されました。

そして私は、何時しかあなたを「親父さん」と呼ぶようになっていました。

あなたが若い頃に熱中したテニスに惹かれながらも、高校入学と同時に私が入部したのは、サッカー部でした。

今にして思えば、それは宿命のライバルと意識する、あなたへの宣戦布告であり、あなたの勢力圏からの独立宣言であったのかも知れません。

地元の国立大学への進学を望むあなたの意に反し、浪人の末やっと合格したのは、東京の私立大学でした。

あろうことか、その在学中に結婚を表明した私に、滑稽なほど狼狽しながらも、懸命に平静を装って威厳を保ち、容認し、支援してもらったことに、心から感謝しています。

一女一男の父となった私は、三十歳で東京でのサラリーマン生活にピリオドを打ち帰郷。

あなたが社長を務める青息吐息の会社の専務に就任したのは、親孝行と言うより、対抗心だったのかも知れません。

しかし、力及ばず、経営の危機に瀕したのを機に、三十六歳の私と社長交代。

あなたは六十九歳で第一線を退き、稚拙な経営を危ぶみながらも、全てを任せた私の報告に、黙って頷くだけでした。

一か八かの積極策が、折からのバブルと相俟って、幸運にも会社は発展を続け、不遜にも私は、ライバルであるあなたを超え、今や庇護者の立場に回ったと自惚れておりました。

爾来、四度の新工場落成の都度、親孝行の真似事のつもりで創業者としての挨拶の機会を設けたところ、あなたは、後継者であり息子でもある私を、思いがけぬ視点から誉めてくれました。

その時、初めて私は合点がいきました。

私は、父であるあなたに誉めてもらいたくて、能天気な挑戦を繰り返していたのです。


そして今、あなたを喪い、茫然自失しています。

仮にも一千人を超える従業員を預かる会社の長である私が、まるで幼い日の祭りの人混みの中で、握っていた父の手を離してしまった迷子のように、今にも泣き出しそうです。

改めて今、私は考えています。やはり、あなたは私にとって全能のスーパーマンでした。

分不相応な私の希望と、頑なとも言える勇気とは、あなたの眼差しの中でこそ生まれ、育てられてきたのです。

親父さん、ありがとう。

私も娘や息子に対し、あなたのような父親になることを約束します。

親父、さようなら。

＊

誕生日祝いの悼辞を読み終えた時、案外に縁起を担いだりする母から叱られるのではないかと懸念しておりましたが、

「恭平、お母ちゃんの米寿の誕生日にも、悼辞を読んでね」

意外にも母は、笑いながら催促してくれました。

それから六年後、母の米寿の誕生日。

母は、閉塞性動脈硬化症により左足を膝下から切断するなど、満身創痍でベッドに臥せっており、とても悼辞の生前贈与などできる状態ではありませんでした。

代わりに私は、「母に捧げるラブレター」を認め、喜んでもらいました。

その母にも、父にも、私たちは二度と会うことができません。

殆ど同時に生きる支えを失った私ですが、これから家庭はもちろん会社においても、私自身が父や母に代わる大きな支えとなって生きていく覚悟です。

皆様には、どうかこれまで以上のご指導、ご支援を賜りますようお願い申し上げ、お礼の言葉に代えさせていただきます。

「ご両親を亡くされ、寂しくなりましたね」多くの方から慰めの言葉を頂戴しました。確かに残された私たちは寂しくなりましたが、父と母は二週間の別離だけで再会できた訳ですから、これ以上の贅沢は言えません。

私たち家族も元気を出して生きて参りますから、どうぞご安心いただきたいと存じます。

〈平成二十二年七月七日（通夜）・八日（告別式）〉

棺を覆いて事定まる　《六十歳〜六十五歳》

三十六歳で社長に就任した時から、恭平は社長の定年は六十五歳と定め、公言してきた。この公約を守るためには、周到な準備が必要であることも経験から学んできた。

そもそも社長の評価は、在任中の業績だけで決まるものではなく、次期社長もしくは次々期社長時の業績をも合わせ、後世の人が決めるべきものと恭平は考えていた。

つまり、仮に恭平が一定の評価を受けるとすれば、それは多分に先代社長である父親の功績に他ならない。

一方、仮に在任中に多少の功績を上げたとしても、経営のバトンを渡した後に業績が悪化するようであれば、その責任の根源は前任社長である恭平にも在るはず。

このように考えていた恭平は六十歳の誕生日を機に、五年後の株主総会において代表取締役社長の座を退くため七名の幹部社員を集め、以下のような決意表明を実行した。

「現時点において後継候補者は、この席にいる私以外の七名に絞られている。社長業を全うするには最低でも三期六年、できれば五期十年以上は務めていただきたい」

「崎谷純一副社長、本川修平専務は五年後の総会時には六五歳、六十三歳となり、この条件から逸脱する。末永部長は五年後には五十九歳と辛うじて条件をクリアしており、正確には私と副社長と専務を除く五名が、現時点における次期社長候補である。しかし五年後に順当に後継者が育っていない場合はこの限りではなく、外部からの招聘も考える」

「当然のことながら、五名の候補者には今後解決せねばならない課題が山積している。自分のことは棚に上げ、各人に望むことを簡単に述べるので、素直に聞いて欲しい」

「末永福雄部長は、前職の銀行員としての実績や立場を払拭し、エンゼルスとのビジネス

における デイリーメーカーの役割の正確な認識を深めること。さらには生産現場の仕組みはもちろん、商品に関する知識や労務問題などについて、誰とでも丁々発止できるよう、しっかり勉強して欲しい」

「相原泰造工場長は、企業経営に大切なのは、まず使命感であることを認識して欲しい。当面の利益と同様に五年後、十年後の企業を担う社員の育成が必須である。強制して部下を動かすのでなく、自主的に考え行動できるよう個々を成長させるマインド・ワークと、自身の成長に欠かせないネット・ワークづくりで、殻を打ち破っての飛躍を期待する」

「尾上一弘工場長は、着眼大局、着手小局の理念を具体的に実践し、実績を積み上げて欲しい。未だ確たる実績が無いから自信がなく、仕事に迫力も粘りも感じられない。些細な事象の裏に潜んでいる本質的な要素を見極め、目的を見失うことなくベストの手段を探り、自分自身も組織も、一歩一歩確実にステップアップすれば、必ず自信がつくはずだ」

「中田颯一郎部長は、所詮、自分一人の力など高々知れたものだと知ること。もっと素直に、もっと謙虚になって、成功も失敗も喜びも悲しみも、仲間と共有できなければリーダーたり得ない。思い切り胸襟を開いて、一人でも多くの社員、パートさんからの信頼を得ることから始めよ。リーダーの評価は、組織の変革と部下の育成、業績成果に尽きる」

「河本敦史工場長は、良くも悪くもこのメンバーの中では一番目端が利く。でも、器用貧乏に陥るな。どんなに鋭利なナイフも大樹を倒すには、鈍重な斧に敵わない。仕事に臨んでは、右顧左眄することなく不退転の決意で邁進せよ。骨は誰かが拾ってくれるだろうという程の、開き直りと覚悟で丁度好い。もちろん、最年少が故の遠慮など全く無用だ」


五名の候補者に各々の課題と新しい役職を提示してから四年余を経て、恭平の頭の中で次期社長候補は、中田颯一郎と河本敦史の二名に絞られていた。

娘婿である中田颯一郎（四十一歳）は、大学卒業後勤務した損保会社を三十歳で退社し、ダイナーウイングに入社後は生産管理や工場長、商品開発や管理部門を歴任していた。

入社の動機は実に単純明快で、「将来は社長になって、会社経営に精励したい」と臆面もなく言い放って、恥じるところはなかった。

「中田さんは、良くも悪くも鈍感ですね」

彼をよく知る社外の友人からの人物評に、恭平は大きく相槌を打ったものだった。

片や、河本敦史（三十九歳）は、高校卒業後暫く音楽活動に熱中した後、アパレル販売の仕事に就くや頭角を現し、一年後には店長を任され、二十二歳で独立を実現していた。入居したテナントビルでの移転騒動に紛れ、恭平から強引に勧誘されダイナーウイングに入社した後はデザートの立ち上げや工場の新設に携わり、複数の工場長を経験していた。その目配りと気遣いは恭平も舌を巻く細やかさで、仲間はもちろん取引先からも絶大な信頼を得ていた。

二人のどちらを後継社長に選ぶかを迷い悩んだ恭平は、それぞれを社長に選んだ場合、選ばれなかった相方のリアクションを想定してみた。

中田颯一郎を社長に指名しても、河本敦史は何ら動ずることなく、平然と業務を継続するだろう。

しかし、年少の河本敦史を社長に指名したら、中田颯一郎のプライドは大きく傷つき、モチベーションの低下は計り知れないだろう。

そう考えた恭平は、思い切って河本敦史に胸の内を吐露した。

「ぜひ、颯一郎さんを社長にしてください。私は必ず、颯一郎さんを支え続けますから」

返ってきた答えは、想定していた通りだった。

「ありがとう！　二人で力を合わせ、よろしく頼む！」

安堵した恭平は、河本敦史に向かい深々と頭を下げた。


公言通り六十五歳の誕生日を迎えた直後の株主総会で、恭平は代表権を持つ会長に就き、中田颯一郎が代表取締役社長に、河本敦史は常務取締役に昇格した。

その年の秋、ダイナーウイング創立四十周年を兼ねた「感謝の集い」を広島市内のホテルにおいて昼夜二回、二部構成で開催した。

一部は、「笑点」でお馴染みの林家たい平の落語会で、ライブ感溢れる話芸を堪能。

二部は、中田颯一郎新社長や河本敦史常務、そして三年前に入社した恭平の長男・謙祐たち若手スタッフが趣向を凝らし、記念式典と懇親会が賑々しくも和やかに挙行された。

その際に配布した冊子に、『挑戦する勇気』と題した新社長のメッセージが収録された。

＊

【中田颯一郎新社長のメッセージ「挑戦する勇気」】

「本川さんの後は大変ですねぇ」社長就任以降、多くの方から頂戴した言葉です。

本川会長は、「Ｈａｐｐｙ　Ｔｏｇｅｔｈｅｒ」そのままの人。

常に相手の立場に立ち、みんなの笑顔が最大の喜びと、社業や地域貢献に尽力され、当社を百億企業までに発展されました。

会長と私が出会って間も無い頃の苦い思い出です。

私は会長からネクタイをいただいておきながら、直後にお会いする際着用せず対面。会食後、会長にこっそり呼ばれ穏やかに諭された。

「あのね、相手の気持ちを考えれば、喜んで着用している姿を見てもらうべきでは……」

そんな当たり前のことに気づかなかった自分にショックを受けた。

そして見て見ぬふりしないで、正面から叱っていただいた会長に感謝した。

私も同じような心遣いができる人になりたい。

本川恭平個人への憧れと、「Ｈａｐｐｙ Ｔｏｇｅｔｈｅｒ」という経営理念への共鳴。

妻の実家という事情は抜きでも、私が転職を考えるようになったのは自然な流れだった。


金融業界から転職した私を今日まで支えていただいたのは、諸先輩方をはじめお取引先、家族、そして会社の多くの仲間たちだった。

昼夜を問わず一緒に悩み、喜び、彼ら無しでは、今日の私は存在していない。

今回、社長就任にあたって肝に銘じていることは数多くある。

その一つは、社長に「なった！」のではなく、多くの方々の支えのもとに「ならせていただいた！」のだということ。

知識や経験で私を凌ぐ者は、当社にも数多くいる。大切な商品作りでは、到底パートさんには敵わない。

そんな私の使命は、多くの優れた方々の衆知を集め、それを定められたベクトルに傾注し、みんなの思いを率先垂範していくことだと認識している。


今年で六回目を迎えた「みやじまトライアスロン大会」。

これまた、会長の「Ｈａｐｐｙ　Ｔｏｇｅｔｈｅｒ」の思いから発案され、実現され、回を重ねる毎に笑顔と感動と仲間の輪が広がっている。

そして、私個人としては、今年初めてフル参加に挑戦！

「失敗してもいいから、挑戦する勇気を持て」これも会長の常套句。

タイムリミットぎりぎりでどうにかゴール！　仲間たちと喜びを共有することができた。

三年前、尻込みする自分の不甲斐なさを会長から厳しく叱責され、やっと始めたトライアスロン。毎年この大会に出るたびに初心に帰ることができる。

「何事も、挑戦しなければ、成果は生まれてこない」まさに感謝の極みである。

本川会長の後任社長は、正直大変である。

しかし、「Ｈａｐｐｙ Ｔｏｇｅｔｈｅｒ」の理念を継承できることは実に幸せなこと。

これからも走り続け、挑戦し続け、幸せの輪を広げていきたいと強く思う。

備えあれども憂いあり　《六十二歳～六十六歳》

還暦を迎えた年から毎年、恭平は「七十五歳への道」と銘打った工程表を作成していた。六十五歳で社長を退任したように、七十五歳で代表権を返上して次世代へバトンタッチするための仕様書だった。

工程表の縦軸にはその年から七十五歳を迎える二〇二二年までの年号を記し、横軸には恭平を筆頭とする幹部社員二十余名の名前が記載されていた。

名前の欄には年毎の年齢と、予測される役職を年毎に修正しては書き直していた。

還暦の翌々年、その末席に恭平の長男・本川謙祐の名前が追記された。

謙祐は恭平譲りの勉強嫌いで、東京の私大を二年で中退して調理師専門学校に入り直し、東京のホテルでフレンチ部門に勤務した後、イタリアンレストランに転職した。

常々、「三十歳になるまでにはイタリアに行って修業したい」と話していた謙祐から電話があり、「大切な話がある」と言うので、てっきり渡航のための資金援助の依頼だと見当をつけたが、的外れな勘違いだった。

「結婚したい女性がいるので、会って欲しい」

不意を突かれて驚きながらも、相手は誰かと問い質して、さらに驚いた。

お相手の菊浦志緒里は、広島で進学校として名高い女子校から叡智大学の外国語学部に進み、今は外資系投資銀行で部長職を務める才媛だと言う。

妻の淳子を伴って上京し、初めて菊浦志緒里に会った恭平は真顔で告げた。

「ご存知だと思いますが、私は食品製造を生業としています。生ものを扱うだけに簡単には返品には応じられませんが、それでもよろしいのですか？」

返ってきた答えは真剣そのもので、微かに怒声を含んでいた。

「どうしてご子息を、そのように仰るのですか。謙祐さんは素直で立派な方です！」

恭平は相好を崩して笑いながら謝ったが、ひとしきり志緒里の表情に笑みはなかった。

そんな二人が結婚式を挙げて数年後、東京生活にピリオドを打ち帰郷し、謙祐はダイナーウイングに入社して商品開発部に配属された。

恭平の娘・祥代と颯一郎の長男・太陽は小さな頃から利発で根気強い子供だった。

幼稚園からサッカーを始めると片時もボールを離さず、家の中でもリフティングやキックを続け、叱っても止めようとはしない太陽を恭平は微笑ましく頼もしく眺めていた。中学受験では広島を代表する二つの私学に合格したが、東大への進学率が高い中学は雰囲気が合わないと袖にして、自由度の高い中学を選び、クラブチームでのサッカーを続ける頃には、ボール扱いだけは恭平の高校時代よりも図抜けていた。

太陽の妹・真奈は、実に感性の豊かな女の子で、幼稚園にも入らぬ幼少時、海に沈む夕陽を眺めては、「あぁ、幸せ!」などと大人じみた台詞を吐き、恭平を驚喜させた。

共に自慢の孫だったが、二人は一緒にいると、兄は六つも年の離れた妹にちょっかいを出し、妹は全てを兄と対等に競り合おうとして、口喧嘩が絶えなかった。

相次いで両親を亡くしたことは寂しかったが、天寿を全うしたのだと諦めはついた。

二人の子供は共に伴侶を得て帰郷しており、孫たちもそれぞれ順調に成長していた。

社長の座を中田颯一郎に譲った社業は、懸念と安堵が交錯しつつも着実に伸長していた。

地域においては、商工会議所会頭や地域FM局の社長に就任するなど、身の丈に合わぬ重責を担いながらも、想定外の展開に感謝の念を忘れることはなかった。

*

その一方、相変わらず恭平は「好事魔多し」の呪縛から逃れないでいた。

そして、口惜しいことに現実は想像を絶して、途方もなく無慈悲で残酷だった。


【中田颯一郎「お別れの会」における、実行委員長としての挨拶】

本日は、ダイナーウイング株式会社代表取締役社長、中田颯一郎「お別れの会」をご案内いたしましたところ、このように多くの皆様にご臨席を賜り、誠にありがとうございます。

故中田颯一郎に代わり、また社員一同を代表して、衷心よりお礼申し上げます。

中田颯一郎は、弊社社長であると同時に、私にとって娘婿でもあります。時に、颯一郎と呼ばせていただく非礼をご寛容ください。


中田颯一郎は、満四十二歳の誕生日を三週間後に控えた十月十一日深夜、くも膜下出血のため、急逝いたしました。

当日の夕方遅くまで、彼は広島工場において一人でサニテーションに励んでおりました。

「日本一清掃の行き届いた会社にする！」数日前、高らかに宣言した彼に、

「どのように立派な施策も自ら率先垂範しなければ、単なるお題目に終わる」

そう説諭したことへの、彼なりのリアクションだと思います。

斯様に颯一郎は、私とは違い素直で、超がつくほど生真面目で、実に不器用な男でした。

そして颯一郎は、私と同様、気が小さいくせに目立ちたがり屋で、とんでもないお調子者でもありました。


本日、ダイナーウイング株式会社社葬として、中田颯一郎「お別れの会」を挙行するに際し、分不相応でも好いから彼が喜ぶように思いっ切り目立たせてやろう！　と考えました。

和気藹々とした会にして、ご臨席いただいた全ての皆様に、颯一郎をご理解いただき、末永く記憶に留めていただける、そんな会になればと願っております。

会に先立ち、つい先ほど逝去後二度目の臨時取締役会を開催し、今後の経営体制について決定いたしましたので、まずもってご報告申し上げます。

中田颯一郎社長亡き後、暫くは私が会長兼社長として弔い合戦の陣頭指揮を執り、河本敦史が副社長に就任します。

しかし、その就任は明日からで、飽くまでも本日までは中田颯一郎が弊社の社長です。

どうか、祭壇の中田颯一郎に呼び掛ける際は、「社長！」と声を掛けてやってください。

目を瞑って颯一郎を想うと、申し訳ないことに叱責のシーンばかりが浮かんできます。

弊社に入社してから社長になるまでの十年間、公私あらゆる場面で、数えきれないほど彼を叱って参りました。時には見かねた同僚が、「中田さんばかりでなく自分たちを叱ってくれ」と直訴してきたことさえあります。

しかし、妻である娘にこっそり様子を聴くと、「今日もお義父さんに叱られた」得々として報告し、時には叱られたことを喜んでさえいたということでした。

けれども昨年五月、社長の座を譲ってからは以前のように叱ることは止め、私の方から積極的に話を聴くように努めて参りました。

颯一郎が急逝して一週間が経った頃、娘が彼の手帳を見せてくれました。

そこには彼らしい独特な字体で、私が伝えた文言が、几帳面に書き込まれておりました。

そのうちの一つだけ、〈社長の条件〉とタイトルのついた一文をご紹介させてください。

一、社内で、誰よりも大胆で、誰よりも臆病であれ。

一、社内で、誰よりも遠い将来を考え、誰よりも今を大切に行動せよ。

一、社内で、誰よりも腹の据わった、楽観主義者たれ。

社長に指名した直後に彼を呼び、私の考える三つの〈社長の条件〉を説きながら、「ここで言う『誰よりも』と言うのは、もちろん私も含むのだが……何か既に私を超えていると思うか？」

そう問い掛けたところ、彼は唇を噛み締め、緊張した面持ちで、

「今は全てに敵いませんが、将来は一つでも超えるよう努力します！」と答えました。

「解っていないなぁ。今、私が全てにおいて優れているなら、あなたに社長を譲ったりしない。行動力において、なかんずく持久力において、若いあなたたち幹部に後れを取り始めたと感じたから、私は社長を譲るんだ。もっと、自分に自信を持て！」

その言葉を聞いた瞬間、彼は目を輝かせ、先程とは打って変わって得意気な表情になったのを見て、改めて私は感じたものでした。

（ああ、やっぱり、迂闊に誉められないな！）

とは申せ、ここ数カ月間の成長は著しく、叱り続けた甲斐があった……社長に抜擢して良かった……そう安堵し始めた矢先の急逝だけに、残念で、無念で、悔しくて堪りません。

（もっともっと、誉めてやれば良かった！）

（代われるものなら、代わってやりたい！）

あれ以来、ずっと、そう思い続けています。

今、こうして「お別れの会」を挙行している最中も、我が社の三つの工場では、千数百

名の仲間が弁当、おにぎり、惣菜、サンドイッチ、スイーツの製造に従事しています。

そして、それぞれの工場でも遺影を飾り、多くの仲間が花を手向けてくれています。

こんなに多くの方々に愛され、こんなに多くの方々からお別れのメッセージをもらうことのできる颯一郎は、ある意味、幸せ者であると考えます。

どうか志半ばで逝ってしまった、中田颯一郎の大きな笑顔を忘れないでやってください。

そして、皆様一人一人がお幸せになっていただき、皆様の大きな笑顔を、中田颯一郎に届けてやってください。

本日ご列席いただいた皆様に、重ねて感謝申し上げますとともに、皆様のご健勝を心からお祈り申し上げます。本日は、誠にありがとうございました。

〈平成二十五年十月二十五日〉

＊

通夜の席での喪主の挨拶に際し、恭平は娘の祥代に、

「代わって挨拶しようか」と声を掛け、

「大丈夫、私がする！」間髪を入れず断られた。

落ち着いて淡々と語る祥代の挨拶は、喪った故人への想いと遺された子供たちへの愛情、そして参列者への感謝に溢れていた。帰路に就く多くの参列者から、

「お嬢さんの挨拶に感動しました」「次期社長は、娘さんで決まりですね」

などの賛辞を得た。

しかし恭平は、祥代が気丈に振る舞えば振る舞う程に、その喪失感の大きさを思案して不憫さが募り、娘と二人の孫を絶対に守り抜こうと奥歯を噛み締め、流す涙は止まらなかった。

経営は、不易流行　《六十六歳～六十七歳》

東京に出た娘や息子が、それぞれに伴侶や孫を連れて帰郷し、四世代のファミリーが顔を揃え、父親が興した会社に娘婿や息子が相次いで入社したのも束の間。

矢継ぎ早な両親の他界と、予想だにせぬ娘婿の急逝に、恭平は無常観に苛まれた。

一旦は社長の座を中田颯一郎に譲ったものの、再び会長兼社長として復帰した恭平は、改めて自らの社長としての足跡を振り返り、その脆弱な経営手腕に大きな溜息を吐いた。

漆黒の闇の中を一目散に走り続け、東の空が白々と明るみ始める頃、息を弾ませて振り返れば、茫々たる断崖絶壁に架かる一本の長い丸太橋が風に揺れて在った。

一歩足を踏み外せば奈落の底とはつゆ知らず、知らぬが仏の強運と果報に恵まれ、一条の光明とも言うべき丸太橋を恐れも知らず駆け抜けて、恭平の今日が在る。

（ツキだけに頼った私には、後進に承継すべき経営ノウハウが無い！）

三十六歳での社長就任時の売上三億円弱は、三十年間の悪戦苦闘の荒波を越え、幸いにも五十倍ほどに伸長していた。

それは多分に、パートナー企業であるエンゼルスの出店拡大と施策によるもので、失敗ばかりの「経験」と、根拠のない「勘」と、蛮勇じみた「度胸」で猪突猛進した一代限りのマグレ当たりに過ぎず、福運頼みを次世代にも望むのは酷であると痛感していた。


恭平が舵取りしてきた時代は、エンゼルスをはじめとするコンビニエンス・ストアの勃興期で、幸いにして身の程知らずの挑戦も多少の失敗も、売上拡大で許容された。

しかし、コンビニエンス・ストアが成熟期に入り、売上の増加と共に従業員数も千数百人を超えたダイナーウイングは、経験と勘と度胸だけの旧態依然とした経営から、堅実で安定した経営への脱皮が求められている。

（河本敦史をはじめとする社員たちを本物の経営者に育てる器量は、自分には無い！）

そう考えるに至った恭平は、大手町物産の松本良二部長を訪ね、思いの丈を訴えた。

「私は常々、会社経営とは『不易流行』であると考えてきました。世の中には、永遠に変わらぬ本質的な不易と、時代とともに変化を重ねる流行とがあり、不易の中に流行を取り入れていくことこそが、永劫に変わらぬ経営の本質だと考えてきました」

「成程！　それはエンゼルスのスローガンである、『変化への対応と基本の徹底』に相通ずる考え方ですね」

「そうですが、恥ずかしいほど不勉強な私は、勘だけに頼って流行を読むものの、普遍的なもの、本質的なものを殆ど知らないのです。斯様に無知蒙昧な私は、次代を担う経営者を育てる資質に欠けているのです」

「そんなことはないでしょう。本川さんは見事に会社経営をしてこられたし、若い社員も立派に育てておられますよ」

「それは偏にエンゼルスや大手町物産の皆様のお陰です。私は皆さんのお知恵を拝借して、その場凌ぎと帳尻合わせだけで今日までやってきたのです。社員に対しても、概念を説くばかりで、具体的な指導は何もできてはいません」

「いえいえ、亡くなった颯一郎さんも、河本さんも、息子さんも、他の若い社員さんも、皆さん本川イズムを踏襲されていますよ」

「そう言っていただけるのは有り難いのですが、次世代を担う彼らには、私とは違う正統な経営者に成長して欲しいのです。そのためには、私に代わる指導者が必要なのです」

「仰る趣旨はよく解りました。それで、私どもは何をすれば良いのでしょう」

「御社との提携で、我が社は幾多の良質な刺激を受けてきました。エンゼルスとのビジネスしか知らぬ若手経営者が井の中の蛙となることなく、『経営革新の姿勢』を学び、『モノづくりの真髄』を学ぶべく、大手食品メーカーとの提携の仲立ちをお願いしたいのです」

「う〜ん。確かに我々にはモノづくりのノウハウはありませんからね」

「加えて『冷凍技術の本流』をも学びたいと願っています。我が社は常温商品からスタートして、サンドイッチをチルド化するに際して、惣菜やスイーツなどのチルド商品にカテゴリーを拡大してきました。そして、これからはフローズンに挑戦したいのです」

「それで、どんなフローズン商品を考えているのですか？」

「お好み焼きです。美味しい広島風のお好み焼きを、全国のエンゼルスの店にお届けしたいのです。広島の食文化を、全国に発信する！　これは私の積年の夢でもあるのです」

どれもが唐突で身勝手な申し出だったが、松本部長は頷きながら熱心に耳を傾け、全力で対応することを約束してくれた。

二カ月後、松本部長から電話があった。

「本川さん、ベスト・パートナーが見つかりました！　先方も大変乗り気です！　近いうちに上京される予定はありますか?」

「ありがとうございます! 予定がなくても上京しますよ! ところで、お相手は?」

「ジャパフロフーズです」

「ほう、ジャパフロさんですか!」

「ご存知でしょ?」

「もちろん! 名前はよく知っていますが、お付き合いは殆どありません」

電話を切った恭平は、早速ネットでジャパフロフーズを検索し、池上泰宏社長が唱えるモットーを知るに及んで、「この提携は、きっと上手くいく!」との確信を得た。

「『ハミダス』(とらわれず、明るく)」

ジャパフロフーズのモットーは、「はみ出し者」を自認する恭平にはピッタリだった。


一週間後、恭平は上京して松本部長の待つ大手町物産を訪れた。

「今日は顔合わせということで、食事をしながら話し合いましょう。ジャパフロフーズからは執行役員の事業部長と営業部長のお二人が出席されます」

「何から何まで、ありがとうございます。またまた根拠のない勘と自信ですが、この提携は、きっと上手くいくと思います」

特別の気負いも緊張もなく、松本部長と共に中華料理店の個室を訪れた恭平は、そこに待つ若い女性に首をひねった。

（あれ、参加者が一人増えたのかな……）

名刺交換した恭平は、思わず息を止めた。

名刺には広域事業部営業部長・逢沢理都子と記され、彼女こそが参加予定の部長だった。

（あぁ、ハミダスって、こういうことか！）

恭平は不明を恥じながらも、勘違いした自分を免罪して微笑んだ。

直後に中畑雅彦事業部長の人懐っこい笑顔に会った瞬間、恭平は相性の良さを直感し、モットーである『ハミダス』への共鳴を告げた。

「実は、私も『Ｈａｐｐｙ　Ｔｏｇｅｔｈｅｒ』のスローガンを御社のホームページで拝見してから、本川会長にお会いするのが楽しみでした。弊社社長の池上も、早く会いたいと申しております」

「本当ですか、ありがとうございます。私も、早くお会いしたいです」

初対面とは思えぬ和やかな雰囲気で会食は進み、提携への機運は盛り上がった。

後日、ジャパフロフーズ本社を訪問し、池上泰宏社長の専用車に乗る機会があった。

「８３１２」のナンバープレートに目を留めた恭平は、首を捻って黙考した。

「83」は、「ハミ」で間違いないだろうが、「12」は何故、「ダス」なのだろう?

腕組みして天を仰いだ恭平は、ギブアップして池上社長に謎解きのヒントを求めた。

「線を一本足してみてください」言われた途端に、恭平は舌打ちしてガッテンした。

「『ダス』を『ダース』にすれば、『12』になるんですね!」

恭平は池上社長のウイットに脱帽し、池上社長は恭平の感受性を称賛した。


松本部長の仲立ちによりスタートした業務・資本提携は、エンゼルスからの強力な後押しを得て、次世代の経営者である河本敦史副社長や取締役に就任していた本川謙祐が中心になって進められた。

若い彼らにとって、デューデリジェンス(DD)の実施をはじめとする交渉そのものが組織経営を学ぶ格好の機会となり、恭平自身も企業人としてのあるべき姿を再認識することができた。

株式会社ジャパフロフーズからは、出資比率は拒否権の発生しない三分の一未満である三十二%に抑え、筆頭株主にならぬよう配慮願いたいとの意向を表明された。

さらに創業家で過半数を堅持すべきとの好意的な提案も受け、恭平は保有していた株の大半を長男の謙祐に譲渡し、本川謙祐が筆頭株主になった。

大手町物産の松本部長に相談を持ち掛けてから九カ月後、ダイナーウイング株式会社の臨時株主総会、取締役会に続き、株式会社ジャパフロフーズ池上泰宏社長を迎えて、募集株式引受契約書と株主間協定書の調印式が挙行された。

提携に伴い、常勤取締役として現場経験が豊富で口八丁手八丁の大林久一が専務取締役として出向し、当初から提携に関与した営業部長の逢沢理都子が非常勤取締役に就任した。加えて、若手開発部員の若宮潤一がダイナーウイングに出向することが決まった。

池上社長は言うに及ばず、ＤＤの調査担当者や出向者の誰もが提携を成功させることに前向きで、明るく闊達なジャパフロフーズの社風に恭平は人心地ついた。

改めて松本部長の仲介の妙に感心、感謝すると共に、その労に報いるため必ず提携を成功させようと決意を新たにした。

業務提携直後、日本惣菜食品協同組合に加入する七十余名の社長がエンゼルス本社に召集され、紀藤文俊会長から「モノづくり」の根幹にある理念の欠如を指摘する檄が飛んだ。

「どんなに良い商品が並んでいても、偶々手にした商品が期待を裏切るものであったら、お客様には二度とその商品を買ってはいただけない。だからこそ、一品たりとも悪品をお店に並べてはいけない。メーカーの社長たる者、もっと真剣に商品と向き合うべきだ！」

毎々のことだが、八十歳を超えたとは思えぬ鬼気溢れる迫力に誰もが気圧されていた。その執念のすさまじさを目の当たりにし、恭平は改めて「為すべきことを百パーセント成した者だけが、信頼と利益を得ることができる」との信条を肝に銘じた。

緊迫した緊急社長会が閉会し帰路に就こうとした恭平は、エンゼルスの酒井和隆社長から先刻とは打って変わった笑顔で声を掛けられた。

「本川さん、このたびはジャパフロフーズとの提携、おめでとうございます。両社の開発力を結集して商品化される、冷凍の広島風お好み焼きに期待していますよ！」

常に新しさを追い求め、一品たりとも蔑ろにできない使命感に、恭平の表情は強張った。

酒井社長は恭平より十歳若かったが、何故か波長が合い、不思議な縁を感じていた。遡ること四半世紀、ダイナーウイングの社名が「ひろしま食品」だった頃、広島地区のMDは加藤、内山の精鋭に続く三代目、岸本MDに代わっていた。

新興企業として躍進著しいこの時代、三人揃って中途入社だったが、岸本MDは転身組には珍しく保守的な思想の持ち主だった。当然の成り行きとして、革新を通り越して暴走気味の恭平はもちろん、瀬戸内フーズの中田社長とも衝突を繰り返していた。

僭越であることは百も承知しながら、恭平は商品政策の在り方を切々と説いたが、失敗を極端に恐れる岸本ＭＤが首を縦に振ることは少なく、地区店舗の売上は鈍化し続けた。

業を煮やした恭平は、初代広島地区ＭＤだった加藤食品部長に現状打破を直訴した。

「それで、本川さんは、どうして欲しいの……」

「申し上げにくいのですが、ＭＤの交代が最善の策と考えます」

「取引先に人事権なんて無いんだけど、例えば誰が良いの……」

「現在、私がリーダーを務めている調理パン担当ＭＤの酒井さんなら文句無しです！」

「ほ～っ、酒井ＭＤね。どうして酒井ＭＤなの？」

「三便制の実現に積極果敢に取り組まれたように、挑戦する気概が在るからです」

「成程ね。でも、理由は言えないけど、酒井ＭＤは無理だよ」

エンゼルスがハワイ州の五十八店舗を買収し、現地責任者として酒井ＭＤを派遣することが発表されたのは、その直後だった。

それから十年を経て、恭平がハワイ島コナに傾倒し始めた頃、ハワイで大人気の「スパムむすび」を模した商品を提案して、当時の地区ＭＤに却下された。

「如何にハワイで人気があっても、広島に馴染みのない商品が売れるはずがない！」

「地区特性を追求することも大事だが、新規性のある商品開発も必要だ！」

噛み合わぬ双方の意見に裁定を求めた相手は、ハワイから帰国し、食品部長に昇進していた酒井部長だった。

「おっ、好いねぇ、スパムむすび！　だけど、スパムって固有名詞だし缶詰だから、法律や作業性に問題が在るんじゃないの？」

「その通りです。だから、ハワイとの気候の違いに合わせて塩味を加減し、長円の形態も日本で馴染みの深い丸型に変えたものを、既にプラザハムに試作依頼しています」

「それなら大丈夫だね。私もスパムむすびは大好きだから、ヒットして欲しいな」

「はい、必ずヒットさせてみせます」

酒井部長の期待に応え、スパムむすびを模した「照り焼きソーセージむすび」は、微妙に味の改善を加えながら、今に続くロングセラーに育っている。

親思う心に勝る親心　《七十歳〜七十一歳》

ジャパフロフーズとの業務提携から半年を経た晩秋、紅葉銀行の太田浩司常務から面会を求める電話があった。太田常務は、ダイナーウイングが兵庫工場から撤退する際の救世主的アドバイザー、河原淳常務の後任だった。

「何事ですか？」問い返す恭平に対し、

「折り入っての頼みがあるんです」と答えられ、

「銀行から頼まれ事なんて気味が悪いから、今すぐ教えてください」と懇望しても、

「会ってから、お話しします」の一点張りだった。

軽い危惧を覚えたのは全くの杞憂に過ぎず、面会案件は千載一遇の朗報だった。

広島に本社を置く中堅食品スーパー「マインズ」は、経営破綻した九州の食品スーパーを買収するなど多店舗化を推進したのが裏目に出て、窮地に立たされていた。

その窮状を救うため紅葉銀行常務の河原淳が、専務として派遣された。

しかし、河原専務の奮闘も空しく、マインズは年商一兆円達成を目指しM&Aを重ねる地場大手スーパー「スプリング」の連結子会社になった。

その責任を一身に負い河原専務は退職を決意し、熱心な慰留をも振り切って退職した。

慌てたのは紅葉銀行で、常務まで務めた逸材を失職させる訳にはいかないと、太田常務が再就職先を斡旋すべく面談に及んだ。

「何処か、希望される会社はありますか？」元上司でもある河原淳に尋ねたところ、

「ダイナーウイングの本川さんにお願いしてもらえないか……」意外な名前が浮上した。

太田常務にとっては意外な指名も、恭平にとっては望外な指名だった。

「願ってもないことです。我が社で良ければ、是非ともご入社いただきたい！」

恭平は即断！　即決！　即答！　した。

数年ぶりに再会した河原淳は相変わらずダンディーな紳士で、大学時代にグリークラブで鍛えた低音での悠揚迫らぬ語り口は、恭平に無い落ち着きと大人の風格が感じられた。

「このたびは我が社をご指名いただき、誠に光栄です。是非ともご入社いただき、存分に辣腕を奮ってください。現在は私が社長を兼務していますが、来年五月の株主総会において、河本敦史を社長に昇格させますので、副社長として彼を助けてやってください」

「いやいや、いきなり副社長だなんてとんでもない。経理のお手伝いでもさせていただければ充分です」

「何を言っておられるのですか。そんな勿体ないことできませんよ。勝手を申し上げますが、来月の一日から出勤していただくことは可能でしょうか？　十二月はクリスマスケーキやおせち料理など一年で最も忙しい時期なので、それを体験していただきたいのです」

「もちろん、大丈夫です。銀行時代とは違い、食品スーパーを経験していますので、土曜日曜でも出勤させていただきます」

「ありがとうございます。きっと、マインズでの経験は活かされると思います」

管理本部長として入社後の仕事ぶりは目を見張るものがあり、「数字より筋」を標榜する恭平とは真逆の、「数字から筋」を的確に把握した提案には、実に説得力があった。

一例を挙げれば、或るパートタイマーの女性が恭平の部屋を訪れ、「長い間お世話になりましたが、今月の誕生日で定年を迎え、本日で退社させていただきます」と挨拶を受けた。

「定年って、何歳になられたんですか？」

「お陰様で、会長と同じ七十歳になりました」

「えっ、私と同い年ですか！　まだまだお元気じゃないですか」

「ええ、本当はこれからも働きたいんですが」

「……」

以前の恭平ならば、即決で定年を延ばしてでも引き留めるところだったが、ぐっと我慢をして軽率な発言を慎み、その経緯を河原本部長に伝えた。

翌朝、Ａ４の用紙二枚に数字が並んだ資料を手に、本部長からの説明を受けた。

一枚目には各工場の今後三年間で定年を迎えるパートタイマーの名前と員数が列記され、三年以内に百名弱の七十歳定年退職者が出ることに改めて驚かされた。

もう一枚には過去三年間の労災事故発生者が年代別に分類され、六十五歳以上の高齢者の比率が案外に低いことを知った。

この数値に基づき、簡単な体力測定を実施して雇用を二年延長することが決まった。

結論は同じだが、数的な裏付けによって遂行力に雲泥の差が生じることを教えられた。

翌年五月の株主総会において、河本敦史を代表取締役社長に、河原淳を取締役副社長に昇格する案に異議はなく、二人の活躍のお陰で恭平は手持無沙汰に陥るほどだった。


頼れる河原淳を副社長に迎えたことで、恭平は積年の課題に取り組む覚悟を決めた。

それは、念願の冷凍お好み焼きを生産するための新工場建設であり、息子である常務の本川謙祐を本物の経営者に育成することだった。

調理人としての腕はともかく、入社後も専ら商品開発の仕事を担当してきた謙祐をステップアップさせる王道であると同時に近道は、新工場建設の責任者にすることだった。

恭平自身が体験し、河本社長が経験してきたキャリアを習得させるため、謙祐を河原副社長指揮下の管理本部副本部長に就任させると共に、新工場建設準備室長を命じた。

既に謙祐も恭平が初の自社工場を建設した年になっていたが、当時に比べれば会社の規模は質量ともに大きく伸長し、スタッフも拡充されてサポート体制は整っていた。

しかし、条件に恵まれているが故の新たな難しさも出現していた。

その一つは、他ならぬ父親によるプレッシャーだろうと考えた恭平は、どんなに歯痒さを感じても、決して工場建設に口を挟まないことを自らに課した。

その難行を決意させ、可能にしたのが、河本社長と河原副社長の存在だった。

工場運営や計数管理の経験も知識も持たぬ常務だったが、二人のアドバイスに素直に耳を傾け、行きつ戻りつしながら新工場は徐々にその姿を顕にした。

恭平は時折り工事現場を訪れ、常務から工事の進捗状況の報告を受け、河本社長や河原副社長からは謙祐常務の奮闘ぶりを聴いて胸を撫で下ろしていた。

工場が竣工する直前の六月末から七月上旬にかけ、西日本一帯に降り続いた未曽有の集中豪雨は甚大な被害をもたらした。既存工場が在る甘宮市や錦帯橋市は被害を免れたが、新工場が建設された西条市においては高速道路、一般道、ＪＲなどの交通網が長期間に亘ってストップした。

この影響を受け、七月十一日に予定していた西条工場竣工祝賀会は急遽中止され、工場稼働も一カ月延期となった。

＊

こうした状況の下、恭平は熱いメッセージを書き綴り、竣工披露の挨拶に代えた。

【西条工場竣工祝賀会に代えて送付した「挨拶状」】

私どもダイナーウイング株式会社は、昭和六十三年、初の自社工場を甘宮市に竣工以来、錦帯橋工場、広島工場、デザート工場と矢継ぎ早に十五年間で四つの工場を建設。

そして十六年振りに竣工の西条工場は、当社にとって新たな時代の幕開けです。

これまで四回の竣工に際し、毎々私は駄弁を弄し駄文を綴って御挨拶して参りました。

しかし今回は、工場立地の選定に始まり、設計、建築、機械の選考から人事異動に至るまで、全てを河本敦史社長と本川謙祐常務に任せて参りました。

そして、資金面は河原淳副社長に全面的に委ね、私は敢えて静観を決め込みました。

従って、竣工の挨拶文も私などの出る幕ではないのですが、河本社長から「いやいや、会長にとって、これが最後の竣工の挨拶ですから…」と押し付けられてしまいました。

老兵に花道を飾らせようとする後進の思い遣りに、嬉しさと寂しさを交錯させつつ引き受けたものの、妙な居心地の悪さと申し訳無さを感じております。

ま、彼らには今後もっともっと大きな舞台が待っていると割り切って、施主を代表してご挨拶させていただきます。

先ずは、今回の新工場建設を快くご承認いただき、新たなる挑戦へのチャンスをご提供いただきました株式会社エンゼルス様に厚くお礼申し上げます。

斯くなる上は老若男女を問わず総力を結集し、さらに美味しく、さらに安全で、さらに新しい商品を開発製造し、中国地区は言うに及ばず、二万店を超える全国のお店の活性化に寄与することをお約束申し上げます。

そのために近年中に、ジャパフロフーズと総力を結集し、絶品の「広島風お好み焼き」を冷凍商品として全国のお店にお届けして参る所存です。

次に工場建設に際し、卓越した先見性で設計いただいた食品施設研究所様、厳しい予算と限られた工期の中で施工いただいた大和建設工業様、近電工様、旭工業様、オガルノ社様をはじめ、最新鋭の機械設備を納入いただいた各社の皆様にお礼申し上げます。

ご承知の通り建物も設備も機械も、その機能を発揮するのは生産が始まるこれからです。今後とも末永く、最高のメンテナンス・サービスを、適正な価格でお願い申し上げます。

また、そろそろ疲れの見える私はさて置き、若い経営陣の将来に期待して、多額のご融資を賜りました、紅葉銀行、芸備銀行、長州銀行、カープ信用金庫の地元金融機関各位に、衷心より感謝申し上げます。

願わくは今後とも、メガバンクが脱帽し尻尾を巻いて逃げ出すような低金利でのご支援をお願い申し上げます。

そして永年に亘り弊社の業務推進に、あらゆる角度からご協力賜っております、お取引先各社様には、これまでの絶大なるご支援ご協力に対し、改めて心よりお礼申し上げます。

新工場の落成を機に、これまで以上に結束を深め、さらに躍進すべく切磋琢磨して参りましょう。本当にありがとうございました。今後ともよろしくお願い申し上げます。

ご存知のように、私どもダイナーウイングのコーポレート・スローガンは、「Ｈａｐｐｙ　Ｔｏｇｅｔｈｅｒ」です。一見、何でもない、ありふれたフレーズですが、その意図するところは実に遠大です。

この遠大な「Ｈａｐｐｙ　Ｔｏｇｅｔｈｅｒ」を実現するため、私たちにできる唯一最良の手段は、「価値ある商品づくり」に他なりません。そのため、私は社長就任以来三十五年間変わることなく、次の三つの企業ポリシーを掲げております。

一、私たちが目指すのは、ぶっちぎりの「美味しさ創造企業」です。

二、私たちは進取の精神に溢れた、誇りある「ローカル企業」です。

三、私たちは今も、これからも、何時だって「発展途上企業」です。

この三つのポリシーこそが、将来とも変わらぬ、ダイナーウイングのDNAです。

もう一つ。熱く語り始めると、止まらなくなるのも我が社のDNAかも知れません。

これらのDNAは、私の後を託した河本敦史社長はもちろん、このたび東広島工場長に就任した愚息本川謙祐常務をはじめとする役員、社員、パートさんにも、間違いなく受け継がれていると確信しています。

とは言え、まだまだ発展途上である私どもに対し、今後とも厳しくも思い遣りに満ちたご指導ご鞭撻を賜りますようお願い申し上げ、言葉は足りませんがお礼とお詫びとお願いのご挨拶とさせていただきます。

追伸　竣工祝賀式に代え、水害に遭われた西条市に義捐金を寄付させていただきました。

＊

工場は竣工したが、肝心の人材確保は、集中豪雨の煽りも受けて予想以上に難航した。

期待していた近隣に点在する大学生のアルバイトは、ほぼ百パーセント外国人留学生で、ダイナーウイング西条工場は一気に多国籍企業と化した。

しかし留学生たちの能力と意識は高く、誰もがこの地を選んだことを得心した。

人材確保をはじめとして謙祐常務は慣れぬ工場長の責務に悪戦苦闘し、時には河本社長から厳しい叱責を受け唇を噛んでいた。

ここでも恭平は知らぬ顔の半兵衛を決め込み、一切の口出しを控えた。

親バカの極みと自らを笑うしかないが、自らに降り懸る艱難辛苦には然程の痛苦も覚えず対処できても、我が子が苦悩する姿を見るのは耐え難く辛いものだった。

一年後、常務が西条工場長から商品本部長に異動になった際に、恭平は工場長としての反省点を提出するよう求めた。

A４一枚にビッシリ列挙された反省点は案外に的を射ており、恭平は破顔一笑した。

「常務、安心したよ。お前の感性は、決して鈍くはない。問題は、唯一つ。順番が逆だ。事後に反省点として挙げた課題の全てを、事前に想定して臨む習慣を身に付けろ！」

親バカと笑われても、恭平は本川謙祐に期待している。それは河本敦史をはじめとする社員に期待するのと多少異質であるのは、所詮親子だから仕方ないと観念していた。

一事が万事、一人が万人　《七十一歳〜七十二歳》

平成二十九年秋、ハワイ州&広島県友好提携二十周年の記念式典が広島市内のホテルで開催された。

県の担当者から「ぜひ、ご出席を！」との要請を受けて出席した恭平だったが、国会議員や知事の居並ぶメインテーブルに案内され、恐縮しながら鎮座していた。

会が進み、ハワイ州と広島県の友好提携に貢献した広島側の個人三名と一団体に対し、ハワイ州選出の上院議員と下院議員の連名による表彰が予告された。

こうした両院議員による表彰は稀有な表彰であることが紹介され、ホノルル広島県人会会長のウエイン・ミヤオが最初に湯川英彦知事、続いて森正夫県会議長の名を読み上げた。

祝福の拍手を続けていた恭平だったが、三人目の名前を聞いた途端、その手が止まった。

「甘宮商工会議所会頭、ホンカワキョウヘイさん」

この年で十一回開催の「みやじまトライアスロン大会」、相互に数回の交流を重ねた「神楽&フラ公演」、毎年の「コナ・コーヒー・フェスティバル」でのコンサート開催とお好み焼きの実演販売、そして収益金のドネーションなどの継続が評価されての表彰だった。

因みに団体表彰は、二年連続セリーグ優勝のご褒美にハワイ旅行プレゼントを続ける、広島東洋カープだった。

高校時代の県総体ポスター入選以来五十数年振りの表彰状授与に雀躍して、妻の淳子にサプライズの仔細をメールすると短い返信があった。

「どんな勲章よりも嬉しい！」

　翌年早々に、甘宮商工会議所の奥山専務理事から打診があった。

「今年の秋の叙勲に、本川会頭に受章の意思があれば申請するよう案内が来ています」

「どこからの案内だい？」

「経済産業省からです」

「へ～、叙勲って、市役所が推薦するんじゃないの！」

　これまでに恭平は、何人かの先輩諸兄の叙勲祝賀会に出席し、菊の紋章の入ったお盆や朱肉ケース、時計などをもらっていたが、漠然と市役所の推薦だろうと思っていた。

　山上五郎市長を後継した甘宮市の古野和浩市長は、当選を重ねるに従い唯我独尊的な市政運営が目立ち、恭平はお節介な諫言を繰り返しては疎んじられていた。

　反市長の対立候補が三名も立候補し票が割れたお陰か、総投票数の三分の一にも満たぬ僅差の得票で古野市長が三選を果たした直後、「三選を祝う会」の案内状が届き、恭平は欠席に丸印を付けて投函した。

　発起人からの電話で、「会頭が欠席では、示しがつかぬから……」と哀願され、

「出席しても挨拶はしない！」ことを条件に、二十名程の小宴に出席した恭平だったが、

市長の隣に座らせられ、いきなり冒頭の挨拶を求められ、重い腰を上げた。

「この会は、祝賀会というよりも叱咤激励の会であるべきと愚考します。従って、本音で諫言を呈すことをご寛容ください。最近の市役所は風通しが悪い。市長はイエスマンしか登用しない。そんな声をよく耳にします。噂だけでなく私自身もそう感じています」

「辛うじて三選を果たされた古野市長に、日頃から私が肝に銘じている言葉を贈ります。『権力は腐敗する。絶対的権力は、絶対に腐敗する』この戒めを胸に刻み、これからの四年間、健康に留意され、市民のための行政を全うしていただきたい」

市長の正面に座った商工会議所の長老、織田運送の織田会長がテーブルを叩いて叫んだ。

「本川会頭、よう言うた！　えぇか、古野市長！　謙虚になれ言うことで！　人間、謙虚さを無くしたらお終いじゃ！」

散会後、多くの参会者から恭平は声を掛けられた。

「祝賀会が一瞬にして通夜のようになったが、全員が拍手喝采の気持ちだった」

そんな塩梅で古野市長と折り合いの悪い恭平には、叙勲など全く縁のない話だと勝手に決めつけていたのだった。

しかし、折角推薦されたのなら平成最後の叙勲を受け、皇居への参内と天皇陛下に拝謁の誉れを妻にプレゼントしたいと考え、恭平は受章を受ける意思を伝えた。

併せて型通りの祝賀会は固辞し、自らが感謝会を主催するプランを目論見始めていた。

＊

【旭日小綬章受章記念「感謝会」への案内状】


謹啓　初春の候、ご健勝にてお過ごしのこととお慶び申し上げます。

さて、私事ながら昨年秋の叙勲において「旭日小綬章」を拝受いたしました。

十一月十二日には、妻を伴い上京して伝達式に臨み、皇居「春秋の間」に参内し天皇陛下に拝謁して参りました。

発表直後から賜りました多くの祝意に恐縮し、改めて受章の重さを認識するとともに、身に余る栄誉に恐悦至極と感じ入っております。今回の望外の受章は、これまでの人生で出会った全ての皆様から頂戴した叱咤激励の賜物と衷心より感謝申し上げます。


さてさて、この感謝の気持ちを皆様にどのようにお伝えしよう……

悩みに悩み、熟慮に熟慮を重ね、次のように愚考するに至りました。

そもそも今回の受章は、甘宮商工会議所会頭を十一年も務めてきたお陰です。

会頭を続けてこられたのは、会員企業の皆様からご支持いただいたお陰です。

ご支持を得られたのは、ダイナーウイング株式会社が存続してきたお陰です。

会社が存続発展できたのは、長年に亘る各方面からの多大なご支援のお陰です。
浅学菲才の私が代表を務められたのは、有能な社員に支えられているお陰です。
幾多の困難をも乗り越えられたのは、敬愛する友人や家族に恵まれたお陰です。
結局のところ、今回の受章は、これまでに出会った全ての皆々様のお陰です。

もし存命するなら、今回の受章を誰よりも喜んでくれたであろう父の言葉を借りれば、
「君の人生には驚かされてばかりで、全く退屈せんよ」でしょう。
「とにかく、皆様に感謝するのよ…」母はきっと、そう言うに違いありません。
そんな両親に向かい学生の頃から私は、幾度となく宣言し続けて参りました。
「ボクは、自分の人生を素晴らしい喜劇にしたい！」それを聞いた友人からは、
「貴様には、喜劇の他は演じられんサ」軽くいなされてきたものでした。
人様に笑ってもらうこと、人様に喜んでもらうことを無上の歓びとする私です。
これまでお世話になった皆様を、できる限り多くお招きしたい！
お越しいただいた皆様に、溢れんばかりの笑顔をお届けしたい！
三十年間お世話になった、この甘宮市で、感謝の気持を伝えたい！
そう願い、誠に僭越で破天荒ながら感謝会と銘打って、

「林家たい平・落語会」を開催いたします。
一人でも多くの皆様にお気軽にお越しいただき、おおいに笑っていただき、
感謝の気持の万分の一でも汲んでいただきたく、謹んでご案内申し上げます。

謹白

＊

感謝会としての落語会は、昼夜二回公演で開催された。

その冒頭の挨拶を思索していると、次から次へと思いが膨らみ、このままでは冗長に流れ収拾がつかなくなることを懸念した恭平は、草稿を巻紙に認めることを思い立った。

こうすることで話が脱線することもなく、昼夜均等に話せることに思い至った恭平は、このアイデアが殊の外気に入って、挨拶を心待ちした。


【旭日小綬章受章記念「感謝会」挨拶】

本日は独り善がりな感謝会に、北は北海道から南はハワイ島コナまで、多数ご臨席賜り誠にありがとうございます。高い所から恐縮ではございますが、心よりお礼申し上げます。

中学生の頃からでしょうか、父親が購読していた文藝春秋を手にしたら、先ず「編集後記」から読み始め、芥川賞の受賞作品が掲載されると、真っ先に「選評」を読み、次に「受

賞の言葉」を読んでから、おもむろに受賞作を読んでおりました。

三十七歳で初めての小説を書き文芸誌に応募し、幸いにも最終選考辺りまで残ったものの、「受賞の言葉」を添えて投稿したのが災いしてか、残念ながら落選いたしました。

工場建設の際も、懸命に設計図を睨みながら、竣工式の趣向に想いを馳せておりました。どうやら私は、何事によらず「本末転倒」してしまう傾向が強いようです。

斯様な私が、昨年秋の叙勲において「旭日小綬章」を拝受いたしました。

本末転倒した癖を持つ私は、今回も受章にノミネートされた時点から、どのように感謝の想いを皆様にお伝えしようかと思い悩んでおりました。

受章後、多くの友人から「貴様の人生は、本当に奇跡の連続だ！」と呆れられましたが、実にその通りで私の人生は、奇跡的なツキが積み重なって今日に至っております。

かつて錦帯橋工場竣工の際、「従来はツキに頼り過ぎていたようです。これからは、もっと積極的に、もっと確実に、ツキを掴んで参る所存です！」そう決意表明するとともに、「ツキを掴む五つの法則」なるものを披歴させていただきました。

詰まるところツキとは、人様が運んできてくれるものと愚考します。

そこで受章を機に、改めて「七十二年間のツキ、ＢＥＳＴ５」を選んでみました。

『一番目のツキ』は、広島鯉城高等学校に入学し、サッカー部に入部したことです。現役時代と浪人時代合わせて五年間で、その後の人生に大切な全てを学んだような気がします。見方を換えれば、あれ以来、殆ど成長していないのかも知れません。

『二番目のツキ』は、人より遅れて入った大学で、人より早く今の女房を娶ったことです。「幸せにできるかどうか判らないけど、絶対に退屈はさせない！」そうプロポーズした日からから今日まで、常に本音で語り続け、有言実行を信条とする私です。

『三番目のツキ』は、広告代理店を惜しまれつつ退職し、父の経営する会社の専務に就任。取引先にエンゼルスを選び、エンゼルスから選ばれたことです。

今では信じられない話ですが、地元有力メーカーから取引を断られ、万策尽きたエンゼルスが足繁く通った私に根負けして、棚ボタ式にチャンスを得たというのが真相です。

『四番目のツキ』は、初めて自社工場を建てるに際し、この甘宮市の地を選んだことです。数え切れぬ程の土地を見て回り一目惚れした土地を、売る気もなかった地主さんを拝み倒して取得して、新工場を建設したのが当時の甘宮町でした。

考えてみてください。甘宮市以外の何処の誰が、私如きを教育委員に指名し、商工会議所の会頭に選んだでしょうか。改めて甘宮市の皆様の懐の深さに敬意を表し、山上五郎前甘宮市市長と故・中沢俊夫甘宮商工会議所初代会頭に感謝申し上げます。

そして『五番目のツキ』は、本日ご来場いただいている皆様に出会ったことです。

本日ご列席いただいた皆様方との出会いは、ツキそのもの、人生そのものであり、語り尽くせぬ数多くのドラマでもあります。

皆様との出会いにより、私がどのようにツキを掴んだのか、お一人お一人についてお話し申し上げたいのですが、時間の都合で一人だけ、本日のゲストである林家たい平さんと私の「馴初め」についてお話しさせてください。


十年程前、私が会長を務める或る経済親睦団体の会費に余剰が生じたことから、

「経済評論家を呼んで講演会をしよう！」との生真面目な提案がありました。

「当たらぬ経済予測より、落語の方が心身に好い！」

不真面目な私の提案に大多数の役員が賛同し、落語家は林家たい平師匠に決定。

林家たい平師匠と初めてお会いしたのは、この会場の隣の「小ホール」控室でした。

気さくな人柄についつい調子に乗った私は、慚愧に堪えない失言をしてしまいました。

「師匠の前に、私が挨拶させていただきますが、師匠より受けたらゴメンなさい」

笑って聞き流されたのも束の間、高座に上がってから手痛いしっぺ返しを受けました。

「冬、広島と言えば、やはり牡蠣。幕が下りたら、本川会長さんから『土手鍋で一杯！』なんてお誘い受けるんでしょうね……」

これを聞いて、下戸で気の利かぬ私は大慌て。幕間に控室に駆けつけ、遅れ馳せながら「土手鍋で一杯！」とお誘い申し上げたところ、再び高座に上がった師匠から、さらなる口撃を受ける羽目になりました。

「会長さんて、一途な方ですね。先ほど、『土手鍋で一杯』のお誘いを受けましたが、今日はもう遅いから結構ですよ。でも、牡蠣って、宅配便で送れますからね」

翌日、選りすぐりの殻付き牡蠣に大吟醸を添えて宅配したところ、折り返し、牡蠣と酒のイラストの入った巻紙の丁重な礼状が届きました。

それ以来、馴染みの寿司屋「澤」で、呑兵衛と下戸が鮨をつまみ、酒と茶を酌み交わし談笑する珍妙な交流が始まりました。

一事が万事、一人が万人。こうした方々に囲まれての今回の受章は、これまで頂戴した温かいご支援ご指導の賜物と改めて感謝申し上げます。本当にありがとうございました。

これからのひと時、林家たい平師匠による古典落語「替り目」を現代風にアレンジしたオリジナル・バージョンで、絶品の話芸を存分にお楽しみいただき、お帰りの際には皆様の溢れんばかりの笑顔を拝見させてください。

サンキュー！　サンキュー・ソー・マッチ！

挑戦のみ、よく奇跡を生む　《七十一歳〜七十二歳》

毎年恒例の甘宮市新年互礼会は、会議所一階の大ホールで経済、教育、文化関係者に加え、地元選出の衆参両院議員や県議、市議など三百名近くが集って開催される。冒頭の挨拶は会頭の務めで、これが最後の年頭所感と決めて恭平は登壇した。

【平成三十一年度・甘宮商工会議所新年互礼会、冒頭の挨拶】


新年明けましておめでとうございます。世話人代表として、一言ご挨拶申し上げます。

のっけから私事で恐縮ですが、浅学菲才の私が甘宮商工会議所の会頭を拝命して、はや十二年目。曲がりなりにも甘宮商工会議所会頭の重責を担うことができましたのは、偏に皆様方の絶大なご指導ご協力の賜物と衷心より感謝申し上げます。

私は本年十月末を以って、会頭職を辞する覚悟です。

従って、私の互礼会挨拶は今回が最終回。

毎々で誠に僭越ですが、私には混沌とする経済の予測はできませんので、相変わらずの独り善がりな年頭所感を述べさせていただくことをご寛容ください。

半世紀以上前、私が浪人時代の話です。本通りに在った古本屋で、「電通」中興の祖と呼ばれた吉田秀雄さんの伝記本『広告の鬼』（片柳忠男、オリオン社、一九六三年）と出合いました。

その中に「鬼十則」と名付けられた行動規範を見つけました。

昨今では、いろいろ批判もあるようですが、十代の多感な青年だった私は強烈に感動‼早速フェルトペンで模造紙に書き写し、机の前に貼って日々復唱しておりました。

――ここで、恭平は「鬼十則」の一から十まで、留まることなく早口で暗唱して見せた！

一、仕事は自ら創るべきで、与えられるべきではない。
二、仕事とは、先手先手と働き掛けていくことで、受け身でやるものではない。
三、大きな仕事と取り組め、小さな仕事は己を小さくする。
四、難しい仕事を狙え、そしてこれを成し遂げるところに進歩がある。
五、取り組んだら放すな、殺されても放すな、目的完遂までは……。
六、周囲を引きずり廻せ、引きずるのと引きずられるのとでは、永い間に天地の開きができる。
七、計画を持て、長期の計画を持っていれば、忍耐と工夫と、そして正しい努力と希望が生まれる。
八、自信を持て、自信がないから君の仕事には、迫力も粘りも、そして厚味すらない。
九、頭は常に全回転、八方に気を配って、一分の隙もあってはならぬ。サービスとはそのようなものだ。
十、摩擦を恐れるな、摩擦は進歩の母、積極の肥料だ。でないと君は卑屈未練になる。

机の前にはもう一枚、父からプレゼントされた武者小路実篤の色紙が貼ってありました。

「勉強　勉強　勉強　勉強のみ　よく奇跡を生む」

しかし、この短い文言を私が声を出して読むことは一度としてありませんでした。

昨年の秋の叙勲において、お陰様で身に余る「旭日小綬章」を拝受いたしました。「貴様の人生は、奇跡の連続だなあ！」高校時代の友人から嬉しい祝辞を頂戴しました。勉強とは無縁でサッカーに明け暮れ、恥ずかしい程の劣等生だった私ですが、目の前のチャンスに果敢に挑戦し続けた結果、まさに奇跡が生まれたようです。

ならば、奇跡を生むのは勉強ではなく、挑戦ではないのか?!

そう考えた私は、今年度の甘宮商工会議所のスローガンを次のように決めました。

「挑戦！　挑戦！　挑戦！　挑戦のみ、よく奇跡を生む」

ご列席の皆様が、「どうせ、できはしない」などと最初から諦めず、

「誰でも挑戦し続ければ、奇跡だって起こる！」

そう信じて、目の前のチャンスに果敢に挑戦していただけることを願うばかりです。

結びに、皆様のご健勝とそれぞれの企業や組織の益々のご発展を祈念申し上げ、年頭の挨拶とさせていただきます。

＊

挨拶を終え降壇した恭平は地元紙の記者に捉まり、なぜ辞めるのかを問われ、

「組織の大敵は、マンネリズムに陥ること。そしてトップの大敵は、経年劣化に気づかぬことです。残念ながら私も、この大敵に蝕まれつつあるようです。この大敵を排斥する、チャレンジ精神に富んだ若い後継者の出現に期待するばかりです」

そう答え、スローガンの由縁を得々と説いたが、翌日の新聞には肝心のスローガンには一切触れられず、十月末での退任表明だけが大きく取り上げられた。

「いよいよ市長選に出馬するのか！」

多くの知人から的外れな憶測が寄せられたのは、その直後だった。

市長選はさて置き、後任会頭の選任は存外に手こずった。

「ベクトルの合わせ易い会社組織と、利害関係が複雑に交錯する会議所の運営手法は異なって当然であり、リーダーシップの取り方も必然的に異なるはず！　この差異に気がつき、使い分けができなければ、会頭職は務まらない！」

自分のことは棚に上げ、副会頭時代も含め十五年間の経験から恭平はそう考えていた。

「会頭に大切なのは、創業者精神を持っているか否かだ」

中沢初代会頭から会頭就任を依願された十五年前の言葉を思い出した恭平は、改めて創業者精神とは何かを考え、「夢と情熱と責任感を持ち、官僚的でないこと」と結論づけた。

しかし、意中の候補者からは固辞され、自ら手を挙げ意欲を示す議員は官僚的な色合いが濃く、一部の議員からは自己顕示に終始する無責任な発言で掻き乱され、波乱曲折した後任選びは、副会頭の一人にバトンタッチする無難な選択で一件落着した。

＊

十二年間の大役を終え、予てからの夢を叶える機が熟し始めていることを感じた恭平は、自らの退路を断つべく年賀状で小説家への挑戦を宣言した。

【令和二年：年賀状】

娘に勧められ、ジムに通い始めて一年余。躍動する若者たちの片隅で、芋虫みたいに転げ回っておりますが、体型も体重も全く変化はありません。それでも深呼吸の大切さを今更ながらに痛感。週に一度か二度、ひたすらストイックに汗を流しております。

「量を追うな、質を追え。量は後からついてくる」社長就任時からのモットーです。

一方で、量を熟さなければ、質を伴うことはできないことも経験から学びました。

「品質管理の徹底と美味しさの追求で、お客様の信頼をいただこう」と標榜。売上や利益の伸長と共に、従業員満足度の向上こそ、企業の使命であると再認識させられています。

五十代後半から始めたゴルフは、飛距離への執着が強過ぎて、一向にスコアが安定しません。七十三歳の今年も、意地でもレギュラーティーから打ち、ハンディ十五が目標です。

「二兎を追う者は一兎をも得ず」常識の如く語られていますが、「本当かなぁ～」と愚考します。一度きりの人生。遣らずに後悔するよりも、身の程知らずの挑戦を貫きたいもの。

企業家としての掉尾を飾りつつ、遅れてきた新人小説家への挑戦を年頭に宣言し、自らを鼓舞して不退転の覚悟とします。

本年も皆様にとって輝かしい年となりますよう、心から祈念申し上げます。

＊

小説家デビュー宣言は多くの失笑を買ったが、若き友人、大島啓介からの一本の電話で思わぬ活路が開けた。

大島啓介と恭平が知り合ったのは、彼が二十歳代半ば、恭平が四十歳代半ばの頃、或る大手投資会社の若手営業マンと中小企業経営者としての出会いだった。

爾来、折に触れて近況報告し合う関係は三十年近くも続き、才気煥発としながらも人情味に溢れ、時にシニカルな意見を吐く大島啓介から、恭平は新鮮な刺激を受けていた。

「本川さん、小説家デビューを目指すって本気ですか？」

「もちろん、本気だ！」

「どうやって、デビューするつもりですか？」

「これまでに書いた作品があるから、出版社に持ち込んでみるつもりだ」

「それはまた、時代遅れな夢物語ですね。今時、持ち込みが採用されるなんて皆無ですよ」

「じゃあ、どうすれば良いんだい」

「ネットで配信すれば良いんですよ」

「ネット……」

「私が懇意にしている方が、経営者やビジネスマン向けに手広くネット配信されていますから、ご紹介しましょうか」

「うん。ぜひ紹介してくれよ」

「実は、広島に面白い人がいるって、以前から本川さんのことは話しているんです」

「別に、俺は面白くはないけど、小説は面白いはずだから、ぜひ会わせてくれよ」

一週間後、新型コロナウイルスの水際対策期から感染蔓延期への移行が叫ばれる直前、恭平は厳重警戒しつつも胸躍らせて上京した。

ＪＢｐｒｅｓｓの創業者である嶋川智オーナーは、温厚で物腰柔らかながらも、毅然とした佇まいの紳士だった。

「本川さんのことは或る程度、大島さんからお聞きしていますが、どんな小説を書こうとされているのですか」

「既に書いているものは、言わば自伝的青春小説です」

持参した小説原稿と唯一の著書「Ｈａｐｐｙ　Ｔｏｇｅｔｈｅｒ」を手渡しながら、恭平は答えた。

「ご存知だと思いますが、ＪＢｐｒｅｓｓはビジネスマンや経営者を対象としています。彼らが求めているのは、ビジネスに役立つ情報です。本川さんは、エンゼルスとの取引などいろいろ経験されているようなので、そういった小説なら採用させていただきます」

「それは、まさに今から書こうとしているテーマなので、ぜひ連載させてください」

「解りました。それで、題名は決めておられますか」

「はい。『親父に誉めてもらいたくて』としたいと思っています」

「う～ん、ピンとこないな～」

「あっ、この『今、そこにあるチャンス』、これって、ハリソン・フォードの『今そこにある危機』のパロディでしょ。この方が掴みが好いから、これでいきましょう！」

嶋川智は手にした「Ｈａｐｐｙ　Ｔｏｇｅｔｈｅｒ」の中に掲載された、中国新聞への連載コラムのタイトルを指差しながら快諾してくれた。

題名に次いで、連載開始は六月からと決まり、呆気ないほど簡単に恭平の小説家デビューは決まった。

終　章

退き際の決断

未熟者の自己弁護　《七十二歳〜七十三歳》

どこか対岸の火事として捉えていた新型コロナウイルスが、全国的に蔓延し始めた。オリンピックやパラリンピックの延期が決まった。

「みやじまトライアスロン大会」「けん玉ワールドカップ」など、地域恒例の行事や会議、東京への出張が次々と中止になり、代わってZOOM会議など新しい生活様式が出現した。

ライフスタイルが変わるに従って、エンゼルスの商品構成にも様々な変化が生まれた。基幹商品だった「おにぎり」や「サンドイッチ」の売上が極度に落ち込んだのは、テレワークの普及による早朝需要の激減や、週末の行楽を自粛せざるを得ないなどの行動の変化と併せ、直接手で触れる商品への抵抗感による心理的な作用が起因していた。

他方、ステイ・ホームの影響で売上が増えたのが冷凍食品や酒類、デザートだった。ダイナーウイングは全国でも珍しく、小規模商圏ながら多岐にわたるカテゴリーを製造していたことが幸いして、向かい風の中でも僅かながらも売上を伸ばしていた。

この年の五月、六月と立て続けに、恭平は二人の友人を癌で喪った。

暫く癌検診を受けてないことに気づいた恭平は、ＰＥＴ検診センターで受診した。

癌こそ見つからなかったがγＧＴＰの数値が異常に高いことを指摘され、ＭＲＩによる再検査の結果、胆管の末端に腫瘍が見つかり、内視鏡による検査入院を勧められた。

恭平は四十二歳の年、外科医であり高校の同級生でもある井藤俊宏医師の執刀で胆嚢摘出手術を受け、その影響で肝臓に負荷が掛かりγＧＴＰ値が高いのだと認識していた。

しかし、正常では十三〜六十四であるべき数値が一千を超えるとさすがに不安になり、井藤俊宏に電話で相談した。

「そんなに高い数値、聞いたことがない。放っておいたら黄疸が出て肝臓がダメになるぞ。中電病院副院長の大出圭太は、俺の後任として外科部長を務め、腕も間違いない。高校の後輩でもあるから、彼に診てもらえ。俺からもよく話しておくよ」

既に中電病院を定年退職して他の病院に勤めている井藤俊宏は、自らも心臓の開胸術や椎間板ヘルニア、直腸癌の手術も経験していた。

「昔と違って今の俺は、医者の立場だけでなく、患者の悩みもよく理解できるんだ」

自虐的な自慢をするだけあって、対応は早かった。

「単にγＧＴＰの数値を下げるだけなら、胆管と十二指腸にバイパスを設け、胆汁の流れを良くすれば問題はありません」

「しかし、胆管にできた腫瘍が良性である確率は極めて低く、殆どの場合は治癒率の低い胆管癌や膵臓癌を発症させます」

「これを防ぐためには、胆管に隣接する十二指腸を全摘し、膵臓の約三分の一、胃の五分の一程度を切除する必要があります」

「この膵頭十二指腸切除術は消化器官の手術としては最も大きな手術で、年齢を重ね体力が減退するほど手術が難しくなります」

内視鏡検査の結果を踏まえた大出医師の所見を聴きながら、恭平は迷いに迷った。

迷いを断ち切り決断を促してくれたのは、自らが唱えた警句だった。

「もう一歩の踏み込みが、ピンチを防ぎ、チャンスを掴む！」

ピンチを防ぐため、勇気を振り絞って七時間に亘る手術を受けたものの、術後の痛みと甚だしい食欲不振に悩まされ、体力の衰えと共に気力は減退の一途だった。

コロナ禍の病院は家族との面会すらも禁じられ、身体に何本もチューブを差し込まれ、寝返りも打てぬベッド暮らしの二カ月余は、窮屈を通り越して苦痛そのものだった。

目が冴えて眠れぬ或る夜、恭平は高校時代からの親友である杉野孝己に電話をした。

学年で一番の長身だった杉野は、高校時代はどのクラブにも属していなかったが、陸王大学に入学するや体育会サッカー部に入部し、四年間ベンチを温め通した一徹者だった。

卒業後は老舗百貨店に就職してローマ支店長などを務めた後、取締役外商本部長を最後に退職していた。

「恭平、お前は学生時代と変わらず不勉強なくせに、独特の才覚を発揮して事業を伸ばしているが、これが最後まで続くとは思えない。きっとお前は、何時か躓くだろう」

「だが、仮に躓いたとしても、俺は友としてお前を誇りに思い、お前の奮闘を評価する気持ちが変わることは無い」

二十年も前の杉野からのエールは、今も恭平を鼓舞するエネルギー源だった。

そんな杉野は胆嚢摘出術を皮切りに、前立腺癌や大腸癌などの手術を繰り返すことで、それまでの野放図な性格から一変。臆病なまでに健康管理を気にするようになり、恭平は会うたびに体調管理の大切さを説諭されていた。

膵頭十二指腸切除術の経緯を電話で告げると、健康診断を疎かにしていた恭平を叱責しながらも、とにかく医者を信じて養生するよう懇々と諭された。それまでは煩く感じていた忠告の一つ一つが胸に沁みて、恭平は涙ぐみながら素直に相槌を打った。

そんな杉野の存在と同様、恭平を救ってくれたのが井藤俊宏の来訪だった。

井藤は二年前の直腸癌の術後、五年生存率は二十パーセントと宣告され、化学療法のため右前胸部にCVポートを挿入し、二週間毎に外来投与を続けていた。その都度、元外科部長の肩書と現患者の特権を活かして病室を訪ねてくれ、二〜三時間も話し込んで帰るのが常だった。

医師としての豊富な知見と経験を持つ井藤俊宏は、恭平より数倍も重篤でありながら、自らの症状に飄々と対峙し、華奢な見掛けとは裏腹に強靭な精神力を秘めている。

一方、思わぬ術後の体調不良に遭遇した恭平は、日頃の能天気さも影を潜め、無知が故の不安に苛まれ、己の魂の脆弱さを思い知らされていた。

彼我の対極的な姿勢を目の当たりにした恭平は、積年の化けの皮を剥がされたような気分に陥った。

そこには屈辱的な敗北感はなく、己の未熟さを潔く笑い飛ばせる爽快感が在った。

団塊世代の杉野や井藤、恭平たちの鯉城高校同期は五百名を超えていた。

その中で起業したり、家業を世襲したりした仲間は存外に少なく、多くの優等生たちは医者や弁護士、会計士などとして自立し、大半の仲間は企業に就職したり公務員や教員となって既に定年を迎えていた。

起業した数少ない一人、吉田邦靖は高校時代には野球部に所属していたが、特に目立つ存在ではなく、恭平に勝るとも劣らぬ劣等生だった。

卒業後三十年近く音信が途絶えていたが、再会した時の吉田は、見違えるほど洗練されたダンディーな紳士に変貌していた。

名刺には難し気な横文字の会社名が記載され、肩書はPRESIDENTとなっていた。

「これって、何をする会社なんだ」

「ミラノの工場でバッグなどの革製品を製造し、日本にも輸出している」

「イタリアの工場っていうことは、お前、イタリア語が喋れるのか？」

「もちろん。イタリア語が喋れなきゃあ、イタリアで仕事はできないだろう」

別に自慢するでもなく、当然の如く答える吉田に対し、英語すら真面に喋れない恭平は完全に気圧されていた。

聞けば、当初は高級ブランド品のOEMを請け負っていたが、今では自社ブランドを立ち上げ、東京とミラノを行ったり来たりしていると言う。

少なからぬショックを受けた恭平は、衝撃を和らげるための自己弁護を試みた。

「優等生は知識が邪魔をして深謀遠慮し、結局はチャンスを逃す。翻って、劣等生は無知が幸いして失敗を恐れず挑戦し、チャンスを掴む！」

劣等生仲間だった吉田邦靖と自らを同列に置き、優等生と対比させる身勝手な定義を創作することで、恭平は劣等生としての矜持を保った。

詭弁とも言える自己欺瞞は功を奏し、劣等生だった過去を恥じることなく、挑戦するための武器として活用さえしていた。


恭平は劣等生だった過去を誇示するのと同様、自らを意識的に「未熟者」と称していた。それは決して謙遜しているのではなく、むしろ不遜な思いからだった。

未熟の反対は、完熟。果物が完熟してしまえば、腐って落ちるだけ。

未熟だからこそ、色、形、大きさ、味が、どのように成熟していくか楽しみなのだ。

間も無く七十四歳になる恭平だが、未だ熟しきらぬ己を再認識することで、これからの成熟度を思い切り愉しんでやろうと思った。

「何歳になろうとも、子供や孫、社員たちの成長に期待するだけでなく、自分自身の成熟に期待できなくて、何の人生ぞ！」

恭平は本気でそう考え、そう宣言することで、自らを鼓舞していた。


新型コロナウイルス感染症のパンデミックが丸々一年経過しても衰えを見せぬ中、ダイナーウイングは業績を悪化させることなく売上を二百億円の一歩手前まで伸長させ、辛うじて増収増益で一年を終えることができた。

これは決して、コンビニエンス・ストアに追い風が吹いた訳でなく、エンゼルスと取引するメーカーの多くが苦戦する中での、類い希な好運だった。

新工場を建設してまで挑戦した、「冷凍・広島風お好み焼き」も着実に売上を伸ばし始めていることに、恭平は安堵するとともに微かに快哉を叫んでいた。


新しい年は、ダイナーウイング創立五十周年の記念すべき年であり、恭平夫妻にとっては金婚式を迎える年だった。

この五十年間には望外の幸運とは裏腹に、台風による工場の冠水や火災、畏敬する友との訣別、娘婿のくも膜下出血による急逝など、想定外の辛い厄災も経験した。

前年十月には、膵頭十二指腸切除の手術を敢行し、体重は手術前から十七キロも減り、体力は急激に衰退。恭平は半年で十歳も年を取ったような気がしていた。

思い返せば、満四十歳でのアキレス腱縫合手術を機に、初の自社工場を建設した。

満四十二歳での胆嚢摘出を機に、プラザハムと江藤丸商事との提携を実現した。

満四十九歳で甲状腺機能亢進症による入院を機に、現在社長を務める河本敦史や、元副社長の崎谷純一を三顧の礼を以て迎えた。

そして今回の大手術を機に恭平は、満七十四歳の誕生日直後の株主総会を以て、三十六歳から三十八年間背負ってきた「代表」の肩書を外すことを決意した。

この決断の背景には、もちろん恭平の体力的な問題もあるが、それは二次的な契機に過ぎなかった。

主たる要因は、河本社長をはじめとする若い取締役や執行役員、多くの幹部社員の責任感の成熟と同時に、彼らの後ろ盾となる河原淳副社長の存在を認めての退任決意だった。


退任を決断した恭平は、二十五年の長きに亘り慣れ親しんだ会長室を河本社長に明け渡し、デスクやロッカーはもちろん、お気に入りの渡辺信喜の日本画「牡丹」と山本美次が林檎を描いた油絵「星」はそのまま残し、別棟の小部屋に席を移した。

寂しさが無いと言えば嘘になるが、未練は無かった。

新しい部屋のデスク正面の壁には、古希の祝いに社員たちから贈られた、二百名近くの社員の顔写真を切り貼りしたフォトモンタージュの額を掛けた。

(彼らのために、これから俺は何ができるんだろう……)

自問自答した恭平は、ふと父親が晩年に書き残した文章を思い出した。

＊

【平成七年：創業者・本川清の「語らなかった離別の辞」（抜粋）】

私は昨年十月、満八十歳になりましたので近くその職を退かせていただくつもりです。

今は唯、創業時の夢をこんなに大きく膨らませて職場を去れる幸せを噛み締めています。

燈々代々という言葉がございます。一本の蠟燭の燈は短くても、その燈は次の一本に、また次の一本にと受け継がれて何時までも燃え続けるという意味です。

さて、蝋燭は何故燃え続けるのでしょうか。それは芯があるからです。人間にとっての芯とは情熱です。どうか二度とない人生をいつまでも情熱を燃やし続けてください。

一寸気障な言い方ですが、かつてGHQ最高司令官だったダグラス・マッカーサーは、その任を解かれた時に、「老兵は死なず、ただ消え去るのみ」と言い残しました。

私もまたそんな心境です。私の名前は消えても、老兵の夢と情熱はいつまでも消え去る事はありません。多分、今際の際にもそんな喜びと感謝を込めて、静かに目を閉じる事ができると思います。どうか皆様、ダイナーウイングを大切に育ててください。

ありがとうございました。よろしく御願いいたします。

御礼と御願いを込めて御挨拶とさせていただきます。

＊

これは父親の没後に見つけた原稿で、自ら「語らなかった離別の辞」のタイトルを冠している通り、恭平にはこの挨拶を聞いた記憶も、読んだ覚えもなかった。

父親が名実ともに引退したのは、二年後の平成九年、八十三歳の誕生日。幹部社員二十余名に囲まれての小宴に招かれた恭平の父は、実に楽しそうに飲めない酒を飲んでいた。

「老兵は死なず、ただ消え去るのみか……」小さく呟いて、恭平は苦笑した。

黙って見守るだけの父親が、恭平には何物にも代え難く心強い存在だった。

（果して自分は、継承者たちにとって有用な存在なのだろうか……）

決して出る杭を打たぬこと、腐り気味の出ぬ杭にこそ寄り添うこと、そして無用の老兵と判断したら潔く消え去ること、そう自らを諭した恭平は、自戒の念を込めて難波佳子の油絵「ラ・フランス」の静物画をデスクの横に飾った。


〈完〉

あとがき

言い訳にもならぬ釈明と感謝《令和三年五月八日　満七十四歳の誕生日》

昭和四十五年十一月二十五日。

陸上自衛隊市ヶ谷駐屯地を訪問した三島由紀夫と「楯の会」メンバーの計五名は、東部方面総監益田兼利を拘束。三島由紀夫はバルコニーから決起の檄を訴えた後、森田必勝の介錯により割腹自決した。

ノンポリとして怠惰な大学生活を送っていた私だったが、事件そのものの衝撃に加え、クーデターに失敗しての割腹自殺を批判するマスコミの尻馬に乗り、三島文学までも否定する俄か評論家の出現に、より強いショックを受けた。

特段の信念も持たぬくせに見栄っ張りで、他人からの評価を必要以上に気にする軽薄な若者だった私は、世評とは移ろい易く空疎なものであることを思い知らされ、生きることの意味や人生の価値について想いを巡らせた。

「人生において大切なのは、『何を為し…何を得たか……』ではなく、『どのように生き……何を感じたか……』つまり、価値基準は自分自身の中にある！」

「物欲に走らず、他人の目に惑わされず、確たる信念を持ち、心豊かな人生を歩もう！」

己の凡庸な将来を先読みし、転ばぬ先の言い訳めいた青臭い台詞を吐きながら、

「自分の人生を一編の小説に喩えれば、波乱万丈の劇的なスペクタクルは期待できないだろうが、日常茶飯のディテールにはそれなりの妙味が在るはず！」

諦観しつつも微かな渇望を捨て切れず、私なりの妙味を正しく理解してくれる愛読者が一人でも居れば、人生を書き綴るモチベーションが高まると妄想し、相も変わらず他人の目を意識し続ける私は、軟弱で寂しがり屋な殻を破れないでいた。

両親は、言うならば出版元。間違いなく愛読されるだろうが、その評価は客観性に乏しく、順当にいけば結末までの読破は難しい。

友人は、もちろん大切な読者。読み続けてもらえる友を数多く得たいけれど、社会人になればどうしても会う機会が減り、飛ばし読みになるのは致し方ない。

だとすれば、伴侶こそが人生最高の愛読者。できるだけ早い章から読み始め、行間をも汲み取ってご精読いただき、時には編集者としてのアドバイスも欲しい。

同時に私は、伴侶の人生における最高の愛読者となり、最高の編集者になりたい。

短絡的にそう考えた二十三歳の私は、四カ月後の三月二十二日に結婚式を挙げた。

＊

爾来、五十年を経て金婚式を迎えた今も、その想いは変わらない。

想いは変わらないが、両親や多くの友人を喪う一方、新しい家族や友人や知人も増え、数多くの社員にも恵まれ、案外な波乱万丈も経験した。

そして、残された人生の持ち時間が少なくなるにつれ、新しい家族や仲間だけでなく、見知らぬ誰かにも向けて、本物の小説を書いてみたいと念願するようになった。

物語を起稿するなら、先ずはツキに任せて走り続けた辛酸甘苦の経営者としての半生を赤裸々に、小説仕立てで綴ってみたいと考えた。

書き綴りながら、果たしてこれを小説と呼べるのか首を捻っていた。

単なる自己顕示と自己弁護に駆られた自叙伝、あるいは昨今流行りの自分史に過ぎず、小説と呼ぶには程遠いのではなかろうかと自問し、独り善がりな自答を試みた。

「子供の頃、見たばかりの夢を虚実織り交ぜ両親に語ったように、私の半生を記憶のみに頼って書き上げた物語であり、登場する人物それぞれには別個の物語が存在するはず！

つまり、この主観的な文章は、自伝的フイクション小説と称するに値する！」

登場人物と思しき方々はもちろん、読者諸賢のご理解ご海容を願うしかない。

書き終えた原稿を或る著名出版社の編集者に読んでもらい、懇切にして辛辣なメールをいただいた。

「小説の文体ではない原稿を小説として出版することに、社内で否定的な意見が多いのが正直なところです」

「自叙伝としての出版であれば問題ないが、小説家デビューすると宣言されている以上、やはり小説として出版したいのですよね。であれば現状の原稿を小説として出版することに肯定的な出版社を探してもらった方が、今回の出版は成功すると思います」


気落ちしながらも、精一杯の感謝を込めて返信した。

「一縷の望みを抱いておりましたが、お陰様で御社からの出版は、吹っ切ることができました。本音を申せば、小説でも自叙伝でも構わなかったのですが……」

「取り敢えず、『これを書かずに、死ねるか！』との想いを込め、悪戦苦闘のアレコレを綴った渾身の起稿です。端から見れば取るに足らぬエピソードの羅列も、これだけは書き残さねば、次のステップに進むことができないとの覚悟の所産です」

「一人でも多くの方に読んで貰い、『この程度の男でも、この程度のことはできるのか！』少しでも勇気を与えることができたら本望。さらに欲張って言えば、一人でも多くの人に少しでも私の人生を認めていただけたら望外の喜びです」

三十代後半に書いた処女作を、自費出版しないかと地元の出版社から声が掛かった際に、「マイナーでローカルな出版社から、自費出版などしない！」「出版するなら、大手出版社からメジャー・デビューだ！」

若気の至りで強がりを言い放った自惚れが、老い先短い今も私を支配していたが、根拠のない自信は、実績ある編集者の言葉によって打ち砕かれた。

しかし、まだまだ私にツキは残っているようで、タイミング好く名高い出版社の子会社から熱心な自費出版の誘いがあった。

残された歳月とちっぽけな自尊心とを天秤に掛け、逡巡しながらも、店頭に並び販売される誘惑に抗えず、出版を承諾した。

＊

改めて斯様なチャンスを与えていただいた全ての皆様に、心からお礼を申し上げます。

先ずは何ら実績も面識もない私に、ネット連載の機会をご提供いただいたＪＢｐｒｅｓｓ・オーナーの川嶋諭さん、加えて川嶋諭さんを紹介いただいた若き友人・小島圭介さんに、衷心より感謝申し上げます。お二人が居られてこそ、本稿が誕生いたしました。

ネットでの連載に着目、お声掛けいただだいた幻冬舎ルネッサンス新社の立澤亜紀子さん、出版に際し多大なるご尽力いただだいた同社の小暮秀和さん、金田優菜さん、大変お世話になりありがとうございました。斯くなるうえは、増刷の報を待つばかりです。

八面六臂のご活躍で超多忙な落語家、林家たい平師匠に厚かましくも拙著への推奨文をお願いしたところ、快くお引き受けいただき身に余るお言葉を頂戴いたしました。店頭で本著を手に取ってもらえたなら、ほぼ百パーセント師匠のお陰と感謝申し上げます。

半世紀に亘り、年賀状の似顔絵をはじめとして二百枚以上のイラストを描いてもらっている打道宗廣さんには、敢えて情景描写を削いで綴った今回の拙文に、情感溢れるカバーと挿絵を描いていただき、お陰で本としての体裁を整えることができました。多謝&深謝。

そして、最後まで読み切っていただいた読者の皆々様に心から感謝を申し上げ、本著に懲りることなく、次回作にご期待を賜りますようお願い申し上げます。グッド・ラック！

惣才　翼

刊行によせて

ジェットコースターみたいな人生

林家たい平

やっぱり〝縁〟って偶然ではなく、必然なんだなぁと思います。たとえ偶然であっても、お互いに〝縁〟をたぐり寄せた時点で、それは必然に変わるんだと。

仕事先でいろんな方と出会います。惣才翼さんとの出会いは忘れることができません。腹の中では思っていても初対面で落語家に向かって「私の方が面白いことを言って受けちゃうかもしれません」なんて言う人に初めて出会いました。

私もプロですからステージの上で応戦して、リングに沈めるつもりでいました（笑）。直後、私よりも早く、舞台袖を駆け抜け私の楽屋にいらして、年下の私に何度も頭を下げてらっしゃいました。真面目で熱いハートを持った方だなぁと、その時感じました。

思ったことを隠さず言葉に出して行動に移す。それが年上だろうと年下だろうと関係なく、正しいと思うことには体を張って守り通し、間違っていると思えばすぐさま、その気持ちを伝える。

偉くなればなるほどできなくなることを、少年のような心を持って行動する惣才翼さんを目の当たりにして、私の方が一度にファンになってしまったのを覚えています。

それからは、どこか引かれ合う存在になり、惣才翼さんも、何かある度に私を廿日市に招いてくださいます。

叙勲をしたら、みんなに集まってもらって「おめでとう」を言ってもらうパーティーを開くものですが、惣才翼さんは違いました。楽しんでもらうことを一番に考え、私の落語会を開いてお世話になっている皆さんの笑顔を作ることをされたのです。

出版にあたり、私のような若輩者に声をかけてくださいました。全部読んでから書くのが礼儀と思いながらも、送られてきた原稿があまりにも多くて(笑)、読書が苦手な私は正直「全部読めるかなぁ」と思いました。が、それは全くの取り越し苦労でした。

私はよくお客様に「たい平というジェットコースターに乗って楽しんでください！」と

話します。

ものすごい勢いで上に向かって登っていくかと思いきや、突然真っ逆さま、グルグル回って、スリル満点。でも、最後は「楽しかったぁ」と降りていただきたいと思ってますと。

まさに惣才翼さんの人生はジェットコースター。読み始めたら止まりませんでした。

次はどうなっちゃうんだ、この先大丈夫だろうか？「ワァー！」「キャー！」と言ってるうち、あっと言う間に、読み終えていました。


親を愛し、妻を愛し、家族を愛し、社員を愛し、仕事を愛す。たくさんの夢を描き、前を向いて歩いていく。

惣才翼さんはあこがれの人であり、いつも会いたいなぁーと思う、人生の先輩です。

最後に、いつもお世話になってばかりの私から、ちょっとだけ恩返しさせていただきます。最後の二行で「ラ・フランス」の絵を飾るくだりがありましたが、お判りになりましたか？　あれはご自分のことを卑下して「ラ・フランス」＝「洋なし」すなわち「用無し」というシャレなんだと思います。が、私も最初気がつきませんでした（笑）。

なので皆さんにお願いがあります。「最後をラ・フランスのシャレで締めるところが惣才翼さんらしくてよかったですよ」と誉めてあげてください。本当は『皆さんにも少しだけ笑いのセンスを誉めてもらいたくて』なんだと思いますから。決してたい平に言われて、やっと気がついたよ、とか言わないでくださいね。本当は傷つきやすい繊細な心の持ち主なんですから。

惣才翼さん、これからも私たちのためにたくさん楽しいことお願いいたします。

〈著者紹介〉

惣才 翼（そうざい つばさ）

昭和22年鳥取県生まれ。本名、細川匡。広島県立国泰寺高校、早稲田大学を経てコピーライターとして大広に勤務。30歳で広島に帰郷、父親の営む弁当会社専務、36歳で代表取締役社長就任。廿日市商工会議所会頭、廿日市市文化スポーツ振興事業団理事長、中国地域ニュービジネス協議会会長、ＦＭはつかいち代表取締役社長、広島修道大学特別客員教授などを歴任。71歳の秋、経産省推薦により旭日小綬章を受章。作詞家として、「親父に誉めてもらいたくて」「大きな笑顔」などカラオケに収録。

カバーイラスト・挿絵　打道宗廣

JASRAC　出2107152-101

挑戦《ちょうせん》のみ、よく奇跡《きせき》を生《う》む

2021年11月10日　第1刷発行

著　者　　惣才 翼
発行人　　久保田貴幸

発行元　　株式会社 幻冬舎メディアコンサルティング
〒151-0051　東京都渋谷区千駄ヶ谷4-9-7
電話　03-5411-6440（編集）

発売元　　株式会社 幻冬舎
〒151-0051　東京都渋谷区千駄ヶ谷4-9-7
電話　03-5411-6222（営業）

印刷・製本　中央精版印刷株式会社
装　丁　　弓田和則

検印廃止

Printed in Japan
ISBN 978-4-344-93643-0　C0093
幻冬舎メディアコンサルティングＨＰ
http://www.gentosha-mc.com/